KB045918

어서 오세요 **실력지상주의교실에** 키누가사 쇼고 지음
토모세 슌사쿠 일러스트

조민정 옮김

호리키타 스즈네
생김새는 어른스러운 미인이지만, 독설을 날리는 말투와 행동 때문에 친구가 없음.

"……그래서 이 몸이 **도대체** 무얼 어찌하면 되겠사옵니까?"

"아야노코지.
괴로워하면서 **후회**하는 거랑
절망하면서 **후회**하는 거.
넌 둘 중에 어느 쪽이 **좋아**?"

아야노코지 키요타카

주인공. 입시 시험이나 실기에
서 평균점 이하를 받아 평범한
학생으로 취급받고 있다. 친구
절찬 모집 중.

쿠시다 키쿄

남녀를 불문하고 배려하는
천사 같은 미소녀. 당연하
지만 반에서 제일 인기가
많다.

"나 말야……호리키타랑 친구가 되고 싶어."

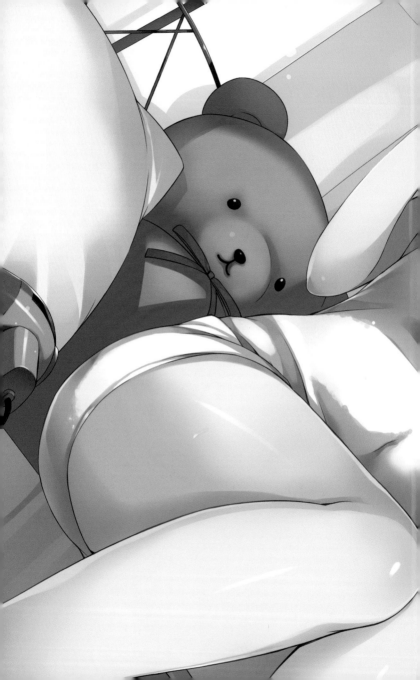

"여보세요~."
위잉 하는 거센 바람 소리와 함께 전화가 연결되었다.
그 소리는 곧 약해지더니 이윽고 들리지 않게 되었다.

"지금의 일본은, 이 사회는 평등하다고 생각하세요?"

c o n t e n t s

어서 오세요
실력지상주의 교실에
1

키누가사 쇼고 지음 | **토모세 슌사쿠** 일러스트 | **조민정** 옮김

커버 그림, 본문 일러스트 | **토모세 슌사쿠**

○일본 사회의 구조

뜬금없지만, 잠시 내가 내는 문제를 진지하게 듣고 답을 생각해보기 바란다.

질문. 인간은 평등한가, 평등하지 않은가?

지금 현실 사회는 평등, 평등을 끊임없이 외친다.

남녀는 늘 평등해야 한다고 주장하고, 남녀의 차이를 없애려 애쓴다.

여성의 고용률을 올리자고 하질 않나, 여성 전용 열차칸을 만들자고 하질 않나. 이따금은 출석부의 순서를 가지고도 딴죽을 건다.

한편 장애자라는 용어도 차별이라며 '장애인'으로 부르도록 여론이 형성되었으며, 요즘 어린이들은 인간이 모두 평등하다고 교육받는다.

그런데 그게 정말 올바른 일일까? 나는 이러한 의문을 안고 있다.

남자와 여자는 능력은 물론이거니와 맡은 역할도 다르다. 또, 장애인을 아무리 정중하게 표현한들 장애인이라는 사실은 변하지 않는다. 이를 외면하려고 해봤자 아무런 의미도 없다.

요컨대 답은 '아니오'. 인간은 불평등한 존재이며, 평등한 인간 따위는 존재하지 않는다.

일찍이 옛 위인은 '하늘은 사람 위에 사람을 만들지 않았고 사람 아래에 사람을 만들지 않았다'라는 말을 탄생시켰다. 그러나 모두가 평등하다고 주장한 적은 없다.

그렇다, 너무도 유명한 이 명언 뒤에 이어지는 내용이 있다는 사실을 여러분은 알고 있는가?

그 내용은 이렇다. 인간이 태어났을 때는 모두 평등한데 어째서 직업이나 신분에 차이가 생기는가, 라는 물음이다. 그리고 그 뒤에는 이렇게도 쓰여 있다.

학문을 익혔는가, 익히지 않았는가.

거기에서 차이가 발생한다고 말이다. 이것이 바로 그 유명한 『학문을 권함(學問のすすめ. 일본 근대화의 상징 후쿠자와 유키치의 3대 명저 중 하나)』이다.

그리고 그 가르침은 적어도 2015년을 맞이한 지금까지는 사실로서 무엇 하나 변하지 않았다. 오히려 사태는 더 복잡하고 심각해져갈 뿐인데.

어쨌든…… 우리 인간은 사고할 수 있는 동물이다.

평등하지 않다고 해서 본능에 충실하게 살아가는 것이 올바르다고는 생각하지 않는다.

다시 말해서, 평등이라는 단어는 순 거짓부렁이지만 불평등 역시 받아들이기 힘든 사실이라는 것. 나는 지금, 인류의 영원한 숙제에 대한 새로운 답을 찾으려 하고 있다.

　그리고 지금 이 책을 읽고 있는 거기 당신.

　당신은 자신의 미래에 대해 진지하게 생각해본 적 있는가?

　고등학교, 대학교를 다니는 의미가 무엇인지 고민해본 적 있는가?

　지금은 아직 막연한 미래지만, 언젠가 어떻게든 취직하겠지 하고 생각하고 있지는 않은가?

　적어도 나는 그랬다.

　의무교육을 마치고 고등학생이 되었을 때는 미처 알지 못했다.

　다만 의무라는 단어에서 벗어나 자유가 되었다는 사실에 기쁨을 느꼈을 뿐이다.

　나의 장래가, 인생이, 그 순간에도 현재진행형으로 지대한 영향을 미치고 있다는 것은 미처 몰랐다. 학교에서 국어와 수학을 공부하는 의미조차 이해하지 못했던 것이다.

○꿈같은 학교생활의 시작

"아야노코지, 잠깐 시간 괜찮니?"

왔다. 역시 오고야 말았다. 그토록 두려워하던 사태가.

아무렇지 않게 자는 척 눈을 감고 있던 내게로 녀석이 다가왔다.

잠재된 마음 그리고 현실 사회와 직면하고 있던(선잠을 자고 있던) 나를 불러 깨우는, 악마의 등장이다.

머릿속에는 쇼스타코비치의 교향곡 11번이 흐르고 있다. 마물에 쫓겨 우왕좌왕 달아나는 사람들, 세계의 종말을 고하는 절망감이 훌륭하게 표현된, 지금 나에게 딱 어울리는 곡이다.

눈을 감고 있어도 알 수 있다. 내 옆에 서서, 노예가 어서 잠에서 깨어나기만을 기다리는 악마의 심상찮은 기색이……. 자, 그럼 노예로서 이 상황을 어떻게 타개해야 좋을까…….

위기를 모면하기 위해 뇌 안의 컴퓨터를 풀가동해서 재빨리 답을 도출해낸다.

결론…… 안 들리는 척을 하자. 이른바 '가짜 잠' 작전. 이걸로 어떻게든 넘기는 거다.

착한 여자애라면 "그럼 어쩔 수 없지. 잠 깨는 건 가여우니까 특별히 용서해줄게☆" 하고 눈감아줄 것이다.

아니면 "……당장 안 일어나면 키스해버린다? 츄~" 같은 패턴도 괜찮다.

"지금부터 3초 이내에 깨어 있다는 걸 보고하지 않으면 제재 들어갈 거야."

"……뭐야. 제재라니."

1초도 채 지나지 않아 가짜 잠 작전은 막을 내리고, 나는 무력에 의한 협박에 굴복했다. 그래도 고개를 들지 않은 것은 마지막 저항이다.

"거봐, 역시 깨어 있었네."

"네가 화나면 무섭다는 건 이미 충분히 알고 있으니까."

"그거 잘됐네. 그럼 잠깐 시간 좀 내줄래?"

"……싫다고 한다면?"

"글쎄…… 거부권 따위 있을 턱도 없지만, 내 기분이 무척 나빠지겠지?"

녀석은 그리고, 라는 말을 덧붙였다.

"내 기분이 나빠지면 앞으로 네 학교생활에도 큰 지장이 생기겠지. 그래, 이를테면 의자에 무수한 압정이 깔린다거나, 화장실에 들어갔는데 위에서 물이 쏟아진다거나, 때로는 컴퍼스 바늘에 찔린다거나. 뭐 그런 종류의 현상이 말이야."

"그건 단순히 괴롭히는 거고, 근본적으로 왕따 시키는 거잖아! 심지어 마지막에 네가 든 예는 묘하게 리얼하달까, 이미 찔린 느낌이 드는데 말이야?!"

책상에 엎드려 있던 나는 하는 수 없이 몸을 일으켰다.

바로 옆에서 긴 흑발을 나부끼며, 아름답지만 어딘지 날카로운 눈동자를 한 소녀가 나를 내려다보고 있었다.

그녀의 이름은 호리키타 스즈네. 고도 육성 고등학교 1학년 D반, 나와 같은 반 아이다.

"안심해. 방금 그건 농담이니까. 머리 위로 물을 퍼붓진 않아."

"제일 중요한 건 압정이랑 컴퍼스 부분이라고! 평생 지워지지 않는 상처가 생기면 어떻게 책임질 거야, 응?!"

나는 오른쪽 소매를 걷어붙여 찔린 흔적이 남아 있는 팔뚝을 호리키타의 눈앞에 들이밀었다.

"증거는?"

"뭐라고――?"

"그러니까 증거 말이야. 증거도 없는데 내가 범인이라고 단정하는 거니?"

물론 증거는 없다. 바늘로 찌를 수 있는 거리에 있었던 사람은 옆자리에 앉은 호리키타뿐이었고 찔린 다음 확인했을 때 컴퍼스를 손에 쥐고 있던 사람도 호리키타였지만, 결정적인 증거라고 말하기는 어려운데…….

하지만 지금은 그것보다도 꼭 확인해야 할 것이 있다.

"역시 내가 안 도와주면 힘든 건가? 다시 생각해봤는데, 역시 나는――"

"아야노코지. 괴로워하면서 후회하는 거랑 절망하면서 후회하는 거. 넌 둘 중에 어느 쪽이 좋아? 싫다는 나를 강제로 다시 끌어들였으니, 응당 그 책임도 져야 할 거야. 그렇지?"

과연 호리키타답게 부조리한 두 가지 선택지를 제시한다. 아무래도 중도하차는 인정해주지 않으려는 모양이다. 이 악마와 계약한 내 판단 오류다. 그래서 나는 어쩔 수 없이 따라주기로 했다.

"……그래서 내가 도대체 뭘 어떻게 해야 되는데?"

나는 전전긍긍하며 질문을 던졌다. 이제 어떤 요구를 받아도 놀라지 않으리라.

젠장, 어쩌다가 일이 이렇게 되어 버렸지? 싫지만 반추해 본다.

이 소녀와 처음 만난 건 지금으로부터 정확히 두 달 전, 그러니까 입학식 날이었는데…….

1

4월. 입학식. 나는 학교로 향하는 버스 안의 자리에 앉아 흔들흔들 몸을 내맡기고 있었다. 차창 밖으로 변해가는 거리의 풍경을 아무런 의미도 없이 바라보는 사이에 탑승객은 점점 늘어났다.

버스에 올라탄 대부분의 승객은 교복을 입은 고등학생들이다.

그리고 어느새, 밀려드는 업무로 스트레스가 폭발할 지경인 샐러리맨이 무심코 '치한 짓이나 해볼까?' 하고 나쁜 마음을 먹어버릴지도 모를 만큼 버스 안이 혼잡해졌다.

나보다 조금 앞에 서 있는 노파는 금방이라도 넘어질 듯 다리가 부들거리는 것이 몹시 위태로워 보였다. 이 승차율을 알고도 올라탄 이상 자업자득이지만.

운 좋게 자리를 확보한 나에게는 버스의 혼잡함도 그저 지나가는 바람일 뿐.

불쌍한 노파 따위는 잊어버리고, 맑게 흐르는 물처럼 청명한 마음가짐으로 목적지에 도착하기를 기다리기로 하자.

오늘은 구름 한 점 없이 맑고 정말 상쾌한 날씨구나. 이대로 스르륵 잠들어버릴 것만 같다.

이런 나의 평온한 감정은 얼마 지나지 않아 싹 날아가버렸다.

"자리를 양보해야 한다는 생각 안 드니?"

순간 심장이 철렁 내려앉아, 감았던 눈을 번쩍 떴다.

설마 지금 나, 지적당한 건가?

그렇게 생각했는데, 아무래도 주의를 받은 사람은 나보다 조금 앞자리에 앉은 남자인 모양이었다.

노약자석에 떡하니 앉아 있는 체격 좋은 금발 청년, 아니 정확히 말해 고등학생. 그의 바로 옆에는 아까 그 위태로운 노파, 그리고 그 옆에는 회사원처럼 보이는 여자가 서 있었다.

"거기 너, 할머니께서 힘들어 하시는 게 보이지 않니?"

여자는 그 학생이 노파에게 자리를 양보해주길 바라는 것 같았다.

적막이 흐르는 차 안에서 여자의 목소리가 또랑또랑 울리는 바람에 주변 사람들의 시선이 자연스레 한곳으로 집중되었다.

"참 크레이지한 질문이네, 레이디?"

여자의 말에 화내거나 무시하거나 아니면 순순히 따를 거라는 예상은 모두 빗나가고, 소년은 히죽거리며 다리를 고쳐 앉았다.

"왜 이 몸이 저 노인네에게 자리를 양보해야 하는데? 그럴 이유는 하나도 없는 것 같은데."

"네가 앉은 자리는 노약자석이야. 그러니 나이 많으신 분께 양보하는 게 당연하지 않니?"

"이해가 안 돼. 노약자석이라고 되어 있긴 하지만 법적인 의무는 어디에도 존재하지 않아. 여기서 일어나고 말고는 지금 이 자리를 차지한 내가 판단할 문제라고. 단순히 젊으니까 자리를 양보하라? 하하하, 정말 난센스 같은 사고방식이네."

도저히 고등학생으로 볼 수 없는 말투다. 머리카락도 노랗게 염색해 고등학생 같지 않은 느낌이다.

"나는 건전한 청년이야. 물론 서 있는 게 도저히 힘들다거나 그렇진 않지. 하지만 앉아 있을 때보다 체력을 소모해야 한다는 건 틀림없어. 아무 의미도 없이 무익한 일을 할 생각은 전혀 없는걸. 아니면 팁이라도 던져 줄 건가?"

"지, 지금 그게 윗사람을 대하는 태도니?!"

"윗사람? 당신이나 저 노파가 나보다 긴 인생을 보냈다는 건 그냥 봐도 알 수 있어. 의문의 여지도 없이 말이야. 하지만 윗사람이라는 건 입장이 위에 있는 사람을 가리키는 말 아닌가? 그리고 당신한테도 문제가 있어. 아무리 나이 차가 많이 나도 그렇지, 지금 나한테 건방지기 그지없고 실로 뻔 뻔스러운 태도로 나오고 있잖아?"

"뭐엇……?! 너 고등학생이잖아! 어른이 말하면 순순히 들어!"

"저기 나, 나는 괜찮으니까……."

여자가 마구 열을 내자, 노파는 큰 소동을 원치 않는지 손 짓해가며 여자를 말렸다. 하지만 고등학생에게 모욕을 당한 그녀는 화가 쉽사리 가라앉을 줄 몰랐다.

"아무래도 당신보다 저 노인네가 이해력이 더 좋은 것 같네. 이야, 아직 일본 사회도 완전히 맛이 간 건 아니군. 할머니, 부디 남은 생도 마음껏 즐기세요."

쓸데없이 환한 미소를 지은 소년은 이어폰을 귀에 꽂아 음악에 집중함으로써 소음을 흘려보냈다. 용기 내어 충고했던 여자는 분한지 어금니를 꽉 깨물었다.

자기보다 어린 학생에게 반 강제적으로 말발이 밀린 데다가 거만하기 짝이 없는 학생의 태도 때문에 부아가 머리 꼭대기까지 치밀었으리라.

그런데도 대갚음하지 못한 것은 소년의 변명에도 어느 정도 납득할 수밖에 없었기 때문이다.

도덕적인 문제를 제외하면 사실 자리를 양보할 의무는 어디에도 없다.

"죄송합니다……."

여자는 눈물을 필사적으로 참으면서 조용히 노파에게 사과의 말을 건넸다.

버스 안에서 벌어진 사소한 해프닝. 나는 휘말리지 않아서 다행이라며 솔직히 가슴을 쓸어내렸다. 노인에게 자리를 양보하든 안 하든 그런 건 아무래도 상관없다.

이 소동은 자아를 관철시킨 소년의 승리로 끝이 났다. 버스 안의 누구나 그렇게 여기던 바로 그 때.

"저기…… 나도, 이 언니의 말이 옳다고 생각해."

생각지도 못한 구원의 손길이 뻗쳤다. 그 목소리의 주인공은 여자 옆에 줄곧 서있었던 모양인지, 마음먹고 용기를 낸 듯 소년에게 말했다. 우리와 같은 학교 교복이다.

"이번엔 프리티 걸인가? 아무래도 난 오늘 여자 운이 좀 따르는 모양인데?"

"이 할머니, 아까부터 계속 힘들어 보이셨어. 그러니까 자리를 양보해드리면 안 될까? 저기, 쓸데없는 참견인지도 모르지만 사회공헌도 된다고 생각해."

딱, 하고 소년이 손가락을 튕겼다.

"아하, 사회공헌! 그렇구나, 아주 흥미로운 의견이야. 노

21

인네에게 자리를 양보하는 건, 물론 사회공헌의 일환일지도 모르지. 하지만 안타깝게도 난 사회공헌에 별 흥미가 없어. 난 그냥 내가 만족하면 그걸로 됐으니까. 그리고 하나 더. 이렇게 복잡한 버스 안에서 노약자석에 앉은 나를 못 잡아먹어서 안달들인데, 자기랑 상관없다는 듯 자리에 앉아서 입 닫고 있는 다른 녀석들은 그대로 내버려둬도 괜찮나? 노인네를 극진히 생각하는 마음이 있다면 자리가 노약자석이든 아니든 별로 중요하지 않다고 보는데."

소녀의 마음이 와 닿지 않았는지, 소년은 시종일관 당당한 태도였다. 여자도 노파도, 말을 잇지 못해 분노를 억눌렀다.

하지만 소년을 똑바로 쳐다보며 선 소녀는 그에 굴하지 않았다.

"여러분. 잠시만 제 이야기를 들어주세요. 누가 이 할머니께 자리를 양보해주시면 안 될까요? 아무나 좋아요. 부탁드립니다."

이 한마디를 짜내는 데 얼마나 큰 용기와 결단, 그리고 배려심이 필요할까? 결코 쉬운 일이 아니다. 그 발언으로 소녀는 주위로부터 따갑고 성가신 존재 취급을 받게 될지도 모르는 것이다. 그러나 소녀는 겁내지 않고 진지한 태도로 승객들에게 호소했다.

내 자리는 노약자석이 아니었지만 그래도 거리가 꽤 가까웠다. 지금 손을 들어, 여기 앉으세요 하고 말하면 이 소동

은 일단락되리라. 노파도 천천히 자리에 앉겠지.

하지만 나 역시 주변 사람과 마찬가지로 꿈쩍도 하지 않았다. 일어날 필요가 없다, 그렇게 판단했기 때문이다. 아까 그 소년의 태도와 말투는 살짝 걸리는 부분도 있었지만 대체로 틀린 말은 없다는 결론이었다.

요즈음 노인들은 물론 그동안 일본을 밑에서 받쳐준 공헌자들임이 틀림없다.

하지만 우리 청년들은 장차 일본을 이끌어갈 소중한 인재다.

그리고 해를 거듭할수록 심화되는 고령화 사회에서 그 가치는 이전보다 훨씬 높다고 할 수 있다.

고로 노인과 청년 중 과연 어느 쪽이 현재 더 필요한 존재인지는 굳이 생각할 필요도 없다. 뭐, 이것 역시 완벽한 답은 아니려나?

어쩐지 주변 사람들이 어떻게 나올지 살짝 신경 쓰였다. 주위를 쓰윽 둘러보니 대체로 보고도 못 본 척하는 사람들, 혹은 내적 갈등이 일어난 듯 복잡한 표정의 사람들이다.

그런데—— 내 옆에 앉은 소녀는 전혀 달랐다.

이 소란 속에서도 분위기에 휩쓸리지 않고 무표정으로 일관했다.

색다른 그녀의 모습을 나도 모르게 빤히 바라보다가 순간 소녀와 눈이 마주쳤다. 그건 나쁘게 말해 서로의 의견이 일치한다는 사실을 가리켰다. 둘 다 자리를 양보할 필요는 없다고 여기는 눈빛.

"저, 저기, 여기 앉으세요."

소녀가 호소한 후 얼마 지나지 않아 사회인으로 보이는
한 여자가 자리에서 일어났다. 노파와 가까운 자리에 있던
그녀는 꼭 가시방석에 앉은 듯 마음이 불편해졌는지 자리를
양보했던 것이다.

"정말 감사합니다!"

소녀는 환하게 웃으며 고개 숙인 후 혼잡한 인파를 뚫고
노파를 빈자리로 안내했다.

노인은 몇 번이고 고마워하면서 천천히 자리에 몸을 맡
겼다.

나는 그 모습을 곁눈질하다가 팔짱을 끼고 가만히 눈을
감았다.

그리고 얼마 후 버스가 목적지에 도착하자, 고등학생들을
따라 나도 버스에서 내렸다.

그곳에는 천연석을 연결해 만든 문이 나를 기다리고 있
었다.

함께 내린 교복 차림의 소년 소녀들은 모두 이 문을 지나
친다.

도쿄 도(都) 고도 육성 고등학교. 일본 정부가 만든, 나라
의 미래를 책임질 청년들을 키워내는 것이 목적인 학교. 오
늘부터 내가 다니게 될 장소다.

한번 발걸음을 멈추고 심호흡해본다. 좋았어, 그럼 가볼

25

까!

"잠깐만."

힘찬 발걸음을 내딛으려는 순간, 바로 옆에서 말을 거는 바람에 기세가 꺾여버렸다.

아까 옆자리에 앉았던 소녀가 나를 불러 세웠던 것이다.

"아까 나 왜 쳐다봤니?"

눈여겨보고 있었단 말인가.

"미안. 그냥 좀 신경 쓰여서 그랬어. 무슨 이유가 있든 간에 넌 처음부터 할머니에게 자리를 양보할 생각이 전혀 없었던 게 아닌가 싶어서."

"그래 맞아. 난 양보할 생각이 전혀 없었어. 그게 뭐?"

"아니, 그냥 나랑 같다고 생각했을 뿐이야. 나도 자리를 양보할 생각이 없었거든. 무사안일주의라, 그런 일에 휘말려서 튀고 싶지 않아."

"무사안일주의? 날 너랑 똑같은 사람 취급하지 마. 난 단지 할머니에게 자리를 양보하는 게 무슨 의미가 있는지 몰라서 안 한 거니까."

"그건 무사안일주의보다 더 심한 거 아닌가?"

"그럴까? 난 신념을 가지고 행동했을 뿐인걸. 그저 귀찮은 일을 하기 싫은 인종이랑은 다르지. 나에게 바람이 있다면 너 같은 인간하고 엮이지 않고 지내고 싶다는 거야."

"……나도 동감이다."

아주 잠깐 생각을 나누고 싶었을 뿐인데 이런 식으로 대답이 돌아오자 기분이 썩 좋지 않았다.

우리는 서로 일부러 들으라는 듯이 한숨을 푹 내쉰 후 같은 방향으로 걸음을 떼기 시작했다.

2

입학식은 도저히 좋아할 수가 없다.

그렇게 생각하는 1학년이 적지 않으리라.

교장과 재학생의 감사하기 이를 데 없는 환영 인사도 번거롭게 느껴지고, 정렬해서 계속 서 있어야 하질 않나 귀찮은 일이 한두 가지가 아니니까 그런 생각이 들고 마는 것이다.

하지만 내가 말하고 싶은 것은 그게 다가 아니다.

초, 중, 고등학교 입학식은 아이들에게 있어서 한 가지 시련의 시작을 의미한다.

학교생활을 만끽하는 데 반드시 필요한 요소인 친구를 만들 수 있는지, 입학식 날부터 며칠 안에 모든 것이 달렸다. 이때 친구 만들기에 실패하면 앞으로 비참한 3년이 기다리고 있다고 해도 과언이 아니리라.

무사안일주의자인 나로서는 나름대로 인간관계를 구축해두고 싶다.

그래서 일단 입학식 전날, 서툴지만 여러 가지 시뮬레이션을 해보았다.

밝은 표정으로 교실에 뛰어 들어가 아이들에게 적극적으로 말을 걸어볼까, 라든지.

종이에 적어둔 메일 주소를 살짝 친구에게 건네면서 친해져볼까, 라든지.

특히 나는 지금까지와는 환경이 전혀 다른, 그러니까 혼자 완전히 적지에 내몰린 것과 같은 상태. 고립무원. 먹고 먹히는 전장에 홀로 뛰어든 형국인 것이다.

교실을 스윽 둘러본 후 나는 내 명찰이 놓인 자리로 향했다.

창가 근처 뒷자리. 일반적으로는 누가 봐도 명당자리다.

교실 안만 봤을 때 등교한 학생은 현재 절반이 조금 넘으려나.

대체로 혼자 자리에 앉아 학교에서 나눠준 자료를 훑어보거나 멍하니 있었지만, 일부는 전부터 알던 사이인지 아니면 벌써 친해졌는지 다른 아이와 잡담을 나누는 모습이었다.

자, 이제 어떻게 한담? 이 빈 시간에 몸을 움직여 누군가와 친해져볼까? 때마침 앞쪽에 살찐 소년이 혼자서 쓸쓸하게(내 멋대로의 상상) 등을 구부리고 앉아 있었다.

누가 어서 나한테 다가와 말 좀 걸고 친구가 되어줘! 하는 분위기를 마구 풍기고 있다(역시 내 멋대로의 상상).

하지만…… 갑자기 말을 걸면 상대도 당황하겠지.

기막힌 타이밍이 오길 기다릴까? 아니, 그러다가 어느 순간 적들에게 가로막혀 고립될 가능성도 크다. 역시 지금은 내가 먼저……. 아니, 기다려, 서두르지 마. 경솔하게 잘 알지도 못하는 애에게 다가갔다가 도리어 당할 위험도 있잖아.

안 돼, 부정적인 생각은…….

결국 나는 아무에게도 말을 걸지 못하고 서서히 고립되는 흐름에 빠진다.

저 녀석 또 혼자야? 큭큭큭, 같은 상황? 그런 환청까지 들리는 식이다.

친구란 대체 무엇인가? 도대체 어느 시점부터 친구라 말할 수 있는가? 함께 밥을 먹는 순간? 아니면 같이 화장실에 갈 때 비로소 친구가 되는 것인가?

생각하면 할수록 친구란 뭐지, 하고 점점 심오한 부분을 더듬게 된다.

——친구를 만드는 일이란 무척 힘들고 성가시구나. 애초에 이렇게 누군가를 딱 집어서 사귀는 게 친구라고 할 수 있나? 좀 더 뭐랄까, 자연스러운 인간관계가 형성되어 친해지는 것 아닌가? 머릿속은 꼭 시끌벅적한 축제가 벌어진 듯 뒤죽박죽 엉망진창이다.

그러는 사이에 교실은 점점 등교한 학생들로 채워지기 시작했다.

에잇, 어쩔 수 없군. 이제 부딪쳐보는 수밖에.

긴 갈등 끝에 드디어 일으키는 무거운 허리. 그런데…….

정신이 들고 보니 앞자리에 앉은 살찐 안경잡이 소년은 이미 다른 아이와 이야기를 나누고 있었다.

어딘지 순수하고도 어색한 미소가 번지면서도 새로운 우정이 싹트고 있지 않은가. 잘됐네, 안경잡이 친구…… . 너에게 고등학교 첫 친구가 생길 것 같아——

"한발 늦었잖아……!"

머리를 감싸고 나의 한심함을 깊이 반성했다.

나도 모르게 깊은 한숨이 새어 나온다. 앞으로 펼쳐질 내 고등학교 생활이 깜깜해서 하나도 보이지 않는 것 같다.

어느덧 교실은 아이들로 가득 찼고, 내 옆자리에도 가방을 내려놓는 소리가 들렸다.

"입학 첫날부터 땅 꺼지겠네. 나도 너랑 다시 만나니 한숨이 절로 나오려고 하지만."

옆자리에 앉은 아이는 좀 전에 버스 정류장에서 싸우고 헤어졌던 그 소녀였다.

"……같은 반이었군."

하기야 1학년은 총 네 반뿐. 같은 반이 되는 것도 그리 놀랍지 않은 확률이긴 하다.

"난 아야노코지 키요타카라고 해. 잘 부탁한다."

"뜬금없이 웬 자기소개?"

"하지만 이제 겨우 두 번째 말 섞는 거고. 딱히 상관없잖아?"

어찌 됐든 나는 누군가에게 나를 소개하고 싶어서 좀이 쑤셨던 것이다. 그게 설령 이 건방진 여자애라고 해도. 이 반에 익숙해지기 위해서, 적어도 옆자리에 앉은 아이의 이름 정도는 빨리 알아두고 싶다.

"거부해도 상관없을까?"

"1년 동안 서로 이름도 모른 채 옆자리에 앉으면 많이 불편할 것 같은데."

"난 그렇게 생각하지 않아."

옆을 슬쩍 쳐다보니 소녀는 가방을 책상 위로 올리고 있었다. 아무래도 이름조차 가르쳐줄 생각이 없는 모양이다.

소녀는 교실의 풍경 따위 안중에도 없는지, 마치 올바른 학생의 표본처럼 등을 곧게 펴고 앉아 있을 뿐이었다.

"친구는 다른 반에 있어? 아니면 이 학교에 혼자 왔나?"

"……너도 참 유별나네. 나한테 말 걸어봤자 재미없을 거야."

"더는 피해주지 말라는 얘기라면 그만둘게."

상대를 화나게 하면서까지 자기소개를 부탁할 생각은 없다. 이걸로 대화는 종료라고 생각했는데, 소녀는 마음을 달리 먹었는지 한숨을 푹 내쉰 후 고개를 돌려 나를 빤히 바라보았다.

"내 이름은 호리키타 스즈네야."

대답해주지 않을 거라고 생각했더니, 소녀…… 호리키타 스즈네는 그렇게 이름을 밝혔다.

그제야 처음으로 정면에서 소녀의 얼굴을 확인할 수 있었다.

……귀엽게 생겼잖아? 아니, 굉장한 미인이다.

같은 학년이지만, 한두 살 쯤 위라고 해도 고개가 끄덕여질 것 같다.

호리키타 스즈네는 그 정도로 차분한 느낌의 미인이었다.

"그럼 내 소개를 할게. 난 특별한 취미는 없지만 뭐든 다 조금씩 흥미를 느끼는 편이야. 친구는 많이는 필요 없어도 어느 정도는 있었으면 해. 뭐, 그런 인간이야, 난."

"과연 무사안일주의자다운 대답이네. 별로 좋아질 것 같지 않은 사고방식이야."

"왠지 내 모든 것을 단 1초 만에 부정당한 기분이 드는데……."

"여기서 더는 불운이 쌓이지 않길 빌어야겠어."

"마음은 알겠지만 그건 이루어질 것 같지 않은데?"

이렇게 말하며 내가 손가락으로 가리킨 곳은 교실 입구. 그곳에 서 있는 사람은——

"꽤 잘 갖춰진 교실이군. 역시 듣던 대로 나쁘지 않아."

버스에서 여자와 한바탕 소란을 피웠던 소년이었다.

"……그러네. 불운이 틀림없어."

우리뿐 아니라 그 문제아 역시 D반인 모양이다.

소년은 우리의 존재를 알아차린 기색도 없이, '코엔지'라고 표시된 자리에 가서 몸을 털썩 맡겼다. 저런 인간도 교우관계를 의식할까? 좀 관찰해봐야겠다.

그러자 코엔지는 두 발을 책상 위에 올리고 가방에서 손톱깎이를 꺼내, 콧노래를 부르며 손톱정리를 시작했다. 주위의 소란스러움과 자신을 향한 시선 따위 하나도 보이지 않는다는 듯 행동하고 있다.

버스에서 했던 발언은 진심이었던 모양이다.

불과 수십 초도 지나지 않아 반 아이들의 절반 이상이 코엔지를 향해 어이없다는 눈빛을 보내고 있음을 깨달았다.

저렇게나 당당히 자신을 관철시키는 것도 참 대단하다.

문득 옆자리를 쳐다보니 호리키타는 눈을 내리깔고 자기가 가져온 것으로 보이는 책을 읽고 있었다.

이렇게 해서 나는 호리키타와 친구가 될 기회를 한 번 놓쳤다.

살짝 몸을 숙여 책 제목을 훔쳐보니 《죄와 벌》이었다.

흥미로운 책이지. 정의를 위해서라면 살인할 권리가 있는지 없는지에 관해 다루고 있다.

유감스럽게도 어쩌면 호리키타는 나와 독서 취향이 비슷할지도 모르겠다.

어쨌든 자기소개는 끝났으니, 옆자리 사람으로서 최소한의 관계는 구축한 것일까?

그로부터 몇 분이 지난 후 수업 시간을 알리는 종소리가 울렸다.

그와 거의 동시에 슈트 차림을 한 여자가 교실로 들어왔다.

겉으로 보기에도 야무져 보이는, 규율을 중요시할 것 같은 인상. 대략적인 나이는 서른 전후? 미묘한 부분이다. 그럭저럭 긴 머리카락은 포니테일 스타일로 묶었다.

"자, 신입생들. 난 우리 D반의 담임을 맡은 차바시라 사에라고 한다. 담당 과목은 일본사고. 우리 학교는 학년이 올라가도 반이 바뀌지 않아. 그래서 졸업까지 3년 간 내가 계속 담임으로 너희를 가르치게 될 거야. 앞으로 잘해보자. 입학식은 지금부터 한 시간 뒤에 체육관에서 하니까, 그 전에 우리 학교의 특별한 규칙을 담은 자료를 나눠 주겠다. 전에 입학 안내문과 함께 받은 적 있을 거야."

앞에서 눈에 익은 종이가 넘어왔다. 합격 발표 후 받은 것이다.

이 학교는 전국의 여타 고등학교와 달리 특수한 부분이 있다. 바로 학생 전원이 학교 부지 내에 있는 기숙사에서 생활할 의무가 있다는 것과 재학 중에는 특별한 예를 제외하고 외부와의 연락을 일절 금한다는 사실이었다.

가족이라도 학교 측의 허가 없이는 연락을 취할 수 없다.

또, 당연한 소리지만 허가 없이 학교 부지 밖으로 이탈하는 것도 엄금하고 있다.

그 대신 학생들의 편의를 위한 수많은 시설이 존재한다. 노래방, 영화관, 카페, 옷가게 등 작은 시가지가 형성되어 있다고 표현해도 좋으리라. 대도시의 중심에 위치한 학교는 그 광대한 부지가 60만 평을 훌쩍 넘는다고 한다.

그리고 또 하나, 이 학교만의 특징이 있다. 바로 S시스템의 도입이다.

"지금부터 학생증 카드를 나눠 주겠다. 이걸 사용해서 학교 부지 내의 모든 시설을 이용하거나 매점 같은 곳에서 물건을 살 수 있어. 일종의 신용카드 같은 거지. 다만 포인트를 소비하는 것이니 주의가 필요해. 학교 내에서 이 포인트로 못 사는 건 없어. 학교 부지 내에 있는 거라면 뭐든지 구입 가능하다."

학생증과 일체화된 이 포인트카드는 학교 내에서 현금의 의미를 가진다.

굳이 지폐를 가지고 있지 않아도 되므로 학생들 간에 일어나는 금전적 트러블을 미연에 방지할 수 있고, 포인트 소모를 체크함으로써 소비벽을 감시하는 수단이 될지도 모른다. 좌우지간 포인트는 전부 학교 측에서 무상으로 제공한다.

"학교 시설은 기계에 이 학생증을 통과시키거나 제시하면 사용 가능하다. 사용 방법이 아주 간단하니까 헤맬 일은 없을 거야. 그리고 포인트는 매달 1일에 자동적으로 들어온다. 너희 모두 평등하게 10만 포인트가 이미 지급되어 있어. 또한, 한 포인트 당 1엔의 가치가 있다. 설명은 더 필요 없겠지?"

순간 교실이 술렁였다.

요컨대 이제 막 입학한 우리는 학교로부터 용돈으로 10만엔을 받았다는 이야기다. 역시 일본정부가 관련된 만큼 스케일이 큰 학교구나.

고등학생에게 주는 금액 치고 상당히 많은 액수다.

"포인트 지급액이 많아서 놀랐니? 이 학교는 실력으로 학생을 평가한다. 입학에 성공한 너희는 그만큼의 가치와 가능성이 있어. 거기에 대한 평가 같은 거다. 그러니 사양 말고 쓰도록. 다만, 이 포인트는 졸업 후에 전부 회수한다. 현금화 같은 건 불가능하니까 포인트를 모아봤자 소용없어. 받은 포인트를 어떻게 쓸지는 너희 자유야. 그러니 마음껏 쓰도록 해. 만약 포인트를 쓸 필요가 없다고 생각하는 사람은 누군가에게 양도해도 상관없어. 단, 억지로 협박해서 뺏거나 하는 짓은 흉내도 내지 마. 우리 학교는 학교폭력 문제만큼은 민감하니까."

술렁거리는 소리가 점점 더 커지는 교실 안에서 담임은 학생들을 둘러보았다.

"질문 없지? 그럼 앞으로 즐거운 학교생활을 보내도록."

반 아이들 대부분은 10만 포인트라는 커다란 숫자에 놀라움을 감추지 못했다.

"생각했던 것만큼 엄격한 학교는 아닌 것 같네."

혼잣말인가 보다 했는데, 호리키타가 내 쪽을 쳐다봤기 때문에 나에게 한 말이라는 것을 알아차렸다.

"정말. 굉장히 유하다고 할까."

기숙사 생활을 강요받고 학교 부지 밖으로 나가는 것도 금지인 데다가 외부인과 연락할 수도 없다는 제한은 있지만, 무상으로 제공되는 포인트나 주변 시설에는 불만이 생길 수가 없다.

생각하기에 따라서는 낙원이라고 할 만큼 학생들을 대우

해주는 셈이다.

그리고 이 고도 육성 고등학교의 가장 큰 매력은 진학률과 취업률이 100퍼센트에 가깝다는 부분이다.

정부가 주도하는 이 학교는 철저한 지도를 통해 학생이 원하는 미래를 이룰 수 있도록 전력으로 지원한다.

사실 학교 측에서도 그 점을 대대적으로 선전하고, 졸업생 중에는 이 학교를 나왔다는 사실만으로 유명해진 인물도 적지 않다. 보통 아무리 유명하고 우수한 학교라도 뛰어난 분야는 제한되어 있기 마련이다. 스포츠에 특화된 학교라든가 음악으로 유명한 학교라든가. 혹은 컴퓨터 관련 학교이거나. 하지만 이곳은 어떤 분야든 막론하고 학생의 꿈을 이루어준다.

그만큼의 시스템과 명성을 지닌 학교인 것이다.

그런 이유로 반 분위기도 살벌할 거라고 생각했지만, 아이들은 대부분 어디에나 있음직한 평범한 학생들.

아니, 그래서 더 앞뒤 안 가릴지도 모르는 일이다. 우리는 이미 입학이 허가된, 이른바 인정받은 존재. 이제 무사히 졸업까지만 가면 목적을 달성할 수 있는데…… 정말 그렇게 될까?

"너무 잘 대우해줘서 좀 무서울 정돈데."

호리키타의 말을 들은 나 역시 같은 느낌이었다.

이 학교의 자세한 사정은 베일에 감춰져 있다고 할까, 모르는 것투성이다.

꿈을 이루어주는 학교이니 그만큼 위험도 있으리라는 생각이 들지 않을 수 없다.

"있지, 돌아가는 길에 가게들 구경하지 않을래? 쇼핑하자."

"응. 이것만 있으면 뭐든지 살 수 있으니까. 이 학교 들어오길 정말 잘했어!"

담임이 교실에서 나가자, 엄청난 돈을 받았다는 사실에 들뜨기 시작한 학생들.

"모두들, 잠깐만 내 이야기 좀 들어줄래?"

그런 가운데 손을 든 사람은 호쾌한 분위기를 풍기는 남학생이었다.

머리도 염색하지 않은 것으로 보아 우등생 같다. 표정에서도 불량기라고는 전혀 느껴지지 않는다.

"우리 오늘부터 같은 반에서 지내게 되었잖아. 그러니 지금부터 자발적인 자기소개를 해서 하루라도 빨리 모두 친해졌으면 해. 입학식까지 아직 시간도 남았으니, 어때?"

오오…… 엄청난 말을 했다. 반 아이 대부분이 속으로 생각하면서도 차마 입에 담지 못했던 말이다.

"찬성! 우리 아직 서로 이름이라든가, 아무것도 모르잖아."

한 사람이 불씨를 당기자 망설이던 학생들이 뒤이어 찬성을 표명했다.

"내 이름은 히라타 요스케. 중학교 친구들은 그냥 요스케라고 불렀으니까 너희도 편하게 그렇게 불러. 취미는 스포츠 전반인데, 특히 축구를 좋아해서 여기서도 축구를 할 생각이야. 잘 부탁한다.”

처음에 제안했던 남학생이 나무랄 데 없는 자기소개를 했다.

담력이 대단하군. 게다가 역시 나왔다, 축구! 호감 가는 외모에 축구까지 더해지면 그 인기는 순식간에 두 배, 아니 네 배나 쑥 올라간다. 봐라, 히라타 옆에 앉은 여자애의 눈에 이미 하트가 그려져 있지 않은가.

이런 녀석이 반의 중심이 되어 졸업까지 모두를 이끌겠지.

그리고 대개는 반 혹은 학년에서 제일 귀여운 여자애를 사귄다. 거기까지가 하나의 흐름이다.

“괜찮으면 끝에서부터 자기소개를 시작했으면 하는데…… 어때?”

어디까지나 자연스럽게, 슬며시 확인하는 히라타.

제일 가장자리에 앉은 여자애가 잠시 망설이다가 곧 결심하고 자리에서 일어섰다.

“나, 나는, 이노가시라, 코, 코——”

이름을 밝히다가 도중에 말을 잇지 못했다. 머릿속이 새하얘진 것일까, 아니면 아직 생각이 정리되지 않은 상태에서 자기소개를 시작한 것일까. 그 후 계속해서 말이 나오지 않자 점점 안색이 창백해졌다. 이렇게까지 심하게 긴장하는 아이도 그리 흔하지 않은데.

“힘내~.”

“당황하지 않아도 괜찮아~.”

반 아이들의 다정한 격려가 날아왔다. 하지만 그것이 그

39

녀에게는 오히려 역효과였는지, 말은 목구멍 속으로 쑥 들어가고 말았다. 5초, 10초가 지나도록 이어지는 침묵. 그리고 부담.

일부 여자아이들이 살짝 실소를 터뜨리기 시작했지만, 이노가시라는 그대로 얼어붙어 움직이지 않았다. 바로 그때 한 여자애가 말을 툭 내뱉었다.

"천천히 해. 서두를 필요 없어."

그 말은 힘내라거나 괜찮다는 말과 똑같이 들리지만 지닌 의미는 전혀 달랐다.

극도로 긴장한 상대방에게 힘내라거나 괜찮다는 말은 격려임과 동시에 주위 분위기에 맞추라는 강요이기도 하다.

반면 천천히 해도 된다, 서두를 필요 없다는 말은 자기 자신의 페이스에 따르라는 의미를 지닌다.

그 목소리에 조금 안정을 되찾았는지 그녀는 하아 후우, 하고 숨을 고르려 애썼다. 그리고 잠시 후…….

"난, 이노가시라…… 코코로라고 해. 으음, 취미는 바느질, 뜨개질 같은 거야. 자, 잘 부탁해."

한번 입을 뗀 후로는 하고 싶은 말을 마음껏 한 모양이었다.

마음이 놓인 듯한, 기쁘고 수줍은 듯한 모습으로 이노가시라가 허리를 숙였다.

여자애의 도움 덕분에 이노가시라는 소녀는 위기를 잘 넘긴 듯했다. 그리고 자기소개는 계속 이어졌다.

"나는 야마우치 하루키야. 초등학생 때는 탁구로 전국대회에 나갔고, 중학생 때는 야구부 에이스로 등번호가 4번이었지. 하지만 인터하이에서 부상을 당해 지금 재활 중이야. 잘 부탁한다."

아니, 인터하이는 고교 대항전이잖아……. 중학생이 거길 어떻게 나가.

웃기려고 한 말인가? 처음 받은 인상은 입이 가볍고 우쭐대기 좋아하는 느낌이었다.

"그럼 다음은 나네."

씩씩하게 자리에서 일어난 아이는 조금 전 이노가시라에게 천천히 해도 된다고 말했던 소녀.

그리고 오늘 아침 버스에서 노파를 도와주었던 바로 그 여자애였다.

"난 쿠시다 키쿄라고 해. 이 학교에 중학교 친구는 하나도 오지 않아서 나 혼자야. 그래서 빨리 너희들 이름이랑 얼굴을 익혀서 친구가 되고 싶어."

아이들 대부분이 한마디로 인사를 끝마친 것과 달리 쿠시다라는 소녀는 계속해서 말을 이었다.

"내 제일 첫 목표는 여기 있는 모든 아이들과 친해지는 거야. 자기소개가 다 끝나면 꼭 나랑 전화번호 교환하자."

말뿐만이 아니다. 이 아이는 틀림없이 남에게 금세 마음을 여는 타입이다. 그런 직감이 왔다.

이노가시라에게 한 말도 그저 적당히 보낸 격려는 아니라는 생각이 든다.

그야, 우리 모두와 친해지고 싶은 의지가 엿보이니까.

"또 방과 후와 주말에 친구들이랑 재미있게 놀고 추억을 실컷 쌓고 싶으니까 말 많이 걸어줘. 말이 좀 길어졌는데 이상으로 내 소개를 마칠게."

틀림없이 남녀 모두에게 인기를 얻겠지.

……그나저나 남의 자기소개를 비판하고 있을 때가 아니잖아.

뭐지, 이 묘하게 불안한 느낌은.

내 순서가 오면 뭐라고 말할까, 농담을 던지는 편이 좋을까, 이래저래 자꾸 생각이 많아진다.

엄청 호들갑 떨면서 자기소개를 하면 다들 웃어주지 않을까?

아니, 하지만 말이야. 처음부터 너무 방정맞게 굴면 다들 정색할지도 몰라. 게다가 애당초 난 그런 캐릭터도 아니고 말이지.

이런저런 고민을 하는 사이에도 자기소개는 계속되었다.

"자, 그럼 다음——"

히라타가 재촉하듯 다음 아이에게 시선을 보내자, 그는 매서운 눈빛을 히라타에게로 돌렸다.

머리를 새빨갛게 물들인, '불량'이라는 두 글자가 딱 어울리는 소년이다.

"우리가 꼬맹이냐? 자기소개 따위 딱히 필요 없잖아. 하

고 싶은 녀석만 하라고."

빨간 머리가 히라타를 살벌하게 노려보았다. 금방이라도 덤빌 듯한 기세다.

"내가 강제로 시킬 권리는 없지. 하지만 반 친구들과 잘 지내보려고 하는 건 나쁜 일이 아니라고 생각해. 불쾌했다면 미안."

똑바로 쳐다본 후 고개 숙여 사과하는 히라타의 모습에 몇몇 여자애들이 빨간 머리를 쨰려보았다.

"자기소개 하는 게 뭐 어떻다고 그래?"

"그래, 맞아!"

역시 잘생긴 축구 소년. 순식간에 거의 모든 여자애를 자기편으로 만든 듯하다.

하지만 대신 빨간 머리를 비롯한 남자애들로부터는 질투와 비슷한 종류의 불만을 산 것 같지만.

"시끄러워. 난 별로 친한 척 연기하려고 여기 온 게 아니거든."

빨간 머리는 이 말을 남기고 자리를 떴다. 그와 동시에 몇몇 학생이 뒤이어 교실을 빠져나갔다. 얼굴을 익힐 필요가 없다고 판단한 모양이다. 내 옆의 호리키타도 천천히 자리에서 일어섰다.

호리키타는 잠시 날 쳐다본 후, 내가 움직이지 않는 것을 확인하자 곧바로 걸음을 떼기 시작했다. 히라타는 살짝 씁쓸한 표정으로 교실을 나가는 아이들의 뒷모습을 바라보았다.

"쟤들이 나쁜 건 아니야. 멋대로 이 자리를 만든 내 잘못이야."

"무슨 소리야. 히라타는 아무 잘못 없어. 저런 애들은 내버려두고 계속하자."

일부는 자기소개에 반발하는 형태로 교실을 나가버렸지만, 남아 있는 많은 학생은 다시 자기소개를 이어나갔다. 결국 대다수는 대세를 따르는 게 세상 이치다.

"난 이케 칸지. 좋아하는 건 여자고 싫어하는 건 훈남이다. 여자 친구는 수시로 모집 중이야. 앞으로 잘 부탁해! 물론 귀엽거나 예쁜 애를 기대한다!"

웃기려고 하는 말인지 진심인지 판단이 서지 않았지만, 적어도 여자애들의 반감을 사는 데는 성공했다.

"우와, 대단해! 이케, 너 멋있다아아!"

여자애 중 하나가 1000퍼센트 거짓말인 것이 다 티 나는 무감정한 목소리로 말했다.

"진짜, 진짜? 뭐, 나도 내가 나쁘지 않다고는 생각하고 있었지, 에헤헤헤."

아무래도 이케는 그 말을 진심으로 받아들인 모양인지 수줍은 듯 볼을 붉혔다.

그 순간 여자애들이 웃음을 터뜨렸다.

"뭐야, 다들 귀엽잖아? 나 진짜 여자 친구 모집 중이니까!"

그게 아니라 놀리는 거라고, 너를.

우쭐해져서 손을 마구 흔드는 이케. 나쁜 녀석은 아닌 것 같은데 말이지.

그 다음은 오늘 아침 같은 버스에 있었던 남학생, 코엔지의 차례였다.

길게 내린 앞머리를 손거울로 확인하면서 쓸데없는 빗질을 계속하고 있다.

"저기, 자기소개를 부탁해도 될까——?"

"훗. 상관없지."

짧게, 귀공자처럼 미소 지어 보였지만 어딘지 뻔뻔해 보이는 태도가 슬쩍슬쩍 드러난다.

긴 다리를 천천히 일으켜 세우는가 싶었는데, 코엔지는 어이없게도 책상 위에 두 다리를 올린 채 자기소개를 시작했다.

"내 이름은 코엔지 로쿠스케. 코엔지 콘체른(법적으로 독립된 여러 회사가 실질적으로 결합된 형태. 재벌 그룹과 비슷한 의미)의 외아들로 언젠가는 이 일본 사회를 짊어지고 갈 몸이지. 잘 기억해줘, 어린 레이디들."

반 아이들이라기보다는 여자들에게만 하는 소개였다.

여자애들은 부잣집 도련님에게 눈을 반짝이——기는커녕 그냥 괴짜를 보는 듯한 눈빛으로 코엔지를 쳐다보았다. ······그야 당연하겠지.

"그리고 내가 불쾌하게 여기는 행위를 한 녀석에게는 가차 없는 제재를 가하게 될 거야. 그 점을 유념하기 바란다."

"음, 코엔지? 불쾌하게 여기는 행위라니?"

제재라는 말이 걸렸는지 히라타가 물었다.

"말 그대로의 의미야. 그래도 한 가지 예를 들자면── 난 못난 걸 싫어해. 그런 게 내 눈에 띄면 무슨 일이 벌어질지 나도 몰라."

그는 앞머리를 쓸어 올렸다.

"고, 고마워. 조심할게."

빨간 머리와 호리키타 그리고 코엔지. 거기에다가 야마우치와 이케. 아무래도 범상치 않은 아이들이 이 반에 모인 것 같다. 얼마 안 되는 시간 동안 나는 다양한 아이들의 일면을 엿본 기분이 들었다.

나는── 특별한 버릇도 특징도, 아무것도 없다.

그냥 자유로운…… 그래, 자유로운 새가 되고 싶어 새장을 벗어난 한 마리 새다.

앞날에 대한 아무 고민도 없이, 그저 너른 하늘로 날아올라보고 싶었다.

보아라, 창밖으로 우아한 날개를 펼치는 새……는 지금 보이지 않지만.

어쨌든 그런 남자다, 나는.

"음, 그럼 다음 사람── 거기 너, 부탁해도 될까?"

"응?"

망했다. 망상에 빠져 있는 사이에 내 순서가 찾아오고 말았다. 수많은 눈동자가 기대감을 안고 내 소개를 기다리고 있다. 어이, 그런 기대 가득한 눈빛을 나한테 보내지 말라고(혼자만의 착각).

어쩔 수 없군, 큰맘 먹고 내 소개를 해주지.

덜커덕! 기세 좋게 자리에서 일어선다.

"음…… 난 아야노코지 키요타카야. 저기, 으음…… 잘하는 건 특별히 없지만, 모두와 잘 지낼 수 있도록 노력할 테니, 으음, 잘 부탁할게."

인사를 끝마치고 허둥지둥 자리에 앉는다.

홋…… 다들 봤냐? 이 몸의 자기소개를.

……실패다!

무심코 머리를 감싸 쥐었다.

망상에 너무 취한 나머지 제대로 된 자기소개를 준비할 여유가 없었던 탓이다.

어느 누구의 주목도 받지 못하고, 기억에도 남지 않는 최악의 자기소개였다.

"잘 부탁한다, 아야노코지. 친하게 지내고 싶은 마음은 우리도 똑같아. 같이 힘내자."

히라타는 산뜻한 미소를 날리며 그렇게 말했다.

제각각이었지만 박수소리가 들렸다. 내 실패를 알고 다독여주는 것만 같았다.

동정이랄까, 배려심이 담긴 박수가 묘하게 가슴을 쿡쿡

찔렀다.

아쉽지만 그래도 조금은 기뻤다.

3

엄격한 학교라고 해도 입학식은 어느 곳이나 다르지 않은 법.

잘난 분들의 감사한 말씀을 듣고 무사히 끝났다.

그리고 점심시간 전. 우리는 대략적인 학교 설명을 들은 후 해산했다.

입학생의 7, 80퍼센트는 그대로 기숙사에 들어갔다. 그 밖에 벌써 그룹을 만들어 카페나 노래방으로 향하는 능력자들도 있었다. 떠들썩했던 교실의 분위기는 눈 깜짝할 사이에 잠잠해졌다.

참고로 나는 기숙사에 들어가기 전에 강한 흥미를 느꼈던 편의점에 들를 생각이었다. 물론 혼자서. 함께 갈 친구 따위 한 사람도 없으니까.

"……또 이상한 우연이네."

편의점 안에 들어서자마자 호리키타와 맞닥뜨리고 말았다.

"그렇게 경계하지 마. 그런데 너도 편의점에 볼 일 있어?"

"응, 조금. 필요한 걸 사러 왔어."

앞으로 펼쳐질 기숙사 생활. 필요한 물건이 한두 개가 아니다. 여자들은 여러 가지로 더 필요한 게 많겠지. 호리키타는 물건을 확인하며 내게 대답했다.

샴푸를 비롯해 손에 든 생필품을 재빨리 바구니로 옮기는 호리키타. 대충 골랐겠지 하고 생각했는데, 자세히 살펴보니 값싼 것들만 가득한 모양새였다.

"여자애들은 샴푸 같은 데 민감하다고 생각했는데."

"그거야 사람마다 다르지. 그리고 돈은 언제 필요할지 모르는 거니까."

남이 사는 물건을 멋대로 보지 말아줄래? 하는 그녀의 시선이 꽤 차가웠다.

"그나저나 자기소개 때 네가 자리에 남아서 좀 의외였어. 반 아이들과 어울리는 타입으로는 안 보였거든."

"무사안일주의자야말로 그런 자리에 다 끼는 거야. 호리키타, 너야말로 왜 교실을 나갔어? 고작 자기소개일 뿐이잖아? 그걸로 애들이랑 얼굴도 익히고, 친구를 사귈 좋은 기회였는데 말이야."

그 자리에서 바로 전화번호를 교환하는 아이들도 적지 않았다.

호리키타라면 금세 인기를 얻었을지도 모르는데. 참 아깝다.

"반론 이유가 수두룩하게 생각나는데 다 말해야 하니? 자기소개를 했다고 해서 애들과 친해진다는 보장이 어디 있어? 오히려 그것 때문에 어떤 불화가 일어날지도 모르는 거지. 차라리 처음부터 아무것도 안 하면 문제도 일어나지 않을 거잖아. 내 말이 틀려?"

"하지만 확률적으로 자기소개를 하는 쪽이 더 친해질 가능성이 크잖아."

"그 확률은 출처가 어디야? 뭐, 그 부분을 계속 파고들면 결론이 안 날 것 같으니까, 네 말대로 자개소개를 하면 아이들과 친해질 가능성이 있다고 치자. 그래서 결과적으로 넌 누군가와 친해질 가능성을 발견했니?"

"음…….."

호리키타가 나를 빤히 쳐다보며 말했다. ……과연, 반박할 수 없는 말이군.

사실 난 아직 그 누구와도 전화번호를 교환하지 못했다. 자기소개의 장점을 증명하지 못하는 가장 결정적 증거가 되어버렸다. 호리키타의 주장에 나는 무심코 시선을 피했다.

"요컨대 자기소개가 친구 만들기의 유용성과 직결된다는 가설을 입증할 수 없잖아?"

호리키타가 계속해서 말을 덧붙였다.

"그리고 애당초 난 친구를 사귀려는 마음이 없어. 그래서 자기소개 할 필요도 없었고, 그 자리에 남아서 남이 하는 자기소개를 들을 필요도 없었다는 말이야. 이제 이해가 가니?"

그러고 보면 내가 처음에 내 소개를 했을 때도 호리키타는 시큰둥했었지…….

지금 생각해보니 내게 이름을 알려준 것조차 기적이었을

지도 모르겠다.

"뭐 잘못된 거 있어?" 하고 호리키타가 물어왔기 때문에 나는 가만히 고개를 가로저었다.

각자 나름대로의 사고방식을 가지고 있는 것이다. 그걸 부정할 수는 없다.

호리키타는 상상했던 것보다도 훨씬 고립, 아니, 고고한 타입일지도 모른다.

우리는 눈 한 번 마주치지 않고 편의점 안을 배회했다.

성격이 좀 까칠한 것 같지만, 같이 있어도 왠지 불쾌감 따위의 감정은 일어나지 않았다.

"대~박. 컵라면 종류도 완전 많아. 정말 좋은 학교다!"

인스턴트 식품 코너 앞에서 난리법석인 두 남학생. 그들은 바구니에 컵라면을 잔뜩 담아 계산대로 향했다. 바구니 안은 그 밖에도 과자와 주스로 채워져 빈틈을 찾아볼 수 없었다. 다 쓰고도 철철 남는 포인트를 받았으니 당연한가.

"컵라면…… 종류가 이렇게나 많구나."

내가 편의점에 들른 목적 중 하나가 바로 이것이다.

"역시 남자애들은 그런 걸 좋아하나 봐? 몸에 안 좋을 텐데."

"좋아한달까 뭐랄까."

나는 컵라면으로 보이는 것을 손에 들고 가격을 확인했다.

156엔이라고 적혀 있었는데, 그게 비싼 건지 싼 건지 안타깝게도 판단이 서질 않았다.

포인트라는 단위를 사용하고 있지만 가격은 일본 엔으로 표기하는구나.

"상품 가격에 대해서는 어떻게 생각해? 비싸다든가 싸다든가."

"……별로 차이는 못 느끼겠는데, 신경 쓰이는 부분이라도 발견했니?"

"아니, 그런 건 아니야. 그냥 물어보고 싶었을 뿐이야."

편의점에 진열된 상품이니 어차피 타당한 가격, 이라는 거겠지.

그럼 역시 1포인트에 1엔이라는 건가.

고등학교 1학년의 평균 용돈이 5천 엔 전후라고 생각하면, 자릿수부터 다른 금액을 받았다.

호리키타는 행동이 약간 이상해진 나를 수상쩍은 눈빛으로 쳐다보았다.

나는 마음의 동요를 숨기기 위해 보란 듯이 눈에 들어오는 컵라면을 손에 들었다.

"이거, 크기가 굉장해! G컵이라니."

'기가컵라면'이라는 의미인 듯한데, 왠지 이것만 봐도 배가 빵빵해지는 느낌이다.

여담이지만 호리키타는 절벽은 아닌데 그렇다고 글래머도 아니다. 절묘한 경계선에 있다.

"아야노코지. 방금 이상한 생각했지?"

"……아무 생각도 안 했는데?"

"대답을 늦게 하는 게 영 마음에 걸리는데."

뜸 들인 대답과 눈빛에, 나의 음흉한 생각을 읽어낸 듯하다. 예리한 녀석.

"살지 말지 고민하고 있었을 뿐이야. 그게 뭐 어쨌다고?"

"아니야. 그런 거면 됐어. 그나저나 그만두지 그래? 학교 안에는 건강관리에 좋은 식사를 할 수 있는 곳도 아주 많고, 이상한 습관은 들이지 않는 게 좋지 않을까?"

호리키타의 말처럼 억지로 인스턴트 식품에 욕심 부릴 필요는 없다.

다만 아무리 애써도 호기심을 억누를 수가 없었기에 보통 크기의 인스턴트 식품(FOO 야키소바라고 적혀 있었다) 하나를 바구니에 던져 넣었다.

내게 충고한 호리키타는 식품 코너는 거들떠보지도 않고, 생필품을 살피기 시작했다.

이쯤에 위트 있는 농담을 던져서 호리키타의 마음속 포인트를 쌓는 작전으로 나가자.

"고민되면 여기 이 5중날 면도기는 어때? 깔끔하게 깎을 수 있을 거야."

"나보고 뭘 깎으라는 거지?"

의기양양하게 면도기를 쥐어 보였지만, 상상했던 반응은 돌아오지 않았다. 웃어주기는커녕 오물이라도 본 듯 험악한 눈초리다.

"……그러니까 턱이라든가 겨드랑이라든가, 아래의——

아무것도 아니야."

좌절해서 입을 다무는 나. 여자에게 이런 개그를 날리는 건 실패인 듯하다.

"오늘 처음 만난 상대에게 그런 말까지 하는 성격은 좀 부러울 정도네."

"……너도 생판 처음 보는 나한테 꽤 함부로 말했던 것 같은데."

"그래? 난 그냥 사실을 말했을 뿐이야. 너랑은 다르게."

냉정한 대답에 나는 말문이 막혔다. 물론 내가 한 말은 전부 시답잖은 소리다. 아무리 생각해도 매끈매끈 보들보들 한 호리키타에게서 그런 야만스러운 것 따위는 날 것 같지 않다.

호리키타는 또 제일 싼 세안제를 골랐다. 여자애라면 좀 더 까다롭게 골라도 좋을 텐데.

"기왕 살 거 이게 더 좋지 않나?"

크림 타입으로 보이는 값비싼 세안제를 골라 보여주었다.

"필요 없어."

가볍게 거부당했다.

"아니, 하지만——"

"필요 없다, 고 했잖아?"

"응……."

또 무섭게 노려봐서 나는 원래 자리에 세안제를 슬쩍 되돌려놓았다.

화내도 상관없으니 어느 정도는 대화를 이어나가보자고 생각했건만, 실패했다.

"너도 사람 사귀는 걸 잘하는 편은 아닌 것 같네. 대화법이 영 서툴러."

"호리키타 네가 그렇게 말하면 틀림없이 그렇다는 거겠지."

"그래. 적어도 사람 보는 눈은 있다고 생각하거든. 원래라면 두 번 다시 말 안하지만, 네 눈물겨운 노력만큼은 높이 살게."

아무래도 나의, 친구를 사귀려고 애쓰는 마음이 전부 발각된 듯하다.

거기에서 우리의 대화는 뚝 끊겼다.

여자애와 단둘이 편의점에서 쇼핑하는 것은 흔치 않은 감각이어서 역시 조금 의식이 된다. 어쨌든 호리키타는 귀여운 여자애니까.

"저기, 이게 뭐지?"

화제를 돌리려고 편의점 안을 둘러보다가 묘한 것을 발견했다.

편의점 구석에 놓인 일부 식료품과 생활용품.

언뜻 보기에는 다른 물건과 똑같았지만 딱 하나 크게 다른 점이 있었다.

"무료……?"

호리키타도 이상하다고 느꼈는지 물건을 집어 들었다.

'무료'라고 되어 있는 이동식 진열대 위에 칫솔과 반창고

등 일용품이 산더미처럼 쌓여 있었다. '한 달에 3개까지'라는 단서가 덧붙여 있어, 명백하게 주변과 다른 분위기를 풍겼다.

"포인트를 너무 심하게 써버린 사람을 위한 구제조치인가? 학생들에게 정말 관대한 학교네."

이렇게까지 서비스가 미치고 있다는 뜻인가.

"시끄러, 좀 기다리라고! 지금 찾고 있잖아!"

갑자기 부드러운 BGM이 쏙 들어가고 유난히 큰 목소리가 편의점 안에 울려 퍼졌다.

"그럼 빨리 하라고. 뒤에 줄 밀린 거 안 보이냐?"

"뭐? 그래서 불만이야, 앙?!"

아무래도 계산대 앞에서 다툼이 생긴 모양이다. 남자 둘이 잡아먹을 듯 서로 노려보며 거친 언쟁을 벌이고 있었다. 불쾌한 듯한 얼굴을 슬쩍 비친 사람은 낯익은 빨간 머리. 손에는 컵라면이 들려 있었다.

"무슨 일이야?"

"아? 넌 또 뭐야."

우호적으로 말을 걸었건만, 빨간 머리는 적이 늘어났다고 착각했는지 나를 험악하게 노려보았다.

"같은 반 아야노코지야. 곤란한 상황인 것 같아서 물어본 건데."

사정을 설명하자 조금 납득이 갔는지 빨간 머리의 목소리가 조금 침착하게 바뀌었다.

"아아…… 그러고 보니 좀 낯이 익네. 학생증을 잊고 안 가져왔어. 이제부터는 그게 돈 대신이라는 걸 깜박하고."

빈손인 걸 보니 기숙사에 한 번 들어갔다가 나온 모양이 다. 그때 잊고 두고 온 것이겠지.

"괜찮으면 내가 대신 계산해줄까? 학생증을 다시 가지고 오는 것도 번거로울 테니. 어디까지나 네가 상관없을 때의 이야기지만."

"……그래. 귀찮은 게 사실이지. 지금 엄청 열도 받았고."

기숙사까지의 거리는 그리 멀지 않다. 하지만 이러고 있 는 동안에도 점심식사를 계산하려고 뒤로 학생들이 줄을 서 기 시작해 점점 장사진을 치고 있었다.

"……난 스도라고 한다. 그럼 이번에 네 신세 좀 지자."

"앞으로 잘 부탁해, 스도."

스도는 내게 컵라면을 넘기고 뜨거운 물을 부어오라고 말 한 후 밖으로 나갔다. 우리의 짧은 대화를 지켜보던 호리키 타는 질렸다는 듯 한숨을 푹 내쉬었다.

"첫 만남부터 웬 심부름? 쟤의 고분고분한 하인이라도 될 셈이야? 아니면 이게 너 나름의 친구를 만들기 위한 행 동이니?"

"친구 만들기랄까 뭐, 겸사겸사. 별로 나쁠 것 없잖아?"

"쟤를 무서워하는 느낌도 아니네."

"무서워? 왜? 불량하게 생겨서?"

"보통 다른 애들은 저런 타입하고는 거리를 두고 싶어 하니까."

"딱히. 난 스도가 나쁜 녀석으로 보이지 않아. 그리고 호리키타, 너도 안 쫄긴 마찬가지 아니야?"

"저런 종류의 인간을 피하는 건 주로 자신을 지킬 기술이 없는 사람들이거든. 만약 쟤가 폭력적으로 나와도 난 물리칠 수 있어. 그래서 굽히지 않을 뿐이야."

호리키타의 말은 하나하나 어렵다고 해야 하나, 조금 이상했다. 애초에 물리친다니 그게 다 무슨 소리인가. 치한격퇴 스프레이라도 지참하고 있다는 말인가.

"이제 그만 사고 나가자. 다른 사람들한테 피해가 되니까."

나는 호리키타와 함께 쇼핑을 끝마쳤다. 학생증 제시를 요구받아 학생증을 계산대 기계에 통과시키자 금세 계산이 끝났다. 거스름돈을 받을 일도 없어서 원활하게 쇼핑을 끝낼 수 있었다.

"정말로 돈처럼 쓸 수 있군……."

영수증에는 각 물건의 가격과 남은 포인트가 찍혀 있었다. 아무 막힘없이 계산이 끝났다. 호리키타를 기다리는 동안 컵라면에 뜨거운 물을 부었다. 어떻게 하는지 몰라 허둥댈 줄 알았는데, 막상 해보니 뚜껑을 열고 선까지 물을 붓기만 하면 되는 간단한 방법이었다.

그나저나 참으로 기이한 학교다.

학생들 개개인에게 이렇게나 큰돈을 쥐어주다니, 이래서 도대체 무슨 이점이 있다는 거지?

올해 입학자가 160명 정도라고 하니, 단순히 계산해봐도 480명 전후의 재학생이 이 학교에 있다는 이야기가 된다. 그것만 해도 한 달이면 4천 8백만. 연간 5억 6천만.

아무리 나라에서 주도한다지만 지나치다는 생각이 들 수밖에 없다.

"학교에 무슨 이익이 있는 걸까? 이렇게 큰돈을 주는 게."

"그러게……. 학교 부지에 갖춰진 시설만으로도 학생들이 구름 떼처럼 몰려들 텐데, 무리해서 학생들에게 돈을 주다니 그게 무슨 필요가 있는지 모르겠어. 학생 본연의 목적인 공부가 소홀해질 가능성도 큰데 말이야."

만약 시험 때 열심히 한 것에 대한 보상이라면 이해가 안되지도 않는다.

현금이지만 성공 보수라면 아이들의 의욕도 올라갈 테니말이다.

하지만 학교 측은 포인트 획득 조건 따위 전혀 없이 10만엔이나 되는 거금을 모든 학생에게 지급했다.

"내가 말한다고 될 일은 아니겠지만, 펑펑 쓰는 건 피하는 게 좋을 거야. 소비벽이 생겨버리면 나중에 고치려고 해도 힘드니까. 사람은 편한 생활이 몸에 배면 그걸 쉽사리 놓지 못해. 포인트가 줄었을 때 받을 정신적인 쇼크는 엄청날걸?"

"명심하지."

그렇지 않아도 자질구레한 데 돈을 쓰려는 생각은 하지 않았으므로, 그런 부분은 걱정하지 않아도 되리라.

계산을 마친 후 밖으로 나가자 스도가 편의점 앞에 쪼그리고 앉아 기다리고 있었다.

우리를 발견한 그는 가볍게 손을 들어 맞이했다. 나도 덩달아 손을 살짝 들어 화답했더니, 왠지 기쁘기도 하고 멋쩍기도 한 기분이 들었다.

"설마 여기서 먹을 거야?"

"당연하지. 이렇게 먹는 게 일반 상식이다."

스도는 당연하다는 듯 대답했지만 나는 곤혹스러웠고 호리키타 역시 어이없는지 한숨을 푹 내쉬었다.

"난 돌아갈게. 이런 데서 품위를 잃고 싶지 않거든."

"품위는 무슨 품위? 고등학생들은 보통 다들 이렇게 먹는데? 아니면 넌 어디 부잣집 따님이라도 되냐?"

스도가 호리키타에게 시비를 걸었지만, 호리키타는 그와 눈도 마주치지 않았다.

그러자 스도는 비위가 상했는지 컵라면을 바닥에 내려놓고 벌떡 일어섰다.

"뭐야? 남이 말하면 들어야지. 야!"

"쟤 왜 저러니? 갑자기 화를 내고."

호리키타는 끝까지 스도를 무시하고 내게 대신 물었다.

그 태도가 더욱 화를 돋웠는지 스도는 금방이라도 달려들 기세로 소리를 버럭 질렀다.

"나 보고 얘기하라고! 야! 확 갈겨버린다?!"

"호리키타의 태도가 나빴다는 건 나도 인정해. 하지만 너도 지나치게 화내는 경향이 있어."

아무리 그래도 그렇지, 스도에게는 화가 폭발하기 전까지의 전조 현상이 전혀 없다.

"앙? 뭐라고? 이 녀석 태도가 건방진 게 잘못이지! 계집애 주제에!"

"계집애 주제에? 참 시대착오적이네. 아야노코지. 부디 쟤랑은 친구가 되지 않길 바랄게."

그렇게 말한 호리키타는 끝까지 스도에게 말 한 마디 건네지 않고 등을 돌렸다.

"야! 거기 서! 이 빌어먹을 계집애야!"

"진정하라니까."

나는 진심으로 호리키타에게 달려들려는 스도를 당황하며 막았다.

호리키타는 멈춰 서지도 뒤돌아보지도 않고 그대로 기숙사로 향했다.

"뭐야, 저 계집애는! 빌어먹을!"

"여러 유형의 사람이 존재하는 법이잖아."

"시끄러워. 저렇게 진지한 척하는 계집애, 난 재수 없으니까."

나까지 노려본 스도는 컵라면을 움켜쥐더니 뚜껑을 열고 입에 넣기 시작했다.

아까 계산대 앞에서 언쟁을 벌인 것도 그렇고, 스도는 화의 끓는점이 조금 낮은 것 같다.

"거기, 너희들 1학년이냐? 거기 우리 구역인데."

스도가 라면을 흡입하는 것을 보고 있는데, 편의점에서 역시 컵라면을 사 들고 나온 3인조가 말을 걸었다.

"너희는 또 뭐야. 여긴 내가 먼저 왔어. 방해하지 말고 썩 꺼져."

"야, 들었냐? 우리더러 꺼지란다. 또 꽤나 시건방진 1학년이 들어왔군."

스도의 거친 말에 3인조가 낄낄거리며 비웃었다. 그러자 스도는 자리에서 벌떡 일어나 손에 들고 있던 컵라면을 땅바닥에 그대로 내동댕이쳤다. 그 바람이 라면 국물과 면이 사방으로 튀었다.

"1학년이라고 만만하게 보다간 큰일 날 줄 알아, 앙?!"

……조금, 이 아니었다. 스도는 화의 끓는점이 아주 낮다. 순식간에 달려들고 상대방에게 위협을 가하는 성격인 것 같다.

"2학년인 우리한테 말버릇이 참 훌륭하네, 너. 여기 짐 있는 거 안 보이냐?"

툭, 하고 지금 짐을 내려놓는 2학년 선배. 그리고 다시 낄낄거리며 말했다.

"자, 우리 짐이 여기 있었어. 그러니까 꺼져."

"간이 배 밖으로 나왔냐, 이 새끼가?"

스도는 상대가 세 명인데도 전혀 개의치 않았다. 당장이라도 싸움이 벌어질 듯한 양상이다. 설마 나까지 포함되진 않겠지.

"아이고, 무서워라. 너 몇 반이냐? 아니지, 한번 맞춰볼까? D반 맞지?"

"그럼 뭐 어쩔 건데?!"

스도가 대답하자마자 3인조는 일제히 서로 시선을 마주쳤다가 웃음을 터뜨렸다.

"들었냐? D반 맞대. 역시! 본성이 드러나는군!"

"뭐라고? 그게 무슨 뜻이냐?!"

거칠게 덤벼드는 스도였지만, 오히려 3인조는 히죽거리며 뒤로 물러났다.

"가엾은 너희 '불량품'한테 오늘만은 이 자리를 양보해주지. 야, 가자."

"어딜 도망가!"

"마구 짖어봐라. 어차피 너희는 곧 지옥을 맛보게 될 테니."

지옥을 맛본다고?

그들의 얼굴에서 여유로운 빛이 확연히 드러났다. 이게 어떻게 된 일일까?

그나저나 완전히 부잣집 자제들만 다니는 학교인 줄 알았는데, 저런 선배들이나 스도 같은 타입 등 튀는 학생도 꽤 있는 것 같다.

"아, 제기랄. 재수없는 계집애에 2학년에, 죄다 성가신 녀석들뿐이네."

스도는 쏟아진 라면을 치우지도 않고 주머니에 손을 쑤셔 넣은 채 발걸음을 돌렸다.

나는 편의점 외벽을 올려다보았다. 감시카메라 두 대가 설치되어 있었다.

"나중에 문제될 수도 있겠지."

어쩔 수 없이 쪼그려 앉아 컵을 들고 뒷정리를 시작했다.

그나저나 스도가 D반이라는 것을 안 순간 2학년들의 태도가 돌변했다.

신경 쓰이는 대목이기는 하지만, 지금은 답을 알아내기란 불가능하리라.

4

오후 1시에 접어들었을 무렵, 나는 앞으로 내 집이 될 기숙사에 도착했다.

1층 프론트에서 관리인으로부터 401호라고 적힌 카드와 기숙사 생활 규칙이 나와 있는 매뉴얼을 받아 들고 엘리베이터에 올랐다. 매뉴얼을 훑어보니 쓰레기 배출일과 시간, 소음에 주의할 것, 물과 전기를 아낄 것 등 기본적인 생활수칙이 빼곡히 기재되어 있었다.

"전기요금이랑 가스요금도 기본적으로 제한이 없나……."

전부 다 포인트에서 차감될 줄 알았는데.

정말 이 학교는 학생을 위해, 모든 면에서 만전의 체제를 갖추고 있다.

남녀 공용 기숙사라는 사실에도 조금 놀랐다. 고등학생답지 않은 연애는 금지한다고 적혀 있기는 한데. 말하자면 대놓고 그 짓을 하는 건 금지라는 얘기다. ……뭐, 당연한가? 성직자보고 불순한 이성교제를 해도 된다고 말할 리 없듯이 말이다.

이렇게 편리한 생활환경을 제공해서 정말 훌륭한 어른으로 자라게 할 수 있을지는 심히 의문이지만, 학생의 입장에서는 기쁜 마음으로 지금의 상황을 이용하는 게 좋다.

방은 약 네 평 정도 되는 크기였다. 그래도 오늘부터 이곳은 나만의 집이다. 학교 기숙사라고는 하지만 난생 처음 하는 독립생활. 졸업 때까지 외부와 일체 연락하지 않고 살아야 한다.

그런 상황에 나도 모르게 웃음이 터져 나왔다.

이 학교는 높은 진학률을 자랑하며 시설과 대우도 다른 학교의 추종을 불허하는 일본 굴지의 고등학교다.

하지만 내게 그런 것은 하나도 중요하지 않다. 이 학교를 선택한 유일하고도 가장 큰 이유. 바로 중학교 시절 친구든 가족이든 학교의 허가 없이는 절대 접촉할 수 없다는 것.

그게── 얼마나 감사한 일인지 모른다.

나는 자유다. 자유. 영어로는 프리덤. 프랑스어로는 리베르테.

……자유라니, 최고 아니야?! 원하는 시간에 먹고 싶은

걸 실컷 먹고 내 마음대로 놀고 잘 수 있잖아? 아까 그 패거리들 말투를 따라하는 건 아니지만, 졸업 따위 개나 줘버리고 싶다.

이 학교에 붙기 전에는 솔직히 아무 데나 상관없었다.

합격이든 불합격이든 아주 미세한 차이일 뿐이라고 여겼다.

하지만 이제 겨우 실감이 난다. 이 학교에 붙은 게 다행이라고.

이제는 그 누구의 눈도 말도 내게 닿지 않는다.

다시 시작할 수 있다…… 아니, 완전히 새롭게 시작할 수 있다, 나의 인생을.

우선 튀지 말고 그럭저럭 즐겁게 학교생활을 만끽하자고 다짐했다.

나는 교복을 입은 채, 깔끔하게 정리된 침대 위로 뛰어들었다. 하지만 졸음이 몰려오기는커녕 가슴이 콩닥대며 진정될 줄 모르고, 눈도 점점 더 말똥말똥해질 뿐이었다.

○D반 학우 여러분

학교생활 이틀째. 수업 첫날이기도 해서, 대부분은 앞으로의 공부 방침 등의 설명이 주를 이루었다. 진학을 목표로 하는 고등학교라는 것이 믿기지 않을 정도로 교사들이 밝고 친근해서 김빠진 학생이 많았다는 것이 솔직한 감상이리라. 스도는 이미 독보적인 존재감으로 대부분의 수업시간에 늘어지게 잠만 잤다. 교사들은 그런 그의 태도가 신경 쓰였겠지만 주의를 주려는 기색은 조금도 보이지 않았다.

수업을 듣는 것도 듣지 않는 것도 개인의 자유이므로 교사는 관여하지 않는다. 이것이 의무교육에서 벗어난 고등학생을 대하는 방법일까.

느슨한 분위기 속에서 점심시간이 되었다. 학생들은 제각기 자리에서 일어나 어느 정도 안면을 익힌 친구들과 점심을 먹으러 사라졌다. 나는 그런 광경을 살짝 부러운 눈빛으로 바라볼 수밖에 없었다. 안타깝게도 내가 친해질 것 같은 아이는 결국 한 사람도 나타나지 않았던 것이다.

"안됐네."

그런 내 심정을 알아차린 또 하나의 외톨이가 냉소를 담은 시선을 보냈다.

"……뭐야. 뭐가 안됐다는 건데."

"누가 말 걸어줬으면 좋겠다. 누군가랑 같이 밥 먹고 싶다. 그런 아련한 생각이 내 눈에 비쳐서 말이야."

"그러는 너도 혼자잖아. 똑같은 생각을 하고 있는 거 아니야? 아니면 3년 내내 친구 하나 사귀지 않고 계속 혼자 다닐 생각인가?"

"그래. 난 혼자가 편해서."

호리키타는 단 한순간의 망설임도 없이 딱 잘라 대답했다. 진심으로 들렸다.

"나 상관 말고 지금 네 상황이나 어떻게 해보지그래?"

"뭐, 그게……."

만족스럽게 친구도 못 만드는 내가 잘난 척 대꾸할 수 없는 것은 당연지사다.

솔직히 이대로 친구가 생기지 않으면 앞으로 성가신 일이 많아질 것이다. 고립 역시 남들 눈에 잘 띄는 요소니까 말이다. 왕따라도 된다면 그거야말로 목불인견이리라.

수업이 끝난 후 1분도 채 안 되어 절반이 넘는 아이들이 교실에서 사라졌다.

나머지는 나처럼 누군가와 어딘가에 가고 싶어도 가지 못한 녀석이나 애당초 그런 것을 의식하지 않는 녀석, 혹은 호리키타처럼 혼자가 편한 녀석들인가.

"음, 식당에 갈 건데 누구 나랑 같이 갈 사람?"

히라타가 자리에서 일어나 말했다.

이 녀석의 사고회로랄까, 리얼충 같은 태도에는 고개가 저절로 숙여진다. 또한, 나는 그런 계기를 만들어줄 구세주를 마음속 어딘가에서 줄곧 기다려왔던 건지도 모른다.

히라타, 내가 지금 갈게. 결심을 굳히고 천천히 손을 드는데…….

"나도 갈래~!" "나도나도!"

히라타의 주위로 잇따라 여자애들이 모이는 모습을 보고는 반쯤 들었던 손을 다시 내렸다.

왜 여자가 손을 드는 거냐고! 저건 히라타가 혼자 있는 남자애를 생각하고 내민 친절인데!

좀 괜찮은 남자애라고 해서 앞뒤 재지도 않고 밥 먹는 데까지 따라붙지 말라고!

"비참하네."

냉소에서 모멸이 담긴 시선으로 바꾼 호리키타.

"멋대로 남의 속을 관찰하지 마."

"다른 사람은 없나?"

남자애가 없다는 사실에 살짝 쓸쓸함을 느꼈는지 히라타가 주위를 둘러보았다.

히라타의 눈이 교실을 넓게 훑으면서, 물론 남자인 나와도 눈이 마주쳤다.

바로 지금이다! 히라타, 빨리 알아차려라! 네가 말 걸어주길 바라는 남자애가 바로 여기 있다고!

히라타는 눈이 마주친 내게서 시선을 떼지 않았다.

역시 반 전체를 배려하는 리얼충, 나의 간절한 눈빛을 알아챈 거냐!

"저기, 아야노코──"

거기에 응답하듯 히라타가 내 이름을 부르려고 입을 연 그 순간.

"빨리 가자, 히라타."

나의 소리 없는 호소를 알아차리지도 못하고, 갸루 같은 여자애가 히라타의 팔을 붙잡았다.

아악…… 히라타의 시선을 여자애에게 빼앗기고 말았다. 그리고 히라타와 여자애들은 화기애애하게 교실 밖으로 빠져나갔다. 남겨진 것은 허공에서 갈 곳을 잃은 내 손과 허리뿐.

왠지 그 상태가 부끄러워 나는 머리를 긁는 척하며 수습했다.

"그럼 이만."

불쌍하다는 시선을 남기고 호리키타도 혼자 유유히 교실을 나갔다.

"허무하다……."

어쩔 수 없이 쓸쓸하게 자리에서 일어선 나는 일단 학교 식당에 가기로 결심했다.

만약 혼자서 먹을 수 있는 분위기가 아니라면 편의점에서 뭔가 사서 때우면 되지, 뭐.

"아야노코지…… 맞지?"

교실을 나가려는데 갑자기 미소녀가 내게 말을 걸었다. 같은 반 쿠시다였다.

이런 식으로 정면에서 보는 것은 처음이라 가슴이 막 두 근거렸다.

 어깨에 살짝 못 미치는 갈색 단발머리. 결코 노는 이미지 는 아니지만 학교가 허가한 스커트 길이보다 살짝 짧은 것 이, 요즘 여학생답다는 느낌을 물씬 풍겼다. 손에 든 파우 치에는 키홀더가 주렁주렁 매달려 있어서 파우치를 들고 다 니는 건지 키홀더를 들고 다니는 건지 판단이 서지 않을 정 도였다.

 "난 같은 반 쿠시다라고 해. 나 기억하니?"

 "뭐, 대충은. 그런데 나한테 무슨 볼일 있어?"

 "실은…… 좀 물어보고 싶은 게 있어서. 저기, 별건 아닌 데 아야노코지 너, 혹시 호리키타랑 친하니?"

 "별로 친하진 않아. 그냥 보통. 그런데 왜?"

 아무래도 나한테 용건이 있다기보다 호리키타가 목적인 듯하다. 좀 슬프네.

 "아, 그렇구나. 저기, 하루라도 빨리 반 아이들이랑 친해지 면 좋잖아? 그래서 한 사람 한 사람에게 연락처를 물으러 다 니는 중이거든. 그런데…… 호리키타한테는 거절당했어."

 녀석, 그런 아까운 짓을. 이렇게 적극적인 아이가 있으면 거기에 편승해서 전화번호 정도 알려줘도 좋잖아. 그러면 반에 순조롭게 잘 융화될지도 모르는데.

 "입학식 날에도 학교 앞에서 둘이 이야기했지?"

 쿠시다도 같은 버스를 탔으니 나와 호리키타의 만남을 본

것도 전혀 이상하지 않다.

"호리키타는 어떤 성격이야? 친구 앞에서 이런 저런 이야기를 잘 하는 아이?"

그녀는 호리키타에 대해 알고 싶었는지 여러 가지를 물어왔지만 나는 아무 대답도 해줄 수 없었다.

"사람을 잘 사귀는 타입은 아닌 것 같은데. 그런데 왜 호리키타에 대해 묻는 거지?"

"자기소개 할 때 호리키타는 교실을 나가버렸잖아? 아직 아무하고도 대화를 나누지 않은 것 같아서 좀 걱정이 되서 말이야."

그러고 보니 쿠시다는 반의 모든 아이와 친해지고 싶다고 자기소개 시간에 말했었다.

"네 말은 이해하겠는데 나도 어제 처음 만난 거라서, 별 도움이 안 될 거야."

"흐음…… 그렇구나. 같은 학교 출신이거나 옛날부터 친구인 줄 알았어. 미안해, 갑자기 이상한 걸 물어서."

"아니, 괜찮아. 그런데 내 이름을 어떻게 알고 있는 거야?"

"어떻게라니? 자기소개 했잖아? 그러니까 잘 기억하고 있지."

그런 아무 짝에도 쓸모없는 내 소개를 쿠시다는 귀기울여 줬던 것 같다.

왠지 그것만으로도 가슴이 벅찼다.

"앞으로 잘 부탁해, 아야노코지."

쿠시다가 손을 내밀자 나는 살짝 망설이다가 바지에 손을 닦은 후 그녀의 손을 잡았다.

"나도 잘 부탁해……."

오늘은 좋은 일이 생길지도 모른다. 안 좋은 일이 있으면 좋은 일도 있기 마련이다.

그리고 인간은 속편한 생물이어서 안 좋은 일은 금세 잊어버리는 법이다.

1

학교식당을 살짝 둘러본 나는 결국 편의점에서 빵을 사들고 교실로 돌아왔다.

교실에는 열 명 남짓 남아 있었는데, 책상을 붙이고 친구끼리 밥을 먹는 아이도 있는가하면, 혼자 조용히 점심을 먹는 아이도 있었다. 공통점이 있다면 모두 기숙사 생활을 하기 때문에 편의점 혹은 식당 도시락을 사 먹는 아이가 대부분이라는 것이리라.

나도 혼자서 식사를 시작하려는데, 옆자리의 주인이 웬일인지 자리에 돌아와 있었다.

그녀는 어디서 사 왔는지 꽤 먹음직스러운 샌드위치를 먹고 있었다.

말 걸지 말라는 기운이 강렬해서 나는 특별한 대화 없이 자리에 앉았다.

앉자마자 빵을 보며 입맛을 다시고 있는데, 스피커에서 음악이 흘러나오기 시작했다.

"오늘 오후 다섯 시, 제1체육관에서 동아리 활동 설명회가 있을 예정입니다. 동아리 활동에 관심 있는 학생은 제1체육관 쪽으로 모여주세요. 다시 한 번 알려드립니다. 오늘――"

스피커 너머로 귀여운 여자 목소리가 소식을 전했다.

동아리 활동? 그러고 보니 나, 동아리 같은 데 들어본 적이 없군.

"저기, 호리키타……."

"난 동아리에 관심 없어."

"……아직 아무 말도 안했는데."

"그게 아니면, 왜?"

"넌 동아리에 안 들어갈 거야?"

"아야노코지. 너 혹시 치매야? 아니면 그냥 바본가? 관심 없다고 처음에 말했을 텐데?"

"관심 없어도 동아리에는 들지도 모르는 거잖아."

"그런 걸 억지이론이라고 하는 거야. 기억해둬."

"그렇게 할게……."

호리키타는 친구 사귀는 것에도 동아리 활동에도 관심이 없다. 내가 이렇게 말 거는 것도 성가시리라. 학교에는 그저 진학 혹은 취업을 위해 온 것일 뿐일까?

인문계 고등학교이니 그것도 그리 이상한 일은 아니지만, 좀 아깝다는 생각도 든다.

"어지간히 친구가 없는 모양이구나."

"미안하게 됐다. 아직도 만족스럽게 말 걸 수 있는 상대가 너뿐이어서."

"말해두는데 날 친구에 포함하는 것만큼은 하지 말아줘."

"그, 그래······."

"그래서, 저 설명회에 가고 싶은 넌 생각해둔 동아리는 있고?"

"아, 아니, 글쎄. 아직 생각 안 해봤어. 그냥 아마도 안 들어갈 거 같아."

"들어갈 생각도 없는데 설명회에 가고 싶다고? 이상한 애네. 아니면 동아리 활동을 핑계로 친구를 만들어볼 계획인 건가?"

이 아이는 어째서 이리도 예리한 걸까? 아니, 내가 단순해서 파악하기 쉬운 건지도.

"입학식 날 실패한 나한테 이제 남은 기회는 동아리밖에 없다고."

"그럼 나 말고 다른 애한테 가자고 하면 되잖아."

"그럴 상대가 없으니까 내가 이렇게 고생하는 거 아냐!"

"그건 진리네. 하지만 난 네 말이 진심으로 들리지 않아. 정말 진지하게 친구를 원한다면 좀 더 스스로 주장해야 한다고 봐."

"그걸 못 하겠으니까 고독의 길을 걷는 거잖아. 올곧게, 줄곧."

호리키타는 작은 입으로 샌드위치를 가져가며 조용히 식사를 재개했다.

"아이러니한 생각이어서 좀 이해하기 힘드네."

친구를 원하는데 친구를 사귈 수 없다. 그것이 호리키타는 잘 이해되지 않는 듯했다.

"호리키타. 넌 동아리 활동 해본 적 없어?"

"응. 없어."

"그럼 동아리 활동 말고 다른 건 경험해봤어? 그런저런 거?"

"……너, 무슨 의도로 그런 말을 하는 거지? 왠지 악의적인 질문처럼 느껴지는데."

"악의? 뭐야, 내가 무슨 의도로 물어본다고 느꼈는지 말해봐."

바로 그 순간 내 복부에 준비 동작도 없이 손날치기가 꽂혔다.

여자애의 일격이라고는 믿기 힘든 위력이어서 숨이 턱 막혔다.

"무, 무슨 짓이야!"

"아야노코지. 지금까지 너한테 여러 번 주의를 줬는데 아무래도 말로 해서는 안 듣는 것 같구나. 앞으로는 가차 없이 제재에 들어갈 생각이야."

"결사반대야! 폭력으로는 아무것도 해결할 수 없어!"

"그럴까? 유사 이래 폭력이 존재하는 이유는 궁극적으로 폭력을 이용한 해결이 인류에게 가장 효과적인 방법이었기 때문이야. 상대방의 변명을 추궁하는 데에도, 상대방의 요구를 거부하는 데에도 폭력만큼 가장 확실하고 빠른 건 없어. 국가끼리는 말할 것도 없고, 경찰도 법을 강제하는 존재로서 권총이나 곤봉 같은 무기와 체포권을 써서 폭력을 휘두르잖아?"

"말 참 잘한다, 너……."

호리키타는 자신에게는 잘못이 없다고 당당히 주장했다. 지금까지의 발언까지 포함해서 자신의 심한 행동에도 나름 정당한 이유를 들어 반론하니 정말 악질이다.

"앞으로는 아야노코지에 대한 숙청의 의미를 담아서, 갱생을 위한 폭력을 행사하려고 해. 어때?"

"내가 너한테 똑같이 말하면 어떻게 할래?"

당연히 남자가 여자한테 손을 대다니 최악이라든가 비겁자라고 말하겠지.

"상관없지만 그럴 기회는 찾아오지 않을 거야. 애당초 난 잘못된 것은 입에도 담지 않고 행동도 하지 않으니까."

보기 좋게 예상을 빗나간 대답이었다. 자신이 옳다고 굳게 믿는 눈치다.

겉모습이나 말투는 점잖고 우등생답지만, 속은 사나운 야수다.

"알았어, 알았다고. 앞으로는 있는 힘껏 조심하지."

나는 호리키타와 체육관에 같이 가기를 단념하고 창밖을

내다보았다. 아아, 오늘도 날씨가 참 좋구나.

"동아리 활동……이라. 그래……."

호리키타가 갑자기 무슨 생각인지 혼자 중얼거리며 고민에 빠진 동작을 취했다.

"혹시, 방과 후에 아주 잠깐이라도 상관없어? 같이 가는 거."

"아주 잠깐이라니, 그 말은?"

"네가 말했잖아? 설명회에 같이 갔으면 좋겠다고."

"아, 아아. 응, 오래 있진 않을 거야. 그냥 계기를 찾아보려는 거니까. 그럼 괜찮아?"

"아주 잠깐이라면. 그럼 방과 후에 가보자."

그렇게 말을 끝마친 호리키타는 다시 식사에 열중했다. 내 친구 만들기 작전에 동참해줄 모양이다.

조금 전까지 싫다고 했지만, 어쩌면 사실 호리키타는 좋은 녀석?

"친구도 못 만들고 우왕좌왕하는 너를 구경하는 것도 좀 재미있어져서."

……역시 기분 나쁜 녀석이다.

2

"생각보다 많네."

방과 후 나와 호리키타는 적당한 기회를 봐서 체육관으로 향했다.

1학년으로 보이는 학생들이 벌써 모여 대기하고 있었는데, 한 100명 남짓 되어 보였다.

우리는 살짝 뒤편에 서서 예정된 시각이 되길 기다리기로 했다.

체육관에 들어올 때 받은, 동아리 활동에 관한 자세한 설명이 담긴 팸플릿을 훑어보며.

"여기는 유명한 동아리가 있어? 이를테면…… 카라테라든가."

"이 학교 동아리는 대체로 수준이 높다고 하더라. 전국적인 수준의 동아리나 선수도 많다고 해."

그래도 야구나 배구 등이 명문고에 못 미치는 모습을 보면 아마도 이 학교에서 동아리 활동은 취미의 의미가 강한 듯하다.

"시설도 다른 학교보다 훨씬 잘되어 있대. 저기 봐, 산소 캡슐 같은 것도 있어. 역시 시설이 호화스럽달까, 프로 뺨치는 수준이야. 아, 그런데 카라테는 없는 것 같은데."

"……그래."

"뭐야. 카라테에 관심 있어?"

"아니, 신경 쓰지 마."

"하지만 말이야. 동아리 활동 미경험자는 운동부에 들어가기 힘들어. 고등학생 때 입문해봤자 어차피 만년 보결일 테니. 그걸로 재미를 발견할 것 같지도 않고."

상황, 환경이 지나치게 잘 갖춰져 있는 것도 좀 생각해봐야 할 문제 아닐까.

"그건 노력하기 나름 아니야? 1, 2년 꾸준히 단련하면 누구라도 가능성은 있어."

단련? 도저히 불가능이라고는 말 못 하지만, 그렇게 필사적으로 하고 싶은 마음은 없다.

"무사안일주의자 아야노코지한테 단련이라는 단어는 아무 상관없나?"

"그게 무사안일주의하고 무슨 상관이 있는데?"

"쓸데없는 노동을 피하고 별일 없이 무난하게 사는 사람보고 무사안일주의자라고 하잖아? 자기 입으로 한 말이면 끝까지 책임을 지는 게 좋아."

"……그렇게까지 깊게 생각해서 쓴 말은 아닌데."

"그런 식으로 적당히 넘기니까 언제까지고 친구가 안 생기는 거야."

"너한테 그런 소리를 들으니까 진짜 상처 받으려고 해."

"1학년 여러분, 오래 기다리셨습니다. 지금부터 각 동아리 대표의 입부 설명회를 시작하겠습니다. 저는 이 설명회의 사회를 맡은 학생회 서기 타치바나라고 합니다. 잘 부탁드립니다."

자신을 타치바나라고 밝힌 사회자 선배의 인사를 시작으로 체육관의 무대 위에 각 동아리 대표가 줄지어 올라왔다.

유도복을 입은, 힘 세 보이는 선배부터 예쁜 기모노를 차려입은 선배까지 각양각색이었다.

"심기일전할 겸 운동부에 들어가는 건 어때? 유도가 딱이지 않아? 선배도 친절해 보이고, 분명 자극이 될 거야."

"어디가 친절해 보이는데? 저 고릴라 같은 몸, 틀림없이 날 죽이고 말걸."

"유도 따위 식은 죽 먹기지, 하고 떵떵댔다고 나중에 전해줄게."

"제발 그것만은!"

정말이지, 겨우 그럴듯한 대화를 나누게 되었다 싶으면 이런 식으로 휘둘려버리고 만다.

"그나저나 역시 체육 쪽은 박력이 있다고 해야 하나, 초보자는 사양한다는 포스가 좔좔 흐르네."

"초보자를 두 팔 벌려 환영할걸? 기본적으로 부원이 많으면 당연히 학교에서 주는 동아리 활동비도 많이 나와서 연습 환경이 더 좋아질 거잖아?"

"그거, 단순히 초보자를 돈 때문에 이용하는 것일 뿐인……."

"동아리 입장에서는 부원을 모을 만큼 모아서 동아리 활동비를 늘린 다음 다들 유령 부원이 돼주는 게 이상적이지 않아? 세상사, 그렇게 잘 짜여 있는 거지."

"그 세상 참 싫다…… 네 그런 생각도 묘하게 생생하고."

"저는 궁도부 주장인 하시가키라고 합니다. 궁도 하면 구식에 촌스럽다고 느끼는 학생도 많겠지만, 해보면 무척 즐

겹고 보람 있는 스포츠입니다. 초보자도 대환영이니 꼭 궁도부의 문을 두드려주세요."

궁도복으로 몸을 감싼 여학생이 단상 위에 올라 동아리 소개를 시작했다.

"이용만 될 뿐인 동아리는 절대 안 들 거야……! 그리고 어차피 운동부 따위는 리얼충 집합소일 게 뻔해. 투명인간 취급당해 흥미를 잃고 결국 동아리를 나가는 결말까지 순간 내 눈에 다 보였어."

"그건 네 삐뚤어진 성격이 만들어낸 생각 아니야?"

"아니, 분명히 그럴 거야. 운동부는 안 들어가."

스스럼없이 편하게 일할 수 있는 곳이라며, 가족적인 분위기만으로 만족하는 아르바이트 자리만큼이나 싫다.

좀 더 뭐랄까, 차분하고 조용한 동아리라면 들어가기 쉬울 것 같은데.

"앗……!"

순서대로 나와 동아리 활동 소개를 이어가는 선배들을 보고 있는데 호리키타의 몸이 갑자기 펄쩍 뛰어올랐다. 창백해진 그녀의 시선이 무대 위에 못 박혔다.

"왜 그래?"

말을 걸어도 귀에 들어오지 않는 듯했다.

호리키타의 시선을 따라 나도 무대를 쳐다보았지만 별로 특별한 것은 없었다.

지금 소개하러 나온 사람은 야구부 대표인 듯 유니폼을

걸치고 있었다.

혹시 저 야구부 선배한테 첫눈에 반했나? 아니, 그런 것 같지는 않다.

놀라움? 위축? 아니면 기쁨? 호리키타의 표정이 복잡해서 파악할 수 없었다.

"호리키타. 무슨 일이야?"

"…………."

정말 내 목소리가 들리지 않는가 보다. 그녀의 시선이 무대 위에서 떨어질 줄 몰랐다.

더는 말 걸지 말자고 생각한 나는 다시 선배의 설명에 귀를 기울였다.

야구부의 설명 자체는 별로 두드러진 것이 없었다.

동아리 활동 시간과 야구부의 매력, 미경험자도 환영한다는 등 전형적인 동아리 소개였다. 야구부뿐 아니라 다른 동아리도 모두 비슷한 설명을 이어나갔다.

놀랄 만한 점이 있다면, 다도부나 서도부 같은 마이너 문화 동아리도 충실히 활동하고 있다는 것이나, 새로 동아리를 결성하는 데 필요한 최소 인원이 세 명이라는 사실 정도였다.

1학년들은 다음 동아리 설명으로 넘어갈 때마다 갈팡질팡하며 친구들과 상의했다.

어느덧 체육관은 웅성거리는 소리로 가득 찼다. 감독 교사를 시작으로 동아리 대표들은 소란스러운 1학년들의 태도에도 불쾌한 표정 하나 없이 설명을 이어나갔다. 한 사람이라도 더 많은 부원을 끌어 모으기 위해 그만큼 필사적인 것인지도 모른다.

설명이 끝난 선배들부터 순서대로 무대에서 내려와 간이 테이블이 쭉 늘어선 장소로 향했다. 아마도 설명회가 끝난 후 그곳에서 직접 입부 신청을 받으려는 모양이다.

무대 위에서 하나둘 내려가고, 드디어 마지막 사람만 남았다. 모두의 시선이 모였다.

그때 처음으로 나는 호리키타가 줄곧 그 사람만 바라보고 있다는 사실을 알아차렸다.

키는 170센티미터 남짓, 그리 큰 편은 아니다. 마른 체격에 단정한 까만색 머리. 샤프한 안경이 지적인 분위기를 자아낸다.

마이크 앞에 선 그는 차분하게 1학년을 내려다보았다.

도대체 어떤 동아리이고, 어떤 설명을 할 것인가. 흥미가 일기 시작했다.

그런데 그런 내 기대는 금세 배신당하고 말았다. 그가 한마디도 하지 않았기 때문이다.

혹시 머릿속이 새하얘졌나? 아니면 너무 긴장해서 목소리가 나오지 않는 건가?

"힘내세요오~."

"뭐 써놓은 거 없으세요~?"

"아하하하!"

1학년들로부터 이런저런 목소리가 터져 나왔다. 그러나 여전히 단상 위에 올라선 선배는 미동도 하지 않고 서 있을 뿐이었다. 웃음소리도 격려도 귀에 닿지 않는 모양이었다.

웃음소리는 절정을 지나자 금세 수그러들었다.

"뭐지, 저 선배?" 하고 어이없어 하는 학생이 나오기 시작하며, 체육관 안이 술렁였다.

그래도 단상 위의 남자는 움직이지 않았다. 그저 조용히, 꼼짝 않고 서 있었다.

호리키타도 그만을 뚫어지게 바라보았다.

그리고 부드러웠던 분위기는 서서히 예상 밖의 방향으로 흘러갔다. 마치 화학변화처럼 말이다.

체육관 전체가 믿기 힘들게도 고요하고 긴장감 가득한 공기로 휩싸였다.

누구에게 명령받은 것도 아닌데, 입을 열면 안 된다고 느낄 만큼 두려운 정적.

이제는 아무도 말을 하지 않았다. 그런 정적이 30초 넘게 지속될 즈음……. 단상 위의 선배가 천천히 전체를 둘러보며 설명을 시작했다.

"저는, 학생회 회장을 맡은 호리키타 마나부라고 합니다."

호리키타? 나는 옆에 있는 호리키타를 쳐다보았다. 성이 같은 건 우연일까, 아니면…….

"우리 학생회 역시 상급생의 졸업과 동반하여 1학년의 입후보를 받고 있습니다. 특별 입후보에 자격은 필요 없지만,

만약 학생회 입후보를 생각하는 학생이 있다면 다른 동아리 입부는 피하기 바랍니다. 학생회와 동아리 활동을 겸하는 것은 원칙적으로 받아들여지지 않습니다."

말투는 부드러웠지만, 살을 찌르는 듯한 긴장감과 공기다. 이 넓은 체육관의 100명이 넘는 신입생들을 혼자서 제압해버렸다.

물론 학생회 회장이어서 그런 힘을 갖춘 것만은 아니리라. 눈앞에 있는 이 호리키타 마나부라는 선배가 지닌 힘이다. 그 자리를 지배하는 기운이, 한층 무거운 공기로 바뀌어 간다.

"그리고—— 우리 학생회는 안일한 생각으로 입후보하는 것은 바라지 않습니다. 그런 사람은 당선은 고사하고 학교에 오점을 남기게 되겠죠. 우리 학교 학생회는 규율을 바꿀 수 있는 권리와 사명을 학교 측에 인정 및 기대 받고 있습니다. 그 점을 이해하는 사람만 환영합니다."

그는 막힘없이 설명을 끝낸 후 곧바로 무대에서 내려와 체육관을 나갔다.

1학년들은 단 한 마디도 꺼내지 못한 채 학생회 회장을 눈으로 배웅할 수밖에 없었다. 자칫 잡담이라도 했다가는 어떤 일이 벌어질지 모른다. 그런 생각이 자연스레 드는 분위기가 있었다.

"여러분, 고생 많았습니다. 이것으로 설명회를 모두 마치겠습니다. 지금부터는 동아리 입부 신청을 받겠습니다. 입부 신청은 4월 말까지 가능하니 나중에 할 학생은 직접 신청서를 가지고 해당 동아리를 찾아가기 바랍니다."

태평하게 말하는 사회자 덕분에 잔뜩 위축되었던 공기는 서서히 흔적도 없이 사라져갔다.

그 후 동아리 소개를 했던 3학년들은 일제히 동아리 입부 신청을 받기 시작했다.

"…………."

호리키타는 서 있는 그대로 굳어서 움직이지 않았다.

"야, 왜 그러냐니까?"

아무런 대답도 돌아오지 않았다. 아니, 애초에 내 말은 귀에 들어오지도 않는 것 같았다.

"어이, 아야노코지. 너도 왔냐?"

나도 생각에 잠겨 있는데 누가 말을 걸었다. 스도였다. 같은 반 이케, 야마우치도 함께 있었다.

"뭐야, 셋이서. 꽤 친해진 모양이네."

내심 부러운 마음을 억누르면서 스도에게 말했다.

"그런데 너도 동아리 들 거냐?"

"아니, 난 그냥 견학. '너도'라니, 넌 동아리 들려고?"

"아아. 난 초딩 때부터 농구 외길 인생이었지. 여기서도 농구 할 거다."

체격이 다부지다고 생각하기는 했는데, 스도가 주력하는 건 농구였군.

"나머지 둘은?"

"우린 북적거리는 게 재미있어 보여서 그냥 따라왔다고나 할까? 그리고 운명적인 만남이 있길 기대한 것도 있고."

"뭐야, 그 운명적인 만남은."

이케의 다른 목적에 대해 묻자, 그는 팔짱을 끼며 의기양양하게 대답했다.

"D반에서 제일 처음으로 여자 친구를 만드는 거. 그게 내 목표야. 그래서 만남을 원하고 있지."

그런 거였어? 이케가 학교생활에서 제일 우선하는 것은 다름 아닌 여자 친구의 존재인 듯하다.

"그나저나 아까 그 학생회장, 박력이 장난이 아니더라. 공간을 지배하는 느낌?"

"내 말이. 다들 입도 못 떼고 꿀 먹은 벙어리가 되다니 보통은 그렇게 되기 힘들지 않냐?"

"아, 맞다. 사실은 어제 우리 반 남자용 그룹 채팅방을 만들었어."

이케는 이렇게 말하며 휴대폰을 꺼냈다.

"기왕 이렇게 만난 거, 너도 들어올래? 꽤 편리하다고, 이거."

"뭐? 나도 들어가도 돼?"

"당연한 소리를. 우리 다 같은 D반이잖아."

생각지도 못한 제안이다. 나는 기쁜 마음으로 채팅방에 초대받았다.

드디어 친구를 만들 계기가 생겼다!

나도 휴대폰을 꺼내 전화번호를 교환하려는데 호리키타가 인파속으로 사라져가는 모습이 보였다.

그 모습이 왠지 걱정되어 나도 모르게 휴대폰을 만지던 손을 멈췄다.

"왜 그래?"

"아니…… 아무것도 아니야. 자, 교환할까?"

나는 다시 손을 움직여 세 명과 연락처를 교환했다.

그 녀석이 혼자 행동하는 것은 자기 자유이고, 그걸 방해할 권리는 내게 없다.

잠깐 미련이 남았지만 나는 결국 그녀의 뒤를 따라가지는 않았다.

○남학생 여러분, 오래 기다리셨습니다

"안녕, 야마우치!"

"안녕, 이케!"

등교하자 얼굴 가득 환한 미소를 지으며 이케가 야마우치에게 인사했다.

이 두 사람이 이렇게 일찍 등교하다니 이런 날도 있구나. 입학식으로부터 일주일. 이케와 야마우치는 하루가 멀다 하고 지각하기 직전에 겨우 반에 도착했다. 그런데 오늘은 웬일로 심하게 빨리 온 것이다.

"이야~ 수업이 너무 기대되어서 잠이 와야 말이지!"

"푸하하하! 이 학교 정말 최곤데? 설마 이런 시기부터 수영 수업이 있다니! 수영 하면 여자애! 여자애 하면 학교 수영복이지!"

수영은 남녀 합동 수업. 다시 말해 호리키타와 쿠시다, 그밖에도 많은 여자애의 수영복…… 속살 노출을 볼 수 있게 된다. 다만 이케와 야마우치가 지나치게 호들갑 떨어서 일부 여자애들은 확 깬다는 표정이었다.

그나저나 나도 이렇게 혼자 의자에 앉아서 언제까지고 고립되어 있을 수는 없는 일이다. 적극적으로 무리에 끼어들지 않으면 안 된다. 거듭 동태를 살피다 다행히 세 사람의 대화가 중단되자, 기회는 지금뿐이다 싶어서 자리에서 벌떡 일어났다. 그런데…….

"어~이, 박사. 여기 잠깐 와봐."

"후훗, 나 불렀냐?"

별명이 '박사'인 듯한 통통한 남자애가 느릿느릿 그 무리에게 다가갔다.

이름은 소토무라인가 뭔가였던 것 같다.

"박사, 여자애들 수영복 기록 잘 남겨야 된다?"

"맡겨만 줘. 아프다고 핑계 대고 빠질 예정이니까."

"기록? 뭐 시키려고?"

"박사가 우리 반 여자애들 가슴 랭킹을 만들 거야. 잘되면 동영상도 찍고."

"……야."

스도도 이케의 목적이 조금 깨는 표정이었다. 그러다가 여자애들에게 들키기라도 하면 난리날 거라고. 하지만 내용은 그렇다 치더라도, 정말 친구끼리 나누는 대화 같아서 조금 부럽기도 했다. 좋겠다, 친구라서. 나도 친구가 있었으면 좋겠다.

"가엾어라."

"……언제부터 있었냐, 호리키타."

"한참 전부터. 너는 마치 미련이 남는 듯 남자애들을 쳐다보느라 몰랐겠지만. 그렇게 친구가 되고 싶으면 가서 말 붙여보든지?"

"시끄러. 날 좀 그냥 내버려둬. 그게 가능했으면 애초에 이렇게 마음고생도 안 했다고."

"내가 본 바로는 딱히 소통장애가 있는 것도 아닌데."

"여러 가지 사정이 있다고, 나도. 하아…… 아직도 제대로 대화를 나누는 상대가 호리키타 너밖에 없다니."

이케를 비롯한 남자애들과 채팅방에서 소통하긴 하지만, 아직 제대로 된 대화는 성공하지 못했다.

"잠깐…… 다시 한 번 말해두는데, 날 친구에 포함시키지 말아줄래?"

호리키타는 진심으로 기분 나쁘다는 표정을 지으며 내게 거리를 두었다.

"걱정 마. 아무리 망해도 그런 생각은 안 할 거니까."

"그래. 그럼 조금 안심이야."

그런데 이 녀석은 사람 사귀는 게 도대체 얼마나 싫기에?

"어~이, 아야노코지."

갑자기 이케의 입에서 내 이름이 튀어나왔다. 고개를 들자 환하게 웃으며 내게 손짓했다.

"왜, 왜 그래?"

살짝 말을 더듬으면서 자리에서 일어났다. 호리키타는 더는 내게 관심을 보이지 않았다.

어쨌든 돌연 찾아온 친구 무리에 낄 기회. 나는 서둘러 이케에게 다가갔다.

"사실 지금 우리, 여자애들 가슴 크기로 내기를 하고 있거든."

"배당판도 있다고."

박사가 태블릿을 꺼내 엑셀 파일을 열었다.

거기에는 반 여자애 전원의 이름이 나열되어 있었다. 게다가 배당률도 포함되어 있다. 솔직히 이 내기에는 하나도 관심 없었지만, 겨우 움켜쥔 친구 만들 기회를 놓칠 수는 없다.

"으음……그럼 나도 참가해볼까?"

"오! 하자, 하자!"

현재 가슴 크기 1위를 달리는 후보는 '하세베'로 되어 있었다. 배당률은 1.8배.

그런데 나는 거의 들어본 적 없는 이름이었다. 반 아이들 이름조차 기억 못 하다니. 내가 생각해도 너무 심했다.

"이거, 생각보다 제대로 만들었달까…… 너희 너무 심하게 관찰하는 거 같은데?"

"그야 우리 다 남자 아니냐? 항상 머릿속으로 가슴이나 엉덩이만 생각하는 게 당연하다고!"

아무리 사실이라고는 해도 입 밖으로 내버리는 것은 너무 노골적이다.

참고로 배당률 최하층 그룹에 호리키타의 이름이 있었다. 이기면 30배 이상이다.

뭐, 가슴이야 대충 보고도 승패가 정해지니까. 일단 호리키타가 이길 가망은 없다.

"그래서 어쩔래? 한 번 거는 데 1천 포인트야."

"그렇구나……."

정보가 부족해서 배당판을 들여다봐도 여자애의 절반 이상은 가슴 크기는커녕 이름과 얼굴의 연결도 안 된다.

실제로 호리키타, 쿠시다 이외의 여자애는 거의 말을 섞어본 적이 없으니까.

쿠시다도 가슴은 꽤 큰 것 같지만, 그렇다고 1위를 노릴 정도는 아닌 것 같고.

"그냥 재미로 하는 거니까 괜찮잖아. 참가하는 인원이 적으면 재미도 없고."

"나도 할래." "나도, 나도!" "이 가슴 스카우터를 무시하지 말라고."

내가 고민하는 동안에도 남자애들이 떼 지어 모여들어 노골적으로 여자애들의 가슴 크기를 가지고 불타오르기 시작했다. 교실에 있던 여자애들 일부는 더욱 더 오물을 보는 듯한 눈빛을 보냈다.

"나도 걸래. 참고로 난 사쿠라한테."

야마우치가 우리 사이에 끼어들어 말했다. 사쿠라는 안경을 쓴 촌스럽게 생긴 여자애였다. 누구와도 거의 말을 하지 않아서 솔직히 말해 자세한 건 전혀 모른다.

야마우치는 왠지 믿는 구석이 있는 듯, 박사와 이케의 어깨를 감싼 후 소곤소곤 말했다.

"여기서만 말하는 건데, 사실 나 사쿠라한테 고백 받았어."

"뭐? 저, 정말?!"

제일 놀라고 당황한 것은 이케였다. 반에서 제일 먼저 여자 친구를 만들겠다던 작전은 일찌감치 실패인가?

"진짜라니까. 이거 비밀이야. 물론 그런 촌스러운 여자애, 뻥 차버렸지만. 그때 사복 입은 걸 봤는데 말이지. 꽤 크더라고."

"이거 바보 아냐?! 별로 안 귀여워도 가슴만 크면 사귀어야지!"

"난 쿠시다나 하세베 정도가 아니면 안 사귄다고. 그렇게 촌스러운 애는 관심도 없어."

야마우치는 당사자가 그 자리에 없다고 인정사정없이 심하게 말했다.

그나저나 고백 받았다는 이야기도 어디까지 믿어야 할지 솔직히 수상쩍다.

나는 결국 결정을 내리지 못하고, 상위권 중에서 적당하게 걸기로 했다.

1

"와우, 수영장이다앗!"

점심시간이 끝나고 드디어 이케와 그 친구들이 목 빠지게 기다렸던 수영 수업이 찾아왔다.

이케는 자신의 욕망을 숨기려고도 하지 않고, 기쁨을 마구 발산했다. 그들은 무리 지어 실내 수영장으로 향하기 시작했다. 나도 슬금슬금 뒤따라가야지. 그렇게 생각한 순간.

"같이 가자, 아야노코지."

"어? 그, 그래."

이케의 권유에 나는 말을 조금 더듬으면서도 잰걸음으로 무리에 합류해 탈의실로 들어갔다.

스도는 얼른 수영복으로 갈아입으려고 제일 먼저 교복을 벗기 시작했다. 농구로 단련된 몸이 모습을 드러냈다. 다른 아이들과 비교해도 확실히 훨씬 멋진 몸이다.

허리에 목욕타월을 두른 아이들과는 정반대로 그는 당당하게 팬티 한 장 차림이었다. 그리고 그대로 팬티까지 벗어 던지고는 주머니에서 수영복을 꺼냈다. 그의 태도에 나는 엉겁결에 말을 걸고 말았다.

"스도, 너 되게 당당하다. 주위 눈이 신경 쓰이지 않아?"

"운동하는 애가 고작 옷 갈아입는 거 하나 가지고 허둥대겠냐? 그리고 눈치 보면서 몰래 갈아입는 게 오히려 더 눈에 띌걸?"

그건 맞는 말인지도. 이런 곳에서는 힐끔대며 몰래 옷 갈아입는 녀석이 놀림당하는 경우도 많으니까.

"그럼 나 먼저 나간다."

스도는 순식간에 탈의실을 빠져나갔다. 나도 얼른 갈아입어야지.

"이히히, 역시 이 학교 완전 대박이라니까! 시내 수영장보다 훨씬 좋지 않아?!"

수영 팬티를 입은 이케가 50미터 수영장을 보며 감탄사를 내뱉었다.

물도 투명하고 깨끗했으며, 실내 수영장이어서 날씨 영향도 받지 않는다. 환경은 그야말로 최고다.

"여자들은? 아직 안 왔나?"

이케가 콧노래를 부르며 여자애들을 찾았다.

"옷 갈아입는 데 시간이 걸려서 그렇겠지."

"야, 만약 내가 눈이 뒤집혀서 여자탈의실에 뛰어들면 어떻게 될까?"

"그야 여자애들한테 얻어터지고 퇴학 당하고 서류가 검찰에 송치되겠지."

"……실감나는 지적은 그만둬줄래?"

이케는 상상해보니 무서웠는지 몸을 파르르 떨었다.

"엉큼하게 수영복 같은 걸 너무 의식하면 여자애들한테 미움 받는다?"

"의식 안 하는 남자도 있냐?! ……서면 어쩌지…….""

필시 그 순간부터 졸업하는 그날까지 이케는 경멸당하게 되리라.

그런데 앗? 나 지금 자연스레 이케네 그룹에 끼여 대화를 나누고 있잖아?

불과 오늘 아침까지만 해도 끼고 싶었지만 끼지 못했던

그룹에, 어느새 한쪽 발을 들여놓았다. 어쩌면 나 지금, 친구가 탄생하는 순간을 생생하게 체험하고 있는지도 몰라.

"우와, 대박 넓다! 중학교 때 수영장이랑은 비교도 안 돼~!"

남자 그룹이 들어오고 몇 분 늦게 여자애들의 목소리가 들리기 시작했다.

"와, 왔다!"

태세를 갖추는 이케. 그러니까 그렇게 노골적으로 나오면 미움을 산다니까!

하지만 그러는 나 역시 신경 쓰이기는 마찬가지였다. 하세베라든가 쿠시다라든가, 일단은 호리키타도.

특히 제일 가슴이 크다는 소문이 도는 하세베는 한 번 본다고 해서 손해 보는 일은 없으리라.

그러나 우리 남자들 모두의 염원은 예상하지 못한 형태로 무너지고 말았다.

"하세베가 없어! 어, 어떻게 된 일이야?! 박사!"

수업을 참관만 하기로 한 박사가 당황한 표정으로 참관용 건물 2층에서 이 모든 상황을 내려다보고 있었다.

이케와 아이들이 놓친 목표물을 높은 곳에서, 안경 너머의 작은 눈으로 재빠르게 찾아다니고 있을 터였다.

하지만―― 그녀의 모습은 어디에도 보이지 않았다.

믿을 수 없다는 듯 박사가 고개를 가로저었다. 아직 탈의실에 있나? 아니면…….

"뒤, 뒤야, 박사!!!"

"으히이익?!"

이케가 손가락으로 가리키며 소리치자 그제야 사태파악이 되었다. 하세베는 박사와 똑같이 참관조였던 것이다.

여자아이들의 얼굴이 하나둘 참관용 건물 2층에 드러났다. 거기에는 사쿠라도 있었다.

"어, 어째서…… 이게 어떻게 된 일이야!"

이케는 믿을 수 없는 광경을 목격했다는 듯 머리를 감싸 쥐고 그 자리에 주저앉았다.

하세베는 자기가 미인이라는 사실을 잘 알고 있는 아이였다. 게다가 덧붙이자면 남자들의 호기심 가득한 시선을 거북스러워했다. 그러니 참관이라는 선택지를 골라도 전혀 이상하지 않았다.

"가슴, 빵빵한 가슴을 볼 수 있을 거라고 생각했건만! 생각했건만!!"

심정은 이해하지만, 이케의 외침은 불행하게도 하세베의 귀까지 닿았다.

저질, 라고 하는 목소리가 들리는 지경에 이르렀으니. 그러니까 너무 노골적으로 나오면 미움을 산다고 그렇게나…….

"이케, 지금 슬퍼하고 있을 때가 아니야. 우리에게는 아직 많은 여자애들이 남아 있어!"

"그, 그렇지. 과연 맞는 말이야. 여기서 의기소침하게 있을 때가 아니야."

"친구야!" "그래, 친구야!"

야마우치와 이케가 남자끼리의 우정을 확인하며 서로 손을 붙잡았다.

"둘이 뭐해? 꽤 즐거워 보이는데?"

"쿠, 쿠쿠, 쿠시다?!"

쿠시다가 두 사람 사이에 얼굴을 내밀었다.

학교 수영복을 입은 쿠시다의 요염한 몸매 선이 그대로 드러났다.

거의 모든 남자들이 그 순간 쿠시다의 몸에서 눈을 뗄 수 없었을 것이다. 가슴은 D 아니면 E? 확실하지는 않지만 그 정도가 아닐까? 예상했던 것보다도 훨씬 크다. 딱 적당하게 살이 붙은 허벅지와 엉덩이의 볼륨이 묘하게 생동감 넘쳤다. 하지만 나를 포함한 남자들은 곧바로 시선을 돌렸다.

아아, 오늘도 날씨가 참 좋구나……. 세계평화란 정말 근사하다.

……생리현상이 시작되면 큰 소동이 일어날 텐데.

"뭘 혼자 사색이 되어서 그러고 있어?"

호리키타가 수상쩍은 표정으로 내 얼굴을 들여다보았다.

"나 자신과의 싸움에 몰두하고 있었어."

호리키타의 수영복 차림. 뭐랄까, 응, 건강하게 보이고 절대 나쁘지 않다.

하지만 뚫어지게 쳐다보면 큰일이 벌어질 것 같아서 마음이 차분해질 때까지 참아본다.

"…………."

그런데 무슨 이유인지 호리키타가 내 몸을 물끄러미 쳐다보았다.

"아야노코지, 무슨 운동한 거 있어?"

"뭐? 아니, 별로. 자랑은 아니지만 중학교 때는 수업 끝나면 곧장 집에 갔는데."

"그런 것 치고는…… 팔뚝의 발달이라든가 등 근육 같은 게 범상치 않은데?"

"부모님께 좋은 몸을 물려받았을 뿐이야."

"그게 이유의 전부라고는 도저히 생각할 수 없어."

"너 혹시 그거야, 근육 페티시? 단언할 수 있는데? 목숨이라도 걸면 믿을래?"

"네가 그렇게까지 부정하니까 믿어주겠는데……."

어딘지 불만스러운 표정이었다. 아무래도 호리키타는 자기가 나름대로 안목이 있다고 믿는 눈치다.

"호리키타는 수영 잘해?"

쿠시다의 갑작스러운 질문에 살짝 의아한 표정을 지은 호리키타가 조용히 대답했다.

"잘하지도 못하지도 않아."

"난 중학교 때 수영을 못했어. 그런데 열심히 연습해서 이제 수영할 수 있게 되었어."

"그렇구나."

호리키타는 관심 없다는 듯 대충 대답하고는 쿠시다와 살짝 거리를 벌렸다. 더는 대화하고 싶지 않다는 신호다.

"다들 집합!"

운동 마니아라고 등에 써 붙인 듯한 근육질 남자가 집합을 외치자 수업이 시작되었다. 체육 교사인 것 같은데, 남녀 불문하고 끌리는 타입일지도 모르겠다.

"참관자는 총 열여섯 명인가. 꽤 많은 것 같은데, 뭐 어쩔 수 없지."

농땡이 부리는 학생도 섞여 있는 게 분명했지만, 딱히 꾸짖지는 않았다.

"갑작스럽게 들리겠지만, 준비체조를 한 다음 바로 실력을 확인하고 싶다. 수영을 하는 거야."

"저기, 선생님. 저는 수영 못하는데요……."

한 남자애가 죄송하다는 듯이 손을 들었다.

"내가 수업을 맡은 이상 여름까지 반드시 수영할 수 있게 해 주겠다. 그러니 안심하도록."

"별로 무리해서 수영을 배울 필요는 없는데요. 어차피 저는 바다 같은 데 가지도 않거든요."

"그건 안 돼. 지금은 아무리 못해도 상관없지만, 극복하게 할 것이다. 수영을 배우면 훗날 반드시 도움이 될 거야. 반드시 말이다."

수영을 배우면 도움이 될 거라고? 그야, 배우면 편할 거라는 건 틀림없지.

하지만 학교 선생님이 그렇게 단언하는 데에는 살짝 위화

105

감이 든다.

뭐, 교사된 입장에서 맥주병을 고쳐주고 싶다는 생각이 강하게 드는 건지도 모른다.

다함께 준비체조를 시작했다. 이케는 그 와중에도 계속해서 여자애들을 힐끔거렸다. 체조가 끝나자 선생님은 50미터 수영을 지시했다. 수영을 못하는 학생은 바닥에 발을 대도 상관없다는 단서를 달고.

나는 작년 여름 이후로 오랜만에 들어가는 수영장이었다. 물 온도가 적절하게 조절되는지 그다지 차갑지 않아 몸이 금세 적응되었다. 나는 가볍게 헤엄치기 시작했다.

50미터를 수영한 후에는 위로 올라가 모두 수영을 마치길 기다렸다.

"헤헤헤, 이 정도는 누워서 떡 먹기지. 봤냐? 나의 슈퍼 스위밍."

경쾌한 동작으로 수영을 마친 이케가 물에서 올라왔다. 아니, 딱히 다른 녀석이랑 다른 점은 없었는데?

"그래도 일단은 대부분 수영할 줄 아는 것 같군."

"충분히 하죠, 선생님. 저, 중학교 시절에는 잽싼 날치라고 불렸다고요."

"그러냐. 그럼 지금부터 시합이다. 남녀별, 50미터 자유형."

"시, 시합이요?! 진짜요?!"

"1등을 한 학생에게는 내 특별 보너스로 5천 포인트를 지급하겠다. 그리고 제일 늦게 들어온 녀석은 보충수업을 받게 할 테니 각오 단단히 해."

수영에 자신 있는 학생들은 환호성을, 자신 없는 학생들은 비명을 질렀다.

"여자는 인원수가 적으니까 다섯 명씩 두 조로 나눠서 하고, 제일 기록 빠른 학생이 우승이다. 남자는 기록이 빠른 상위 다섯 명이 결승전을 펼친다."

학교 측이 포인트를 경품으로 내걸다니, 그런 것은 상상도 못 해봤다. 어쩌면 이번 수업에 빠진 아이들에게 자극을 주기 위해서인지도 모른다. 정말 좋은 생각이다.

시합에 참가하는 사람은 참관자들과 수영할 줄 모르는 한 사람을 제외하고 총 남자 열여섯 명, 여자 열 명이었다. 우선 여자부터 시작해서, 남자들은 두근대는 마음으로 수영장 가장자리에 빙 둘러앉아 여자들을 응원…… 품평했다.

"쿠시다, 쿠시다, 쿠시다, 쿠시다. 하아하아하아."

이케는 쿠시다한테 완전 푹 빠져버린 듯하다.

"무서워, 이케. 진정 좀 해."

"하, 하지만 쿠시다 완전 귀여운걸. 가슴도 역시 꽤 빵빵하고."

압도적으로 남자들의 인기를 모은 여자애는 쿠시다. 나머지는 평행선인가.

얼굴만 가지고 말하면 호리키타도 틀림없이 다섯 손가락 안에 들지만, 사람 사귀는 것을 싫어한다는 점이 은근히 인기를 낮췄다. 그래도 남자들에게 충분한 선물이 된다는 것은 틀림없는지, 호리키타가 스타트라인에 서자 환호성이 커졌다.

"다들, 두 눈에 잘 새겨둬! 오늘의 반찬을 확보하는 거닷!"

"응!" "응!"

왠지 이 수영을 매개로 남자애들의 우정이 돈독해지는 듯한 느낌이 든다.

유일한 예외라고 하면 히라타만 그런 눈빛으로 여자들을 보는 것 같지 않다는 점이었다.

호각소리와 동시에 여자애 다섯이 물속으로 뛰어들었다. 호리키타는 2번 레인. 초반에 리드하기 시작하더니 그대로 거리를 벌리지도 좁히지도 않은 채 선두를 유지했다. 단 한 순간도 위태로운 순간 없이 훌륭하게 50미터를 완주했다.

"오~~~~~! 좀 하는데, 호리키타?!"

기록은 28초 정도. 엄청 빠른 기록은 아닌가. 호리키타는 숨 하나 흐트러지지 않고 천천히 풀사이드로 올라왔다.

남자들은 결과 따위 뒷전이고, 오로지 여자애의 탱탱한 엉덩이에만 시선이 꽂혔다. 나 역시 나도 모르게 호리키타를 쳐다보고야 말았다. 유일하게 사이좋은(?) 여자애니까 뭔가 좀, 다른 느낌이 드네. 응.

계속해서 2조. 제일 인기 많은 쿠시다는 4번 레인이었다. 응원하는 남자애들을 향해 환하게 미소 지으며 손을 흔들었다.

"우오오오오!"

마구 몸부림치는 남자들. 그중에는 몰래 가랑이 사이를 누르는 녀석까지 있었다.

자기소개 할 때 쿠시다는 반 전원과 친하게 지내고 싶다고 선언했었다. 그 말은 이미 거의 현실이 되지 않았는가. 남자애는 물론 항상 여자애들에게 둘러싸여 즐겁게 담소를 나눈다. 쿠시다에게 타인을 끌어당기는 매력이 있는 거겠지.

그리고 드디어 시합이 시작된 2조. 경기 내용은 일방적이었다. 오노데라라는 수영부 여자애의 압도적인 승리. 기록도 26초라는 훌륭한 숫자를 남기며 압승했다. 쿠시다도 31초대로 좋은 기록을 냈지만 결과는 종합 4위.

나는 풀사이드에 올라온 호리키타에게 말을 붙이려 다가갔다.

"아깝게 2위네. 현역 수영부원을 상대로 하는 건 아무래도 힘들지?"

"별로. 승부에 관심 없어서. 그것보다 넌 자신 있어?"

"당연하지. 꼴찌는 안 할 거야."

"……그건, 자랑할 말이 아니잖아. 남자들은 승부에 민감한 줄 알았는데."

"난 경쟁하는 거 싫어하거든. 무사안일주의자라."

1위 따위 애초에 포기했다. 나는 보충수업만 면할 수 있으면 그것으로 족하다.

1조에 배치된 나는 2번 레인이었고, 1번 레인에는 스도가

109

있었다. 운동부인 스도에게 페이스를 맞추기란 불가능하니, 곧바로 내 시야에서 제외한다. 어쨌든 이 중에서 꼴찌만 면하면 최하위권은 피할 수 있다. 그것만 생각하며 스타트대 위에서 뛰어내렸다.

50미터를 굉장한 기세로 헤엄친 스도가 수면 위로 얼굴을 내밀었다. 남녀 할 것 없이 감탄사가 터져 나왔다.

"잘한다, 스도. 25초 끊었어!"

한편 나는 36초 초반대. 아무래도 10위인 모양이다. 됐어, 이걸로 보충수업은 안 받아도 된다.

"스도, 수영부 안 들어올래? 연습만 하면 대회도 충분히 노릴 수 있겠어."

"나한텐 농구뿐이라고. 수영은 그냥 놀이지."

이 정도 수영은 운동한 축에도 끼지 않는지, 스도는 여유로운 모습으로 위에 올라왔다.

"아, 진짜 싫다. 운동신경 좋은 녀석 따위."

이케가 질투하듯 스도의 팔꿈치를 쿡 찔렀다.

"꺄아아!!"

여자애들의 커다란 (기쁨의) 비명이 들렸다. 히라타가 스타트라인에 선 모양이다.

스도의 몸은 남자들이 좋아할 만한 것인 반면, 히라타는 여자애들이 홀딱 반할 몸매였다. 홀쭉하지만 탄탄하다. 이런 몸을 마른 근육이라고 부르나? 여자들이 히라타에게 보내는 환호를 들으며 이케가 침을 퉤 뱉는 시늉을 했다. 스도도 아니꼬운 표정으로 히라타를 노려보았다.

"이겨서 결승 올라오면 온 힘을 다해 박살내주지. 전력을 다하겠어."

수영은 그냥 놀이라고 하지 않았냐……?

선생님이 호각을 불자 히라타는 아름다운 포즈로 물에 뛰어들었다. 히라타의 팔이 물살을 가를 때마다 풀사이드에서 여자애들의 환호성이 커졌다. 수영 자세도 쓸데없이 멋지단 말이야.

"의외로 빠르네."

스도의 냉정한 한마디. 정말 히라타의 수영은 빨랐다. 같이 수영하는 다른 남자애 네 명보다 머리 하나가 앞선 것은 틀림없었다. 그것이 또 여자애들의 비명을 불러왔다.

우리의 기대를 저버리고 히라타는 1위로 골인. 귀를 긁는 날카로운 환호성이 실내 수영장을 가득 메웠다.

"쌤, 몇 초예요?"

이케가 덤벼들 듯 선생님에게 물었다.

"히라타의 기록은…… 26초 13이다."

"예스! 할 수 있어, 스도. 분명 네가 이길 거야! 정의의 매운 맛을 보여줘라!"

"나만 믿어. 철저하게 밟아서 히라타의 인기를 땅에 떨어뜨려 놓을 테니……."

투지에 불타올라 이케에게 대답하는 스도였지만, 아마 히라타가 져도 인기가 떨어지는 일은 없지 않을까?

"히라타, 정말 멋졌어! 축구만 잘하는 게 아니라 수영도 잘하잖아?!"

"그런가? 고마워."

"야, 너 지금 우리 히라타한테 꼬리치는 거야?!"

"뭐라고? 꼬리치는 건 내가 아니고 너 같은데?!"

"뭐? 지금 말 다했니?!"

등등. 이제는 짜증을 넘어서서 어처구니가 없는 히라타의 인기도.

"그만둬, 날 가지고 싸우는 거. 난 모두의 것이야. 사이좋게 보렴. 진짜 실력자가 수영하면 어떤 결과가 나오는지를."

무슨 소리를 어떻게 들은 건지, 코엔지는 자신에게 보내는 환호성으로 착각하고 있었다.

그는 수줍은 미소를 머금으며 스타트대에 발을 올렸다.

"야…… 코엔지 저 녀석, 뭔데 혼자 삼각팬티야……?"

"그, 글쎄?"

일단 삼각팬티 수영복은 학교 지정으로 허가되긴 했지만, 우리 반에서 그걸 입은 사람은 코엔지가 유일했다. 여자들은 코엔지의 강조된 아랫부분으로부터 시선을 피했다.

그래도 3조에서 제일 주목해야 할 사람은 역시 코엔지인가. 스타트라인 앞에서 웅크린 자세가 꼭 수영선수 같았다. 사실 자세뿐 아니라 몸 역시 스도보다 훨씬 높은 수준으로 완성되어 있었다. 스도를 포함해 우리 반에서 운동 좀 한다는 남자애들은 마른침을 삼키며 코엔지의 플레이를 지켜볼 준비를 했다.

"난 승부 따위에 관심 없지만 지는 건 좋아하지 않아서."

누가 물어보지도 않았는데 자기가 먼저 말했다. 호각소
리와 동시에 코엔지는 교과서 같은 포즈로 물속에 뛰어들
었다.

"오~! 우와!"

상상 이상으로 공격적인 수영에 스도가 깜짝 놀라 감탄사
를 내뱉었다. 히라타도 아연한 표정으로 시합을 지켜보았
다. 거친 물결이 일었지만 속도는 더할 나위 없이 훌륭했다.
조금 전의 스도보다 확실히 빠르다. 기록을 잰 선생님이 자
기도 모르게 스톱워치를 거듭 확인했다.

"23초 22······."

"평소와 다름없이 내 복근, 배근, 대요근의 상태가 괜찮
았네. 나쁘지 않아."

물에서 훌쩍 뛰어 올라온 코엔지는 여유 가득한 미소를
날리며 머리카락을 쓸어 넘겼다.

숨이 찬 기색이 없는 것을 보니 본 실력은 발휘하지도 않
은 모양이다.

"불타오르는데······!"

스도가 지고 싶지 않은지 이글거리는 눈으로 투지를 불태
우기 시작했다. 솔직히 스도 말고는 코엔지에게 이길 사람
이 없어 보인다. 사실상 결승전은 코엔지 대 스도로 일대일
구도였다.

"코엔지도 스도도 수영이 빠르니까 결승전 정말 재미있겠다!"

"아, 아아, 그래."

멍하니 결승전이 시작되기를 기다리고 있는데 쿠시다가 내게 말을 걸었다.

수영복 하나만 달랑 입은 미소녀가 옆자리에 앉은 긴급사태에 가슴이 마구 요동쳤다.

"응? 왜 그래? 얼굴이 빨개졌는데……. 혹시 어디 아파?"

"아니, 전혀……."

"그나저나 좀 특이하지 않아? 4월부터 수영 수업이 있다니."

"이렇게 멋진 실내수영장을 갖춰서 그런가 보지. 그런데 쿠시다 너 꽤 빠르더라. 중학교 때 못했다니 믿기지 않을 정도던데?"

"아야노코지야말로 수영 잘만 하던데?"

"그래봐야 보통 수준인데, 뭐. 운동도 썩 좋아하지 않고."

"어머, 정말? 하지만 뭐랄까, 굉장히 남자애다운 느낌이야, 아야노코지. 마른 몸이지만 농구하는 스도보다도 튼실해 보이고."

내 말이 믿기지 않는다는 듯 깜짝 놀란 눈으로 내 몸을 바라보는 쿠시다. 호리키타가 날 볼 때보다 열 배는 긴장된다.

"선천적으로 근육이 붙은 거지 별다른 이유는 없어. 사실 동아리 활동도 안 하고 바로 집에 갔는걸?"

대화가 자연스럽게 이어지고 있다. 조금 긴장했지만, 이 벅찬 감정은 뭐지? 이대로 조금만 더 쿠시다와 단둘이 이야기를 나누고 싶다.

"오오, 코엔지 녀석 정말 대단하다. 스도한테 압승하다니…… 그런데 너 지금 뭐 하는 거야, 아야노코지!"

아무래도 결승전은 코엔지가 스도를 5미터 정도 앞서서 우승한 모양이다. 시합 관전을 끝낸 이케가 험상궂은 표정을 지으며 뛰어왔다.

"뭐, 뭐 하다니? 딱히 아무것도 안 했는데."

"했잖아!"

이케가 내 팔과 목을 조이며 귓속말을 했다.

"쿠시다는 내가 찍었으니까 방해하지 말라고."

별로 방해할 생각은 없지만, 이 세상에는 가능한 일과 불가능한 일이 존재하는 법이다. 쿠시다는 이케 정도 수준에 넘어갈 여자애가 아니라고 생각하는데. 물론 나도 아니지만.

○친구

"키쿄, 학교 마치고 카페 안 갈래?"

"응, 갈래! 아, 그런데 잠깐만 기다려줄래? 한 사람 더 가자고 해볼게."

쿠시다는 친구들에게 양해를 구한 후 가방에 교과서를 넣는 호리키타에게 다가갔다.

"호리키타. 나, 친구들이랑 카페에 갈 건데 괜찮으면 너도 같이 가지 않을래?"

"흥미 없어."

물어본 사람이 무색해지게, 호리키타는 쿠시다의 제안을 단칼에 거절했다.

지금부터 쇼핑할 계획이 있다든가 누구랑 약속이 있다든가 거짓말이라도 좋으니 둘러말할 수는 없는가. 대놓고 싫다는 호리키타. 하지만 쿠시다는 미소를 잃지 않았다.

사실 이런 광경은 이제 그리 드물지 않았다. 입학 첫날부터 쿠시다는 정기적으로 이렇게 호리키타에게 다가와 같이 놀자고 제안했다. 한 번쯤은 응해도 좋으련만 하는 것은 방관자의 제멋대로인 생각일까? 하지만 호리키타가 혼자 있길 바란다는 사실은 그 누구도 부정할 수 없었다.

"그래…… 그럼 다음에 같이 놀자."

"잠깐만, 쿠시다."

호리키타가 웬일로 쿠시다를 불러 세웠다. 쿠시다의 끈질긴 권유에 결국 꺾였나?

"앞으로는 나한테 그런 말 하지 말아줘. 성가시니까."

호리키타는 냉담하게 말했다.

하지만 쿠시다는 쓸쓸한 기색 하나 없이, 여전히 미소 지으며 이렇게 대답했다.

"다음에 다시 올게."

그리고 쿠시다는 다시 친구들 곁으로 달려가 무리지어 복도로 나갔다.

"키쿄, 이제 호리키타 불러내는 거 그만두지그래. 쟤 짜증 나……."

교실 문이 채 닫히기도 전에 그런 목소리가 어렴풋이 들려왔다.

그 말은 분명 내 옆 호리키타의 귀에도 들렸을 테지만, 그녀는 전혀 개의치 않는 표정이었다.

"너까지 쓸데없는 소릴 하진 않겠지?"

"응. 네 성격은 이미 충분히 파악했다고 생각해. 말해봤자 아무 소용없을 테니."

"그럼 안심이야."

돌아갈 채비를 끝마친 호리키타는 자기만의 페이스로 혼자 교실을 빠져나갔다.

나는 잠시 그 모습을 멍하니 쳐다보다가 곧 싫증나 자리에서 일어났다. 나도 이제 돌아가볼까.

"아야노코지, 잠깐 시간 괜찮아?"

아직 교실에 남아 있던 히라타 무리의 앞을 지나치는 순간 히라타가 나를 불러 세웠다. 나는 작은 목소리로 괜찮다고 대답했다. 히라타가 먼저 말을 걸어주다니 이런 날도 다 있구나.

"호리키타 말인데, 어떻게 좀 안 될까? 여자애들 사이에서 의견이 좀 나왔어. 호리키타는 항상 혼자니까."

쿠시다의 친구들 말고 다른 애들도 이제 슬슬 거북해지기 시작했다는 뜻인가.

"애들이랑 잘 지내라고 말 좀 해줄 수 없을까?"

"그건 개인의 자유 아니야? 호리키타가 누구한테 피해를 주는 것도 아니잖아."

"물론 네 말이 맞아. 하지만 걱정하는 목소리도 많아서 그래. 난 우리 반에서 왕따 같은 문제가 일어나는 걸 절대 두고 볼 수 없어."

왕따? 비약적인 이야기라고 생각하지만, 어쩌면 그런 조짐이 나타나고 있는지도 모르겠다. 그래서 경고해준 것인가? 히라타는 순수한 눈망울로 나를 똑바로 쳐다보았다.

"나한테 이렇게 말하지 말고 네가 직접 전하는 게 더 낫지 않을까?"

"……그러네. 미안, 내가 이상한 말을 해서."

호리키타는 하루하루 반에서 고립되어갔다. 앞으로 한 달이 지나도록 이런 상태가 계속된다면 반에서 완전히 부스럼

같은 존재가 되고 말리라.

물론 그건 호리키타 본인의 문제고, 내가 관여할 부분은 아니지만 말이다.

1

학교를 나온 나는 곧장 기숙사로 발걸음을 옮겼다. 그런데 아까 친구와 놀러 간다던 쿠시다가 누구를 기다리는지 벽에 기대 서 있었다. 내 모습을 발견한 쿠시다가 평소와 다름없는 미소를 지었다.

"다행이야. 아야노코지 널 기다리고 있었어. 이야기 좀 하고 싶어서. 시간 좀 괜찮니?"

"딱히 일은 없는데……."

설마 했던 고백……과 같은 전개는 딱 1퍼센트밖에 생각 안 한다고.

"있는 그대로 물을게. 아야노코지, 너는 호리키타가 웃는 걸 단 한 번이라도 본 적 있어?"

"뭐? 아니…… 내 기억에는 없는데."

보아하니 쿠시다는 또 호리키타에 관해 내게 할 이야기가 있는 것 같다. 그리고 떠올려보니 호리키타가 웃는 건 본 적이 없다. 쿠시다가 갑자기 내 손을 붙잡고 거리를 좁혀 왔다. 꽃향기? 무척 기분 좋은 향이 내 콧구멍을 간지럽혔다.

"나 말야…… 호리키타랑 친구가 되고 싶어."

"네 마음은 충분히 알아. 처음에는 여러 애들이 호리키타에게 말을 걸었지만, 지금까지도 말 걸어주는 사람은 쿠시다 네가 유일하니까."

"아야노코지, 유심히 보고 있었네. 호리키타를?"

"봤다기보다는 옆자리니까 아무래도 눈에 들어오는 거지."

여자애들은 저마다 입학 첫날부터 그룹을 형성하느라 분주했었다. 남자보다 파벌, 영역 의식 같은 것이 강한지 고작 스무 명 정도 되는 반에서도 대략 네 개의 세력이 형성되었다. 대체로 사이좋게 지내면서도 어딘지 서로 견제한다고나 할까.

하지만 지금 눈앞에 서 있는 쿠시다는 예외다. 모든 그룹과 안면을 익혔고, 거기서 나아가 많은 인기를 얻기 시작했다. 호리키타에게도 끝까지 사근사근하게 친구가 되려고 끈질기게 노력하고 있다. 다른 평범한 애들은 하려고 생각해도 하기 힘든 일이다. 쿠시다의 이런 부분이야말로 모두에게 사랑받는 이유가 아닐까?

덤으로 말하자면 귀엽다.

덤이라는 게 최고의 매력이라는 점은 이 세상 모든 상품을 팔 때 보기 쉬운 패턴이리라.

"호리키타가 못 박았잖아. 다음에는 걔가 어떤 소리를 할지 모르는데."

녀석은 돌려 말하는 타입이 아니라는 것을 잘 알고 있다. 자칫 잘못하면 지금보다 훨씬 지독한 말을 들을지도 모른다. 그런 식으로 쿠시다가 상처 받는 것은 솔직히 보고 싶지 않다.

"그래서 말인데, 도와……줄 수 없을까?"

"으음…….."

나는 바로 대답하지 않았다. 보통 이렇게 귀여운 여자애의 부탁이라면 단번에 승낙할 것이다. 하지만 무사안일주의자인 나로서는 긍정적으로 나올 수 없다. 게다가 호리키타의 가시 돋친 말에 쿠시다가 상처 받는 모습을 보고 싶지 않다. 지금은 가슴 아프지만 거절하자.

"쿠시다, 네 마음은 잘 알겠지만……."

"안…… 되겠니?"

귀여움 더하기 부탁 더하기 눈 깜박거리기는? 죽음.

"……어쩔 수 없군. 이번만이야?"

"정말?! 고마워, 아야노코지!"

도와주겠다는 내 말에 진심으로 기쁜 듯 활짝 웃는 쿠시다.

……귀여워. 지금 당장 나랑 사귀어달라는 말이 무심코 튀어나올 뻔했지만, 무사안일주의인 내가 그런 터무니없는 말을 할 수 있을 리 없다.

"그래서? 구체적으로 내가 어떻게 도우면 되는데? 한마디로 친구가 되고 싶다고 해도 그게 쉽지는 않잖아."

어떻게 친구가 되는지는 나 역시 답을 알 수 없는 어려운 문제다.

"그러네……. 일단은 호리키타의 웃는 얼굴을 보는 것?"

"웃는 얼굴 말이지?"

미소는 상대방에게 조금이라도 마음을 허락했을 때 가능한 일이다.

그런 관계라면 필시 친구라고 부를 수 있을지도 모른다.

미소를 본다, 라는 부분에 주목하는 걸 봐서 쿠시다는 분명 사람의 심리를 잘 이해하고 있는 듯하다.

"호리키타를 웃게 할 좋은 아이디어는 있어?"

"그건…… 앞으로 너랑 같이 생각해보려고 하는데."

쿠시다는 미안한 듯 멋쩍은 미소를 지으며 자기 머리를 콩 때렸다.

못생긴 애가 했으면 그대로 주먹이 날아갔을 테지만, 쿠시다가 하니 꽤 포인트가 높다.

"미소 말이지……."

쿠시다의 엉뚱한 부탁으로 나는 호리키타의 미소를 보기 위해 힘을 보태기로 했다. 과연 정말 가능한 일일까? 그런 생각이 강하게 들지만.

"일단 방과 후에 호리키타를 불러내볼게. 기숙사로 돌아가버리면 손 쓸 방법이 없으니까. 어디 원하는 장소라도 있어?"

"아, 그럼 팔레트는 어때? 내가 자주 가는 덴데, 호리키타도 한 번 쯤은 들어본 적 있지 않을까?"

팔레트라면 학교 내에서도 1, 2위를 다투는 인기 카페였던 것 같다.

그러고 보니 방과 후에 쿠시다는 다른 여자애들과 팔레트에 가자는 이야기를 자주 나누곤 했었다.

나조차 들어본 적 있는 곳이니 호리키타도 분명 무의식중에 그 이름을 들어봤으리라.

"너희 둘이 팔레트에 들어가서 음료를 주문하면 내가 딱 들어가서 우연인 척하는 거야. 어때?"

"음, 그래……그럼 좀 쉬울지도 모르겠다. 쿠시다, 네 친구의 도움도 받는 게 좋지 않을까?"

호리키타는 쿠시다의 존재를 알게 된 순간 기숙사로 돌아가버릴지도 모른다. 가능하면 그 자리에서 일어나기 힘든 상황을 만들어두는 것이 좋다. 나는 즉석에서 떠올린 아이디어를 쿠시다에게 들려주었다.

"우와~. 그렇게 하면 확실히 자연스럽겠어! 아야노코지, 너 머리 되게 좋은데?"

쿠시다는 몇 번이고 고개를 끄덕이면서 반짝거리는 눈으로 내 이야기에 귀를 기울였다.

"머리 좋은 거랑은 별로 상관없는 것 같은데. 아무튼 그런 느낌으로 해보자."

"알았어, 기대하고 있을게!"

아니, 그렇게 기대하면 곤란하다고.

"쿠시다 너도 문전박대 당했는데 과연 내가 말한다고 호리키타가 나올지 모르겠다."

"괜찮아. 호리키타가 너는 꽤 믿는 것 같았으니까."

"왜 그렇게 생각하지? 근거를 알려줘, 근거를."

"음, 그냥 왠지? 하지만 적어도 우리 반의 그 누구보다 널 믿을걸?"

만약 그렇대도 그건 나 말고 딱히 적당한 사람이 없어서가 아닐까?

"내가 호리키타와 대화를 나눌 수 있게 된 건 그냥 우연이었는데?"

어쩌다 보니 버스에서 만났고 어쩌다 보니 옆자리였던 것.

그런 우연 중 하나만 빠졌더라면 아마도 그녀는 입조차 열지 않았을지도 모른다.

"누군가와의 만남은 원래 다 우연으로 시작하는 거잖아? 그러다가 친구가 되고 절친이 되고…… 연인, 가족이 되는 거지."

"……그건 그래."

듣고 보니 그럴지도 모르겠다. 이렇게 쿠시다와 이야기하게 된 것도 우연이니까. 이는 언젠가 나와 쿠시다가 연인으로 발전할 수 있다는 말?

2

드디어 찾아온 방과 후. 학생들은 저마다 여가 시간을 즐기기 위해 어디에 놀러 갈지 머리를 맞대고 의논하느라 바빴다. 한편 나와 쿠시다는 서로 눈짓하며 작전 실행을 확인했다.

목표물이 된 호리키타는 평소와 다름없이 혼자 묵묵히 돌아갈 채비를 하고 있었다.

"저기, 호리키타. 오늘 방과 후에 혹시 한가해?"

"시간이 남아돌아 주체 못 할 만큼 한가하지는 않아. 기숙사에 돌아가서 내일 준비도 해야 하고."

내일 준비라니, 학교에는 그냥 몸만 오면 되는데.

"나랑 어디 좀 가줬으면 하는데."

"……목적이 뭐야?"

"내가 어디 가자고 하면 무슨 목적이 있다고 생각하는 거야?"

"갑자기 어디 가자고 하면 의문스러운 게 당연한 흐름 아닌가? 구체적인 용건이 있다면 이야기 정도는 들어줄 수 있지만."

물론 그런 것이 있을 리 없다.

"학교에 말야, 카페가 있잖아? 거기 가면 여자애들이 엄청 있어. 거기 말이야, 혼자서 갈 용기가 안 나서. 남자 출입 금지, 같은 느낌이 들잖아?"

"여자애 비율이 높은 건 틀림없지만, 남자도 얼마든지 이용할 수 있을 텐데?"

"그거야 그렇지. 하지만 혼자 가는 녀석은 없단 말이야. 여자 친구들끼리 가거나 아니면 남자 친구랑 가거나. 그런 애들만 있는 거 같아서."

호리키타는 팔레트의 풍경을 떠올리는 것인지, 살짝 생각에 잠긴 듯한 동작을 취했다.

"흠, 그건 그럴지도 모르겠네. 흔치 않지만 네 의견에 일리가 있어."

"거기가 궁금해서 말이지. 그래서 혹시 같이 가줄 수 없나 해서."

"그리고 당연히 따로 같이 가자고 말할 상대……는 있을 턱도 없다, 그거네?"

"네 말투가 좀 거슬리지만, 네 말대로야."

"내가 거절한다면?"

"그럼 어쩔 수 없지. 포기할 수밖에. 네 사적인 시간을 할애해달라고, 억지로 강요할 순 없는 거니까."

"……알았어. 네 말대로 남자끼리 가기엔 껄끄럽다는 이야기는 사실 같으니까. 너무 오래 있는 건 무리지만. 그래도 괜찮아?"

"응. 금방 끝날 거야."

아마도, 하는 말을 속으로 덧붙였다. 쿠시다가 엮였다는 사실을 알게 된다면 아마도 난 호리키타의 무서운 질책을 받겠지.

하지만 쿠시다와 이야기할 수 있다거나 그런 것보다도 나는 호리키타에게 단 한 사람이라도 좋으니 친구가 생기면 좋겠다는, 그런 마음이 있었던 건지도 모른다.

그나저나 설명회도 그렇고 카페도 그렇고. 호리키타는 까탈스럽게 굴면서도 항상 날 따라와주었다. 그런데도 나와 친구가 될 수 없다고 말하니 참으로 신기한 일이다.

우리는 곧장 교실을 나와 학교 1층에 있는 카페 팔레트에 도착했다.

방과 후를 즐기기 위해 여자아이들이 속속 모여들고 있었다.

"애들이 엄청 많네."

"호리키타 너도 방과 후에 여기 온 건 처음이야? 아, 맞다. 넌 항상 혼자지?"

"빈정댄 거지? 어린애도 아니고."

그녀의 말대로 일부러 비꼬아 말했는데, 호리키타에게는 역시 통하지 않은 듯하다.

우리는 주문을 끝내고 각자 음료를 받았다. 나는 팬케이크도 하나 주문했다.

"단 거 좋아하니?"

"이거 한번 먹어 보고 싶어서."

케이크 자체는 좋아하지도 싫어하지도 않지만, 그럴싸한 이유를 만들어두었다.

"그런데 빈자리가 없는데."

"좀 기다릴까? 아, 아니다. 저기 곧 빌 것 같아."

두 사람이 앉을 수 있는 자리에서 여자애들이 막 일어나는 모습을 본 나는 얼른 뛰어가 자리를 확보했다. 그리고 호리키타를 안쪽 자리로 보낸 다음 가방을 발밑에 두고 앉아 아무렇지 않은 척 주위를 두리번거렸다.

"혹시 주변에서 우리를 커플로 본다거나…… 하진 않겠지."

호리키타의 얼굴은 무표정, 이랄까 조금 냉랭한 느낌이 든다. 나도 이 시끌벅적한 분위기 속에 마음이 진정되지 않았고, 앞으로 일어날 일을 상상하니 위가 따끔거렸다.

이제 갈까, 하는 목소리와 함께 옆 테이블에 있던 여자 둘이 음료를 들고 자리를 떠났다.

그 자리는 금세 새로운 손님으로 채워졌다. 바로 쿠시다였다.

"앗, 호리키타. 이런 우연이 다 있네! 어머, 아야노코지도 있잖아?!"

"……안녕."

어디까지나 우연을 가장한 쿠시다가 가볍게 인사했다. 호리키타는 가늘게 뜬 눈으로 쿠시다를 쳐다본 후 천천히 내게로 고개를 돌렸다. 이는 당연히 쿠시다와 미리 짠 상황이었다. 먼저 쿠시다의 친구들이 미리 네 자리를 확보하고 있다가 내가 팔레트에 도착해서 눈짓으로 신호를 보내면 일단 두 자리를 비운다. 그리고 잠시 후 나머지 자리를 비워주면 쿠시다가 들어오는 계획이다.

이렇게 하면 어디까지나 우연히 일어난 만남으로밖에 보이지 않는다.

" 아야노코지랑 호리키타도 둘이 여기 오곤 해?"

"이따금? 넌 혼자 왔어?"

"응, 오늘은 좀——"

"나 갈래."

"앗, 야아! 이제 막 왔잖아."

"쿠시다가 있으니까 난 더 필요 없잖아?"

"아니, 그런 문제가 아니잖아. 나랑 쿠시다는 그냥 반 친구일 뿐이고."

"그건 나랑 네 관계도 마찬가지지. 그리고……."

호리키타는 나와 쿠시다를 차갑게 쳐다보았다.

"마음에 안 들어. 하고 싶은 게 뭔데?"

우리의 작전을 간파한 듯한 발언이었다. 아니면 단순히 떠보는 것일지도 모른다.

"뭐, 뭐래? 그냥 우연이야!"

가능하면 쿠시다가 그렇게 말하지 않길 바랐다.

이게 무슨 의미냐고 나오는 호리키타의 유도에는 영문을 모르겠다는 식으로 행동하는 것이 정답이다.

"아까 우리가 자리에 앉기 전에 여기 앉았던 둘, 우리와 같은 D반 여자애들이었어. 그리고 옆 테이블에 있던 두 사람도 그랬고. 이게 그냥 우연이라고?"

"어쩜 그리 잘 아냐? 난 전혀 몰랐는데."

"그리고 수업이 끝나자마자 우리, 아무 데도 안 들리고 곧장 이리로 왔잖아? 걔네들이 아무리 서둘러도 고작해야 1, 2분 빨리 왔을 거야. 돌아가기에는 아직 많이 이르지. 내 말이 틀려?"

호리키타는 내가 생각한 것보다도 훨씬 관찰력이 뛰어난 사람이었다.

반 아이들의 얼굴을 다 기억하고 있을 뿐만 아니라 자리 상황까지 제대로 파악하고 있었다.

"으음, 그게……."

쿠시다는 당황한 나머지 내게 도와달라는 눈빛을 보냈다.

그 모습을 놓칠 호리키타가 아니다. 이대로 계속 속이는 것은 쓸데없이 그녀의 화만 돋울 뿐인가.

"미안해, 호리키타. 우리가 미리 짠 거야."

"그렇지? 처음부터 좀 이상하다고 생각했어."

"호리키타. 나랑 친구가 되어줘!"

이제는 감추지 않고 단도직입적으로 말을 꺼내는 쿠시다.

"몇 번이나 말했던 것 같은데, 날 그냥 내버려뒀으면 좋겠어. 난 우리 반에 피해줄 생각도 없어. 그렇게 하면 안 되니?"

"……혼자 다니는 건 너무 쓸쓸하잖아. 난 우리 반 모든 애랑 잘 지내고 싶어."

"네가 그렇게 생각하는 걸 부정할 마음은 없어. 하지만 거기에 남을 억지로 끌어들이는 건 틀렸다고 봐. 난 혼자 있는 게 쓸쓸하다고 느낀 적도 없는걸."

"하, 하지만……."

"그리고 억지로 친해지기를 강요하면 내가 기뻐하기라도 할 것 같니? 그렇게 강제된 것에서 우정이나 신뢰관계가 형성될 거라고 생각해?"

호리키타의 말은 하나도 틀리지 않았다. 호리키타는 친구를 못 만드는 게 아니라 필요 없다고 생각하는 사람이다. 쿠시다의 한결같이 솔직한 마음이 호리키타를 움직이지는 못했다.

"지금까지 분명하게 말하지 못한 내 잘못도 있어. 그러니 이번 일은 탓하지 않을게. 하지만 다음에 또 이런 짓을 하면 그때는 용서하지 않을 테니 명심해."

그녀는 그 한마디를 남긴 후 한 모금도 마시지 않은 카페 라테 컵을 손에 들고 자리에서 일어났다.

"나, 호리키타랑 꼭 친해지고 싶어. 뭐랄까, 처음 만난 것 같지 않다고 해야 하나── 너도 나와 같은 느낌이면 좋겠다고 생각해."

"더는 시간 낭비야. 나한테는 네 말 전부 불쾌하게 들려."

호리키타는 살짝 거칠어진 말로 쿠시다의 말을 뚝 잘랐다. 자기도 모르게 말을 도로 삼키는 쿠시다.

나는 쿠시다를 돕긴 했지만, 여기서 말참견을 할 생각은 전혀 없었다. 그런데······.

"호리키타, 네 생각도 이해가 안 되는 건 아니야. 나도 친구의 존재의식이란 뭘까, 정말 필요할까, 라는 의문을 가진 적이 한두 번이 아니니까."

"입에 침이나 바를래? 입학 첫날부터 줄곧 친구 사귀고 싶어 했으면서."

"그건 부정하지 않겠어. 하지만 난 너랑 같은 부류야. 적어도 중학교 졸업할 때까지는. 난 이 학교에 입학할 때까지 친구를 사귄 적이 없거든. 전화번호를 아는 애도 없었고, 방과 후에 누구랑 놀아본 적도 없어. 완전히 혼자였지."

느닷없는 말이라 믿어지지 않는다며, 쿠시다가 놀라움을 표했다.

"너랑 대화가 잘 이어졌던 것도 어쩌면 그런 부분이 영향을 미쳤을 수도 있다고 생각했어."

"그런 말은 처음 듣네. 하지만 만약 우리한테 그런 공통점이 있다고 해도 거기까지 이르는 과정은 다르지 않을까? 넌 친구를 원했지만 못 만든 거고. 난 친구가 필요 없어서 안 만든 거고. 요컨대 언뜻 보기에는 비슷해도 본질은 전혀 다른 거지. 아니야?"

"……그럴지도. 하지만 쿠시다에게 불쾌하다고 말한 건 너무 심했어. 넌 정말 그래도 괜찮아? 이대로 아무와도 친하지 않는 길을 선택하는 건 3년 간 혼자 지내야 한다는 얘기야. 꽤 고통스러울 거라고."

"9년을 그렇게 살았으니 괜찮아. 아, 정정할게. 유치원도 포함하면 더 길겠다."

아무렇지도 않게 지금 엄청난 이야기를 했다! 어쩌면 이 녀석, 기억이 있을 때부터 줄곧 혼자였던 건가?

"그럼 이제 돌아가도 될까?"

호리키타는 깊은 한숨을 푹 내쉰 후 쿠시다의 눈을 빤히 쳐다보았다.

"쿠시다, 네가 억지로 나한테 다가오지만 않으면 나도 아무 말 안 해. 약속할게. 넌 바보가 아니니까 내 말이 무슨 뜻인지 알겠지?"

그럼 이만, 하고 말한 호리키타가 카페를 나갔다. 소란스러운 카페 안에 나와 쿠시다만 남겨졌다.

"실패했네. 도와주려고 했지만 무리였어. 저 녀석은 고독에 너무 길들여져 있어."

아무 말없이 자리에 털썩 주저앉는 쿠시다. 하지만 그다음 순간, 그녀는 여느 때와 다름없는 미소로 나를 쳐다보았다.

"아니야. 고마워, 아야노코지. 물론 친구가 되는 데는 실패했지만…… 그래도 중요한 걸 알게 됐으니까. 난 그걸로 충분해. 그나저나 미안해. 나 때문에 호리키타가 싫어하는 행동을 해버렸네."

"너무 신경 쓰지 마. 나도 친구가 생기면 좋다는 걸 호리키타가 알길 바랐으니까."

어쨌든 둘이서 네 자리나 차지하는 것은 민폐이므로 내가 쿠시다의 테이블 쪽으로 자리를 옮겼다.

"그나저나 놀랐어. 아야노코지, 너한테 친구가 없었다는 얘기. 그거 정말이야? 전혀 그렇게 안 보였는데. 왜 혼자 다닌 거니?"

"응? 아아, 그건 진짜야. 스도나 이케, 야마우치가 처음

생긴 친구지. 나에게 무슨 문제가 있는 건지 환경 탓인지는 아직도 잘 모르겠어."

"역시 친구가 생기니까 좋아? 즐거워?"

"그래. 귀찮다는 생각이 들 때도 있지만 그래도 확실히 기쁜 게 훨씬 크다는 느낌?"

쿠시다는 눈을 반짝이며 활짝 웃고는 고개를 끄덕였다.

"하지만 호리키타에게는 호리키타만의 생각, 목적이 있어. 그냥 그렇게 결론내릴 수밖에 없을 것 같아."

"그런, 걸까? 결국 우린 친구가 될 수 없을까?"

"어째서 그렇게 필사적인 거야? 쿠시다, 넌 누구보다도 친구를 많이 사귀었잖아? 호리키타 한 사람 친해지지 못했다고 해서 그렇게나 구애받을 필요는 없을 것 같은데."

반 아이들 전원과 친해지면 제일 좋겠지만, 그래도 이렇게까지 필사적으로 매달릴 일인가?

"난 누구든 다 친해지는 게 목표였거든……. D반만이 아니라 다른 반 애들까지 다. 그런데 우리 반 여자애 한 명이랑 결국 못 친해지면 내 목표도 달성할 수 없잖아……."

"호리키타가 좀 특이할 뿐이라고 생각해. 이제는 진짜 우연을 기다릴 수밖에 없어."

계획적인 게 아니라 뭔가 두 사람을 이어줄 만한 계기가 생긴다면.

어쩌면 그때 비로소 친구가 될 기회가 찾아올지도 모른다.

○끝이 보이는 일상

"푸하하하! 바보야, 그거 심하게 웃긴데?!"

2교시 수학 수업 시간, 오늘도 어김없이 이케는 큰 소리로 웃고 떠들어댔다. 상대는 야마우치. 입학하고 3주가 지난 지금, 반 아이들은 이케와 야마우치, 스도를 몰래 '바보 3인조'라고 부르고 있다.

"오늘 노래방 안 갈래?" "갈래, 갈래!"

바보 3인조 근처에서는 여자애 그룹이 벌써부터 방과 후 약속을 정하며 들떠 있다.

"고민하는 시간은 길어도, 한 번 마음을 터놓으면 친해지는 건 금방이군."

"아야노코지, 너도 친구가 꽤 생기지 않았니?"

호리키타가 칠판에 적힌 내용을 노트에 옮기며 말을 걸었다.

"뭐, 조금."

처음에는 불안했지만 편의점에서 스도와의 일, 동아리 설명회, 수영장에서의 일 등을 계기로 이케, 야마우치랑 이따금 같이 밥 먹는 사이가 되긴 했다.

친한 친구까지는 아니더라도 어느새 친구라 부를 수 있는 관계까지 발전했다.

인간관계란 참으로 신기한 것이어서, 어느 시점부터 명확하게 친구가 되는지는 지금도 잘 모르겠다.

"에이요~, 다들 안녕~?"

수업도 후반으로 접어들었을 무렵, 교실 문이 요란하게 열리며 스도가 등교했다. 그는 수업 중임에도 전혀 아랑곳하지 않고 입 찢어지게 하품을 쩌억 하며 자기 자리에 앉았다.

"왜 이렇게 늦었냐, 스도? 아, 점심 먹으러 갈 거지?"

이케가 멀리 떨어진 자리에서 스도에게 말을 걸었다. 수학 선생님은 주의 주기는커녕 스도에게 시선 한 번 주지 않고 수업을 이어나갔다. 보통은 분필을 날려도 전혀 이상하지 않을 상황인데, 이 학교 방침이 방임주의인지 이상하게도 교사 모두 학생들이 잡담을 하든 지각을 하든 꾸벅꾸벅졸든 하나도 신경 쓰지 않았다. 처음에는 눈치를 살피던 아이들도 교사들의 그러한 태도에 이제는 자유롭게 행동하게되었다.

뭐, 호리키타처럼 한결같이 성실하게 공부하는 학생도 극소수 존재하긴 하지만.

그때 주머니 속 휴대폰이 진동했다. 일부 남자애들이 만든 그룹 채팅이다. 아무래도 점심 때 식당에서 같이 밥 먹자는 연락인 듯하다.

"호리키타. 너도 점심 같이 안 먹을래?"

"사양할게. 너네 그룹은 품위가 없거든."

"……부정 못 하겠다."

남자끼리 있으면 주된 화제가 여자 아니면 야한 농담뿐이니. 누구누구가 귀엽다든가 누구랑 누가 사귀고 진도가 어디까지 나갔다든가. 여자애를 이 그룹에 끼우는 것은 별로일지도 모르겠다.

"으헤엑……정말? 벌써 여자 친구가 생겼다니. 대단하다!"

애들 정보에 의하면 히라타와 우리 반 여자애 카루이자와가 사귀게 되었다고 한다. 카루이자와가 누군지 궁금해 교실을 둘러보니, 멀리 떨어진 자리에서 히라타에게 누가 봐도 하트 뿅뿅인 눈빛을 보내는 여자애가 있었다.

카루이자와의 첫인상은 뭐랄까, 귀엽지 않은 것은 아닌데 풋풋한 첫연애라고 보기는 힘든 구석이 있다고 해야 하나. 말하자면 갸루계였다. 그것도 꽤 활발한.

분명 중학교 시절부터 히라타 같은 인기남을 닥치는 대로 공략했으리라. 내 멋대로 상상했지만, 아마 큰 차이는 없을 것이다. 아차, 명예훼손이라는 소리를 들어도 이상하지 않을 만큼 심한 독설을 내뱉어버렸네. 카루이자와한테 큰 실례를 범했다. 속으로 깊이 사과한다.

"그 얼굴, 참 싫다."

호리키타가 차가운 시선을 보냈다. 내 부끄러운 생각이 빤히 보였던 모양이다.

입학하고 곧 커플이 되다니, 도대체 어떤 순서를 밟아야 그렇게 되는 걸까? 나는 친구 하나 만들기도 이렇게 버거운데.

차라리 "우리도 사귈까?" 하고 호리키타한테 말하면——
실컷 얻어맞을 게 분명하겠지.

그리고 나도 기왕 만들 여자 친구라면 좀 더 여성스럽고
다정한 아이가 좋다.

1

3교시 사회 시간. 담임 차바시라 선생님의 수업이다. 수업 시작종이 울려도 여전히 왁자지껄 소란스러운 교실로 차바시라 선생님이 들어왔다. 그래도 여전히 학생들의 시끄러운 목소리는 변함이 없다.

"다들 조용히 해. 오늘은 좀 진지하게 수업을 할 예정이야."

"그게 무슨 말씀이세요! 사에 쌤!"

이미 아이들 일부는 담임을 그런 애칭으로 부르고 있었다.

"월말이니까. 쪽지시험을 치르기로 했다. 자, 뒤로 돌려."

선생님은 제일 앞자리 학생에게 프린트물을 건넸다. 이윽고 내 자리에도 시험지가 왔다. 주요 다섯 과목의 문제가 몇 개씩 실린, 그야말로 작은 시험이었다.

"아이참~ 그런 말 안 해줬잖아요~! 치사해!"

"그런 말 하지 마. 이번 시험은 어디까지나 참고용이다. 성적표에는 전혀 반영되지 않아. 아무 위험 없으니 안심하도록. 다만 커닝은 당연히 절대 안 된다."

묘하게 의미심장한 말투가 마음에 조금 걸렸다. 보통 성적이라고 하면 성적표에만 반영되는 법이다. 하지만 차바시라 선생님의 말은 조금 달랐다. 성적표에'는' 이라는 말은 곧 성적표 이외의 것에는 반영된다고도 해석할 수 있다.

뭐…… 내가 너무 예민한가? 성적표에 영향이 미치지 않는다면 그리 경계할 필요 없겠지.

갑작스러운 쪽지시험이 시작되어, 나도 문제를 읽어내려 갔다. 한 과목당 네 문제, 총 스무 문제로 각 문제마다 5점씩 배점되어 총 100점 만점이다. 그런데 김이 샐 만큼 대부분의 문제가 너무 쉬웠다.

고등학교 입시 시험 때 나온 문제보다도 수준이 두 단계는 낮다. 아무리 그래도 너무 심하게 쉽잖아?

그렇게 생각하며 끝까지 문제를 푸는데 마지막 세 문제 정도는 차원이 다르게 어려웠다. 특히 수학 마지막 문제는 복잡한 수식을 세우지 않으면 도저히 답이 나오지 않았다.

"아니…… 이 문제는 심하게 어려운데……."

고등학교 1학년이 풀 수 있는 수준이 아닌 것처럼 보였다. 명백하게 이질적이었고, 마지막 세 문제만큼은 이 쪽지시험에 실린 것 자체가 실수 아닐까 하는 생각이 들 정도였다.

성적에 반영되지 않는다면 이 쪽지시험으로 도대체 무엇을 판가름하려는 것일까?

뭐, 우리야 다른 시험 칠 때와 다름없이 그저 풀 뿐이지만.

차바시라 선생님은 그래도 일단 감시는 할 생각인지 천천히 교실을 돌아다니며 학생들이 부정행위를 하지 않도록 지켜보았다.

커닝 의심을 사지 않도록 조심조심 호리키타를 훔쳐보았더니, 그녀의 오른손에 쥐여진 펜이 망설임 없이 쓱쓱 답을 채워나가고 있었다. 가볍게 만점을 받겠군.

그 후로 쉬는 시간 종이 울릴 때까지 나는 시험지와 계속해서 씨름했다.

2

"너 말이야, 솔직히 말하면 용서해줄게."

"뭐? 뭘 솔직히 말해?"

점심을 다 먹은 나는 스도를 비롯한 애들 무리와 자동판매기 옆 복도에 쭈그리고 앉아 잡담을 나누고 있었다.

그런데 갑자기 이케가 내게 다가와 이렇게 말하는 것이다.

"……우리 친구 맞지? 앞으로 3년간 고락을 같이 할 동지지?"

"아, 아아. 그런데?"

"당연히…… 여자 친구가 생기면 보고할 거지?"

"뭐? 여자 친구? 그거야, 생긴다면 말이지."

이케가 내 어깨에 팔을 휘둘렀다.

"호리키타랑 사귀거나 하진 않겠지? 우리 모르게 먼저 사귀어버리면 죽는다."

"……뭐라고?"

어느새 야마우치랑 스도도 수상쩍다는 눈빛으로 나를 보고 있었다.

"바보야, 안 사귄다니까, 전혀. 아니, 진짜로."

"하지만 너희 오늘도 수업 중에 둘이서 쑥덕거렸잖아. 우리한테 말 못 하는 이야기라도 나눈 거지? 데이트라든가, 데이트라든가, 데이트 약속이라든가! 아하하하! 이 부러운 놈!"

"아니야, 아니라고. 애초에 호리키타는 그런 말 할 캐릭터도 아니잖아."

"내가 그걸 어떻게 아냐? 걔랑 이야기해본 적도 없는데. 이름도 쿠시다한테 전해 듣지 않았으면 아직도 몰랐을 수준이라고. 존재감이 너무 없달까, 걔는 너무 심하게 다른 애들이랑 안 얽힌다고."

그건 그렇다. 호리키타가 나나 쿠시다 이외의 사람과 이야기를 나누는 모습은 나도 본 기억이 없다.

"그렇다고 해도 이름도 모를 거라니, 그건 너무 심한 말이잖아."

"그럼 아야노코지, 너는 반 애들 이름 전부 기억하냐?"

……떠올려보았지만, 생각나는 이름은 절반도 안 되었다. 그렇군, 납득이 간다.

"호리키타가 얼굴은 완전 귀엽잖아? 그래서 주목은 하고 있거든."

격하게 공감하는 야마우치와 아이들.

"하지만 성격이 억세지. 난 그런 여자는 사양한다."

스도가 커피를 홀짝이며 말했다.

"그렇지, 가시가 잔뜩 돋쳐가지고. 난 사귄다면 좀 더 밝고 대화가 잘 통하는 애가 좋아. 물론 귀여워야 되고. 쿠시다같이."

역시 이케는 쿠시다가 마음에 드나.

"아아~, 쿠시다랑 사귀고 싶다아! 그 짓 하고 싶다아~!"

야마우치가 소리쳤다.

"야 이 멍충아, 네가 쿠시다랑 사귈 수 있을 것 같냐?! 상상조차 금지다!"

"너야말로 사귈 수 있을 거 같냐, 이케? 내 마음 속에서 쿠시다는 이미 옆에 누워 새근새근 잠자고 있다고!"

"뭐래! 이쪽은 코스프레 차림으로 엄청난 포즈를 취하고 있다고!"

둘이서 망상 속의 쿠시다를 서로 빼앗고 난리법석이다. 야, 야. 무슨 상상을 하든 그건 고등학생의 자유지만, 쿠시다한테 분명 실례잖아.

"스도는 누굴 노리냐? 농구부에도 귀여운 애가 있다는 소문이 돌던데?"

"어? 난 아직 딱히 없어. 신입부원인데 여자나 고르고 있을 여유 따위 있겠냐?"

"진짜냐……. 아무튼 여자 친구 생기면 바로 보고하기다, 알았어?! 반드시!"

"응, 으응."

기분 나빠질 정도로 다짐을 받아내려 하기에 잠자코 고개를 끄덕였다. 여자 친구라는 말이 나오면 자동적으로 히라타가 생각난다.

"그나저나 히라타는 카루이자와랑 사귄다며?"

"아, 그렇다더라. 저번에 둘이서 손잡고 기대서 걸어가는 걸 혼도가 봤대."

"그럼 틀림없군. 서로 기대서 걸어갔으면."

"역시. 설마 벌써 그 짓도 한 거 아냐?"

"그거야 당연히 했겠지~. 아, 부러워라. 너무 부럽다……."

고등학교 1학년이 섹스라니 뭐지, 이 현실에서 동떨어진 느낌은. 하지만 정말 했을까?

……무심코 그쪽으로 생각이 가버리는 나도 역시 이 녀석들이랑 같은 부류다.

"그거 해본 놈의 경험담을 듣고 싶다……."

야마우치가 복도에 드러누워 본능을 있는 그대로 드러냈다.

"히라타한테 물어보면 되잖아."

"야, 그럼 히라타가 솔직하게 대답해줄 것 같냐? 걔한테 가슴이 어땠냐? 처녀였냐? 라든가 역시 거기도 핥았냐? 하고 묻겠냔 말이지."

넌 도대체 어떤 경험담을 캐물을 셈인데…….

나는 마실 것을 사려고 바로 옆 자판기로 향했다. 그러자 야마우치가 재빨리 소리쳤다.

"난 코코아!"

"남한테 빈대 붙지 말고 마실 것 정도는 직접 사라고."

"하지만 나 벌써 포인트 거의 안 남았단 말이야. 한 2천 정도 남았나?"

"……너, 3주 만에 9만 포인트 넘게 썼단 말이야?"

"사고 싶은 걸 사다보니까. 이것 좀 봐. 굉장하지!"

야마우치가 그렇게 말하며 꺼낸 것은 휴대 게임기였다.

"이케랑 같이 사러 갔었어. PS VIVA라고, PS VIVA! 이런 것도 학교에 팔다니 진짜 장난 아니라니까!"

"그거 얼마에 샀는데?"

"2만 좀 더 줬지. 옵션까지 합쳐서 2만 5천 정도."

그러니 포인트가 금세 바닥나지.

"원래는 게임 별로 안 하지만, 기숙사 생활을 하니까 같이 할 애가 금방 모이더라고. 그리고 우리 반에 미야모토라는 애 있잖아? 그 녀석이 또 게임을 어찌나 잘하는지."

미야모토라면 우리 반에서도 몸이 통통한 편인 남자애다. 직접 대화를 나눠본 적은 없지만 늘 게임이나 애니메이션을 화제로 누군가와 이야기 나누는 인상이 있다.

"너도 사서 같이 하자고. 스도도 다음 달 포인트가 들어오면 바로 산다고 했어."

주위 애들은 이미 꼬임에 넘어간 것 같았다. 야마우치가 일단 만져보고 결정하라며 게임기를 건넸다. 게임기는 생각보다 훨씬 가벼웠다. 모니터로 시선을 떨구니 커다란 검을 등에 짊어진 전사가 마을에서 돼지를 쓰다듬고 있었다. 무슨 세계관인지 잘 모르겠다…….

"솔직히 난 별로 흥미 없는데. 이건…… 그건가? 싸우는 게임?"

"너 설마 헌터 워치 모르냐? 세계적으로 누계 480만 개 이상 팔렸다고! 내가 어릴 때부터 게임 센스가 남달라서 말이야, 해외 프로한테 스카우트된 적도 있어. 뭐, 그때는 거절했지만."

세계적 규모라고 아무리 큰소리쳐도, 그게 대단하고 대단하지 않고는 별개의 문제이리라. 지구의 총 인구는 70억이나 된다. 다시 말해서 이 게임을 산 사람은 전체의 0.1퍼센트도 되지 않는 셈이다.

"애초에 어째서 이렇게 연약한 여자애가 중장비를 걸치고 있는 거야. 이 방어구, 플라스틱이라도 돼? 이게 철로 만든 거면 스도도 입기 힘들 것 같은데."

"……아야노코지, 너 게임에서 현실적인 요소를 바라지 말라고. 외국인이냐? 대체로 그런 말 하는 녀석들이 또 생명이 저절로 회복되는 거에는 관대하더라? 완전 총알을 뒤집어썼는데 숨으면 체력이 바로 회복되는 외국 게임이야말로 훨씬 비현실적이라고."

나는 야마우치가 무슨 소리를 하는 건지 전혀 알아들을
수 없었다.

"백문이 불여일견이라고 하잖아? 일단 사서 같이 놀아보
자고. 응? 응? 네가 게임 시작하게 되면 아이템 모을 때 힘
껏 도와줄 테니까. 꿀 모으는 것도 꽤 힘든 작업이다, 너?
그러니까 코코아 사줘."

"뭐래……."

꿀은 별로 필요 없지만 계속 치근덕거리는 것도 귀찮아서
코코아를 사주었다.

"역시 친구밖에 없다니까! 땡큐!"

그런 데서 우정을 느끼지 말아줘. 코코아 캔을 휙 던지자
배로 받아내는 야마우치.

그럼 난 뭘 마실까. 이리저리 망설이며 손가락을 놀리다
가 문득 깨달았다.

"여기에도 있네?"

자판기에서 생수 부분만 무료 버튼이 있었다.

"왜 그래?"

"아, 아니. 그러고 보니 식당에도 무료로 먹을 수 있는 정
식이 있었지?"

"산채정식인가 하는 그거? 아~ 그거 진짜 싫다. 풀이랑
맹물만 먹고 사는 생활 따위 보내고 싶지 않다고~!"

야마우치가 코코아를 마시며 낄낄거렸다.

포인트를 다 쓰면 산채정식, 생수 등 무료로 제공되는 것

만으로 연명하며 살아야 한다.

하지만 이는 조금만 신경 쓰면 충분히 피할 수 있는 사태다. 야마우치처럼 가리지 않고 펑펑 쓰면 이야기는 달라지지만.

"……야, 보니까 꽤 있지 않았나? 산채정식 먹는 애들."

학교식당에서 이따금 밥 먹을 때, 무료 산채정식을 먹는 학생이 많았던 기억을 떠올렸다.

"좋아해서 그런 거 아냐? 아니면 월말이어서 그랬겠지."

"그런 거면 다행이고."

나는 일말의 불안을 느끼면서도 우유를 마시려고 버튼을 눌렀다. 그러자 당연하다는 듯 제품 출구로 우유가 굴러 떨어졌다.

"아아, 빨리 다음 달이 되어서 또 꿈같은 생활을 보내고 싶다아아!"

야마우치와 다른 아이들이 웃으며 소리쳤다.

3

『오늘 쿠시다 쪽 애들이랑 놀러 갈 건데, 너도 갈래?』

오후 수업 중, 아무 생각 없이 칠판의 필기를 노트에 옮기는데 문자가 왔다.

오오…… 이게 꿈같은 학교생활, 청춘이라는 녀석인가. 난생 처음 친구로부터 방과 후에 놀자는 말을 들었다. 특별히 거절할 이유는 떠오르지 않았지만, 일단 누가 가는지 물어보았다.

모르는 얼굴들만 있으면 꺼려지잖아? 뭐랄까, 어색하고.

곧 답장이 왔다. 이케와 야마우치의 이름 그리고 쿠시다. 거기에 나를 포함해서 총 다섯 명. 특별히 모르는 인물은 없다. 이 정도면 괜찮은 것 같다. 좋다는 답장을 보내자 다시 문자가 도착했다.

『쿠시다는 내가 공략할 거니까 절대 방해하지 마! by 이케 님』

『무슨 소리. 쿠시다는 내가 노리고 있으니까 네놈이야말로 방해하지 마라. by 야마우치』

『뭐라고? 너 같은 놈이 쿠시다를 공략하겠다고, 나랑 싸워보겠다는 거?』

좀 사이좋게 지내면 될 텐데 쿠시다를 놓고 문자로 옥신각신해대는 두 사람.

나 또한 방과 후가 기대되기도 하고 한편으로는 좀 귀찮기도 했다.

수업이 끝난 후 나는 이케, 야마우치를 따라 학교 밖으로 나섰다.

학교 부지 안은 어쨌든 굉장히 넓어서 입학 후 시간이 꽤 흐른 지금도 아직 아는 곳이 거의 없다.

"쿠시다는 같이 안 가? 같은 반인데."

"다른 반 친구한테 할 말이 좀 있다더라고. 쿠시다는 인기가 많으니까."

"혹시…… 나, 남자 친구는 아니겠지?"

"안심해, 이케. 이미 확인 다 끝내놨지. 여자애야."

"좋았어!"

"너 진심으로 쿠시다를 노리는 거냐?"

"당연하잖아? 진짜 진심이라고."

야마우치도 같은 마음인지 몇 번이고 고개를 끄덕여 보였다.

"넌 호리키타지? 뭐, 미인인 건 인정하겠다만."

"아니, 아무 사이도 아니라니까. 진짜로."

"정말이냐? 수업 중에도 살짝 살짝 눈을 마주치거나, 아무렇지 않게 서로 손끝이 닿는다거나, 그런 새콤달콤하고 남 열 받게 하는 이벤트를 하고 있는 건 아니고?"

이케에게 마구 추궁을 당하고 있는데, 그때 우리가 나누는 대화의 중심에 있는 여자애가 달려왔다.

"늦어서 미안해. 많이 기다렸지!"

"오오, 기다리고 있었어, 쿠시다! 그런데 왜 히라타랑 쟤네도 같이 온 건데?!"

펄쩍펄쩍 뛰며 반기던 이케가 다음 순간 뒷걸음질 치다가 과장된 포즈로 꽈당 넘어졌다. 하여간 정신없는 녀석.

"아, 오는 길에 만났어. 모처럼이니 같이 가자고 했는데. 안 될까?"

쿠시다는 히라타와 그의 여자 친구(로 여겨지는) 카루이자와, 그리고 여자애 둘을 더 데리고 왔다. 카루이자와와 늘 붙어 다니는 마츠시타, 모리라는 여학생들이었다.

"야, 어떻게든 히라타 좀 쫓아 보낼 방법 없냐?!"

이케가 내 목에 팔을 두르고 귓속말했다.

"딱히 그럴 필요는 없잖아."

"저런 훈남이 있으면 내 존재감이 희미해지잖아! 혹시라도 쿠시다가 히라타를 좋아하게 되는 불상사가 발생하면 어쩔래! 훈남이랑 귀여운 애가 눈 맞지 않는 유일한 방법은 그럴 빌미를 만들지 않는 것뿐이라고!"

"하지만 잘 모르겠는데……. 그리고 히라타는 카루이자와랑 사귄다며? 걱정 말라니까."

"너도 참. 여자 친구가 있으니까 괜찮다니, 그건 아무런 보장도 안 된다고. 카루이자와처럼 때 묻은 중고 갸루랑 프리티 천사 쿠시다를 비교하면 그 누구라도 쿠시다를 선택할 거얏!"

침이 내 귓구멍에 튈 정도로 열변을 토하니, 기분이 좀 나빴다. 그도 그런데 당사자를 바로 옆에 두고 잘도 심한 독설을 퍼붓는군.

카루이자와는 물론 갸루에 피부도 까무잡잡하지만, 충분히 귀엽다.

"하지만, 이케…… 저렇게 귀여운 쿠시다가, 꼭 처녀라는 보장도 없잖아……?"

불안한 듯, 기어들어가는 목소리로 야마우치가 우리의 귓속말에 동참했다.

"우, 그건…… 그건, 그렇지만…… 아, 아니야! 쿠시다는 중고일 리 없어!"

여성 비하랄까, 남자들의 망상이 제멋대로 이어졌다. 가능하면 거기에서 난 빼주지 않을래?

"저기, 혹시 우리가 방해한 거라면 따로 행동해도 되는데."

히라타가 미안하다는 식으로 이케 무리에게 말했다. 우리끼리 속닥거리는 것이 마음에 걸린 모양이다.

"아, 아니 괜찮은데? 그렇지, 야마우치?"

"그, 그래. 같이 놀자. 북적거리는 편이 더 즐거울 거야. 그, 그렇지, 이케?"

방해되니 썩 꺼져라! 하는 게 두 사람의 솔직한 심정이었을 테지만, 대놓고 그렇게 말해버리면 두 사람에 대한 쿠시다의 호감도가 뚝 떨어질지도 모른다. 애초에 떨어질 호감도나 있는지 모르겠지만.

"아니, 그거야 당연하잖아? 왜 우리가 저 세 사람의 눈치를 봐야 하는 거지?"

카루이자와의 말이 맞지만, 나도 그 무리에 포함되었다는 것은 좀 충격이다.

"그렇지. 인생, 다 생각하기 나름이라잖아? 히라타랑 카루이자와를 제외하면 남녀 비율이 같아. 즉, 미팅이라든가 트리플 데이트 같은 거지. 아야노코지, 너도 지금이 기회라고."

"야마우치는 마츠시타면 되겠지? 난 쿠시다랑 이야기할

거니까."

"야, 장난치지 마. 쿠시다는 내가 노린다고 몇 번을 말해? 옛날 옛적 커다란 벚나무 아래에서 결혼을 맹세했던 소꿉친구 같은 거라고! 운명의 재회라고!"

"거짓말! 전부터 느꼈는데 너는 매사가 거짓말이야!"

"뭐? 전부 다 사실인데!"

야마우치 하루키라는 인간이 했던 말들이 정말 사실이라면 어린 시절부터 게임 실력이 남달라 해외 프로에 스카우트된 적 있으며, 초등학교 시절에는 탁구로 전국 대회에 나갔고, 중학교 때는 야구부 에이스로서 장차 틀림없는 프로 선수가 될 거라는 예언이 있었다는, 말도 안 되는 하이스펙을 가진 남자란 소리다.

실제로 어느 것 하나도 진짜라는 증거는 나오지 않았지만.

어디를 향하는지는 알 수 없었지만 나는 살짝 뒤로 빠져서 애들을 잠자코 따라갔다.

이케와 야마우치는 쿠시다에게 푹 빠져 있나 싶더니, 어느새 히라타를 양쪽에서 에워쌌다.

"안 돌리고 바로 물어볼게, 히라타. 너, 카루이자와랑 사귀지?"

이케는 히라타가 적인지 아닌지 확인하기 위해 단도직입적으로 질문했다.

"뭐……? 그거 누구한테 들었어?"

역시 조금 놀랐는지 당황한 표정을 짓는 히라타.

"거봐, 역시 들킨 것 같다니까? 우리가 사귀는 거."

질문을 받은 히라타가 미처 긍정 혹은 부정하기도 전에 카루이자와가 히라타에게 팔짱을 끼며 끼어들었다.

히라타는 졌다는 듯, 집게손가락으로 볼을 긁적이며 사귄다는 사실을 인정했다.

"진짜야?!! 카루이자와처럼 귀여운 애랑 사귀다니 완전 부럽다!"

야마다는 마음에도 없는 소리를 잘도 내뱉었다. 거짓말을 거짓말로 느껴지지 않게 입에 담는 것은 간단해 보여도 사실 의외로 어렵다.

"쿠시다는 남자 친구 있어?"

이 흐름을 틈타 이케가 망설임 없이 쿠시다에게로 방향을 전환했다. 나이스 플레이, 인가?

"나? 난 아쉽지만 없어."

이케, 야마우치가 속으로 몰래 기쁨의 환호성! 은 무슨, 둘 다 대놓고 입이 귀에 걸렸다. 환호성이 다 새어 나온다고. 남자 친구가 있는 게 비밀일 수도 있지만, 어쨌든 일단은 쿠시다가 솔로라는 것이 확인되었다. 나도 약간 기쁘다.

"큰일 났다, 눈물이……."

"울지 마, 야마우치! 우린 지금 드디어 정상을 코앞에 두고 있다고!"

그 산은 무진장 높고 길도 엄청나게 험할 텐데…….

히라타는 카루이자와, 이케와 야마우치는 노골적으로 쿠

시다를 둘러싸고 걸었다. 마츠시타, 모리타 두 사람은 별로 재미가 없으리라. 그 뒤를 따라 얌전히 걷고 있다. 나는 제일 뒤에서 혼자 걷고 있지만.

"그런데 이케. 지금 어디 가는 거야?"

목적지를 물으려고 말을 걸었다. 이케는 울적한 표정으로 뒤돌아보더니 무뚝뚝하게 답했다.

"우리, 입학한 지 얼마 안 됐잖아? 그래서 학교 부지 안에 어떤 시설이 있는지 둘러보려는 거야."

한마디로 명확한 목적지가 없다. 다시 말해, 이렇게 좀 어색한 느낌은 얼마간 계속될 거라는…….

그런 불길한 예감은 생각지도 못한 형태로 나를 배반했다.

"저기, 마츠시타, 모리. 너희는 어디 가본 데 있어?"

이케, 야마우치와 즐겁게 담소를 나누면서도 쿠시다는 뒤에서 따라오는 여자애들에게 말을 걸었다.

"응? 아, 으음, 글쎄? 영화관은 한 번 가봤는데. 그렇지?"

"응. 학교 끝나고 둘이서."

"그렇구나! 나도 가고 싶었는데 아직 못 가봤어. 카루이자와랑 히라타는 데이트로 어디 특별한 곳에 가봤니?"

쿠시다가 세 그룹을 하나로 잇기 위한 행동에 들어갔다. 과연. 나는 아무리 해도 흉내조차 낼 수 없다. 게다가 이따금 나한테까지 미소를 보내준다. 고맙게도 말이다.

쓸데없는 화제에 휘둘리는 것은 그것대로 귀찮게 느껴진

다. 그런 내 성격과 생각도 배려해가며, 결코 무시하고 있는 게 아니라는 눈빛을 보내는 쿠시다. 혹시 쿠시다가 눈치 없이, 그저 중심에 있고 싶어 할 뿐인 사람이었다면 절대 이렇게 하지 못하리라.

이를테면 노래 부르지 않기를 전제 조건으로 친구를 따라간 노래방에서 "너도 노래해" 하고 나오고, 거절하면 "뭐야, 얘. 분위기도 못 맞추네" 하고 오히려 화를 내는 사람이 있다.

결국 자기중심적인 사람은 노래방에서 노래 부르는 것이 즐겁다=모두 좋아할 거야, 라는 단순하고도 우둔한 사고를 한다. 이 세상에는 정말로 노래를 싫어하는 사람도 있다는 것을 이해하지 못한다.

이렇게 나 혼자 속으로 비난하고 있는 사이 주위가 소란스러워졌다.

아무래도 부지 안에 있는 옷가게…… 있어 보이게 표현하면 부티크 앞에서 일행이 걸음을 멈추려는 모양이다.

다들 몇 번인가 와본 적 있는 듯, 망설임 없이 가게로 들어갔다. 보통 평일에는 교복을 입고, 주말이면 집에 틀어박히기 일쑤였으므로 사복을 산 적이 없네.

가게 안은 많은 학생들로 붐볐는데, 상급생은 거의 없었고 대부분이 1학년처럼 보였다. 특유의 파릇파릇함이랄까, 아직 모든 것이 서툰 분위기를 마구 풍긴다.

우리는 적당히 옷을 구경한 후 근처 카페로 자리를 옮겼다.

히라타의 손에는 카루이자와가 산 옷 봉투가 들려 있었다. 3만 가까이 썼다지?

"다들 이제 학교에 좀 익숙해졌어?"

"처음에는 뭐가 뭔지 모르겠더니, 이제는 아무 문제없어. 꼭 꿈의 나라 같아서 평생 졸업 안 하고 살고 싶을 뿐이야!"

"아하하, 이케는 학교생활을 만끽하는 것 같네."

"난 있지, 포인트를 좀 더 줬으면 좋겠어. 한 20만…… 아니 30만 정도? 화장품이랑 옷 같은 거 사고 나면 포인트가 거의 안 남는걸."

"고등학생이 매달 30만이나 용돈을 받는 건 너무 많지 않아?"

"그렇게 따지면 10만도 아주 많은 액수지. 난 좀 무서워. 이대로 계속 생활하면 졸업하고 나서 곤란해지지 않을까 해서."

"금전 감각에 마비가 올까 봐? 그건 그래. 무서울지도."

지급된 10만이라는 포인트는 받은 학생에 따라 그 느낌이 전혀 다른 것 같았다. 카루이자와와 이케는 더 필요하다고 하는 반면, 히라타와 쿠시다는 너무 많아서 이렇게 사치스러운 생활이 끝난 후를 걱정하고 있었다.

"아야노코지, 넌 어때? 10만 포인트가 많다고 생각해? 아니면 적다고 생각해?"

대화에 참여하지 않고 계속 듣기만 하던 내게 화제를 돌리는 쿠시다.

"글쎄……. 아직 실감이 안 난다고 해야 하나, 난 잘 모르겠어."

"뭐야, 그게."

"난 아야노코지가 무슨 말을 하는지 왠지 알 것 같아. 솔직히 여긴 다른 학교랑 심하게 동떨어졌으니까. 어딘지 허공을 걷는 느낌이 가시질 않아."

"그런 거 너무 신경 쓸 필요 없다니까. 여기 입학해서 정말 좋아. 난 사고 싶은 거 다 사버리겠어. 사실 어제도 그만 새 옷을 사버렸고."

이케는 정말 적극적이랄까 긍정적으로 생활하려는 듯하다.

"그러고 보니 쿠시다나 히라타는 그렇다 치고, 이케랑 카루이자와는 여기 어떻게 입학했어? 너희는 분명히 머리가 나쁠 텐데."

"그러는 너도 머리가 좋아보이지는 않아, 야마우치."

"뭐시라? 난 옛날에 APEC에서 900점 받은 적도 있다고."

"뭐야, APEC이라니?"

"그것도 모르냐? 대박 어려운 시험이다. 영어 시험."

"음, 그건 APEC이 아니라 아마도 TOEIC인 것 같은데?"

쿠시다가 친절하게 지적해주었다. 참고로 APEC은 아시아·태평양 경제협력체를 말한다.

"어차피 치, 친척 같은 거잖아?"

친인척이랑은 좀 거리가 먼 위치관계에 있다고 보는

데…….

"이 학교의 방침은 장래성 있는 인재 육성에 있다고 했으니까, 시험 점수만 가지고 우리를 판단하는 건 아니지 않을까? 사실 편차치만 가지고 판단하는 학교였다면 입시를 안 치렀을 지도 몰라."

"맞아, 그거. 장래성 있는 인재라는 거. 딱 나한테 어울리는 말이로군."

이케는 팔짱을 끼고 고개를 끄덕였다.

일본 굴지의 진학률과 취업률을 자랑하는 고등학교임에도 불구하고 합격 기준은 점수가 다가 아니다. 그렇다면 이 학교는 도대체 학생의 어떤 부분에서 가능성을 발견하는 것일까?

갑자기 그런 의문이 일었다.

○어서 오세요, 실력지상주의 세계에

5월 첫 학교 일과의 시작을 알리는 종소리가 울렸다. 그리고 곧 차바시라 선생님이 지관통을 들고 교실로 들어왔다. 그녀의 얼굴이 평소보다 더 험악했다. 생리 끊겼어요? 하는 농담을 던졌다가는 쇠방망이로 안면을 강타당할 것만 같다.

"쌤, 혹시 생리 끊기셨나요?"

이케가 설마했던 발언을 내뱉고야 말았다. 그보다도 나와 이케의 생각이 일치했다는 게 충격적이다.

"지금부터 아침 조례를 시작하겠다. 그 전에 질문 있나? 궁금한 게 있으면 지금 물어보는 게 좋을 거야."

차바시라 선생님은 이케의 성희롱 같은 질문에도 아무런 반응 없이 이렇게 말했다. 학생들로부터 분명 질문이 있을 거라고 확신하는 듯한 말투다. 실제로 몇몇 학생이 곧 손을 들었다.

"저, 오늘 아침에 확인해보니까 포인트가 안 들어왔던데요. 매달 1일에 들어오는 거 아닌가요? 아침에 주스를 못 사서 진땀 뺐다고요."

"혼도, 전에 설명했잖아. 그대로야. 포인트는 매달 1일에 지급돼. 이번 달도 아무 문제없이 지급된 것으로 확인되었고."

"하, 하지만…… 안 들어왔던데요."

159

혼도와 야마우치 등등이 서로 얼굴을 마주 보았다. 이케는 모르고 있었는지 깜짝 놀란 눈치였다. 그러고 보니 아침에 포인트를 확인하니까 전날과 똑같은 금액, 즉 새 포인트가 하나도 들어오지 않았었다. 나중에 넣어주겠지, 하고 대수롭지 않게 여기고 있었는데.

"……너희 정말 모자란 애들이구나."

화났나? 아니면 즐기는 건가? 어쩐지 꺼림칙한 기운이 느껴지는 차바시라 선생님.

"모자라다니요?"

얼빠진 표정으로 되묻는 혼도를 차바시라 선생님이 무섭게 쏘아보았다.

"앉아, 혼도. 두 번 말하지 않는다."

"사, 사에 쌤?"

여태껏 들어본 적 없는 무서운 목소리에 혼도는 위축되어 그대로 자리에 앉았다.

"포인트는 지급되었다. 이건 틀림없는 사실이야. 우리 반만 잊고 안 줬다든가 뭐 그딴 망상은 가능성도 없어. 알겠나?"

"아니, 그렇게 말씀하셔도 말이죠? 실제로 안 들어왔다니까요……."

혼도가 당황하면서도 꿋꿋하게 불만을 내비쳤다.

혹시 차바시라 선생님의 말대로 지급된 것이 사실이라면…….

그게 모순이 아니라면? 지급된 결과가 0포인트라면?

그런 의문이 슬그머니, 하지만 분명하게 몸집을 키워나갔다.

"하하하, 과연 그런 거였군요, 티처. 이해했어요. 이 수수께끼의 답을요."

갑자기 코엔지가 목소리를 높이며 웃음을 터뜨렸다. 그리고 발을 책상 위에 올리더니 거만하게 손가락으로 혼도를 가리켰다.

"아주 간단하다고. 우리 D반에는 단 1포인트도 지급되지 않았다는 소리야."

"뭐? 어째서?! 분명히 매달 10만 포인트씩 준다고……."

"난 그런 말 들은 기억이 없는데? 안 그래요, 티처?"

코엔지는 히죽히죽 웃으며 차바시라 선생님에게도 그 당당한 손가락 끝을 보냈다.

"태도에는 문제가 있지만, 코엔지의 말이 맞아. 정말이지, 이렇게 많은 힌트를 줬는데 스스로 깨달은 녀석이 몇 명도 채 안 된다니. 정말 한심하네."

너무도 갑작스러운 사태에 교실 안이 시끄러워졌다.

"……선생님, 질문해도 됩니까? 납득이 안 가는 부분이 있는데요."

히라타가 손을 들었다. 자기 포인트를 지키기 위해서, 가 아니라 불안에 휩싸인 반 친구들을 걱정한 행동으로 보였다. 역시 우리 반 리더. 이럴 때도 솔선해서 나서는구나.

"포인트가 지급되지 않은 이유를 알려주세요. 그렇지 않으면 저희는 받아들일 수 없습니다."

그리고 보니 왜 포인트를 지급해주지 않았는지, 그 구체적인 이유를 전혀 알 수 없었다.

"지각과 결석이 총 98회. 수업 중 잡담 및 휴대폰을 만진 횟수 391회. 고작 한 달 동안 참 잘도 저질렀더구나. 우리 학교는 **반의 전체 성적이 포인트에 반영된다.** 그 결과 너희는 이번에 지급될 예정이었던 10만 포인트를 전부 도로 토해냈다. 그것뿐이야. 입학식 날 충분히 설명한 것으로 아는데. 이 학교는 실력으로 학생을 평가한다고. 그리고 이번에 너희는 0점이라는 평가를 받았다. 그것 말고 별다른 이유는 없어."

차바시라 선생님은 어이없어하면서도 감정이 실리지 않은, 기계적인 말을 늘어놓았다. 이 학교에 들어오고 나서 생겼던 의문이 고맙게도 점점 풀려갔다. 최악의 형태이긴 하지만.

요컨대 스타트 대시에서 받은 10만이라는 거액의 어드밴티지를, 우리 D반은 한 달 만에 전부 잃어버린 것이다.

사각사각, 연필 놀리는 소리가 들렸다. 호리키타가 냉정하게 사태를 파악하려는 듯 지각과 결석 횟수, 잡담 횟수를 메모하고 있었다.

"차바시라 선생님. 우리는 그런 말을 들은 기억이 없어요……."

"뭐야. 너희는 일일이 설명해주지 않으면 이해하지 못하나?"

"당연하죠. 지급될 포인트가 줄어든다는 말은 금시초문이에요. 설명만 제대로 해주셨어도 다들 지각이나 잡담 따위 절대 하지 않았을 거라고요."

"참 이상한 말이네, 히라타. 물론 난 포인트가 어떤 규칙으로 지급되는지는 설명하지 않았다. 하지만 학교에 지각해서는 안 되고, 수업 중에 잡담하면 안 된다는 걸 너희는 이미 초등학교, 중학교 때 다 배우지 않았나?"

"그건……."

"몸이 기억하고 있겠지. 그래, 의무교육 9년 동안 싫어도 귀에 못이 박히게 들어왔을 거다. 지각이나 잡담은 하면 안 되는 행동이라고. 그런 너희인데, 굳이 말 안 해도 될 걸 설명해주지 않았다고 납득이 안 간다니? 그런 변명은 통하지 않아. 당연한 걸 당연하게 해왔다면, 적어도 받을 포인트가 0이 되지는 않았을 거다. 전부 너희 책임이야."

반론의 여지 따위 없는, 절대적으로 옳은 말이었다. 누구나 알고 있는 제일 간단한 선악.

"고등학교 1학년에 갓 올라온 너희가 아무런 제약도 없이 매달 10만이나 받는다고 정말 그렇게 믿었던 거니? 일본 정부가 만든, 우수한 인재 교육을 목적으로 한 이 학교에서? 말이 안 되지, 상식적으로 생각해서. 왜 의문을 그대로 방치했지?"

그 정론에 히라타는 분한 표정을 짓다가 다시 선생님과 시선을 마주했다.

"그럼 하다못해 포인트가 늘어나거나 줄어드는 원리라도 자세히 가르쳐주세요……. 앞으로 참고할 테니까요."

"그건 들어줄 수 없는 부탁이구나. 인사고과, 그러니까 학교 측의 자세한 사정은 가르쳐주지 않는 게 이곳의 규칙이다. 너희가 앞으로 나갈 사회도 마찬가지다. 너희가 언젠가 기업에 입사해도, 자세한 인사고과 내용을 알려주고 말고는 기업이 결정하는 문제지. 하지만, 그래……. 나라고 너희가 싫어서 차갑게 대하겠니? 너무도 비참한 상황이니까 너희한테 딱 하나만 좋은 걸 알려주지."

오늘 처음으로 희미하게 미소를 지어 보이는 차바시라 선생님.

"앞으로 지각과 잡담을 안 해도…… 그러니까 이번 달 포인트가 마이너스가 되지 않도록 노력한다고 해도 포인트는 계속 0일 거다. 포인트는 줄어들지 않겠지만 그렇다고 다시 늘어나지도 않을 거야. 요약하면 다음 달도 너희에게 포인트가 지급되지 않는다는 소리다. 이 말을 뒤집으면 아무리 지각과 결석을 해도 이제 상관없다는 거겠지? 자, 어때? 기억해서 손해 볼 일은 아니지?"

"으윽……."

히라타의 표정이 한층 어두워졌다. 일부 학생은 의미를 이해하지 못한 것 같았지만, 그런 설명은 역효과나 다름없다. 앞으로 지각이나 잡담을 하지 말아야겠다는 아이들의 의지가 꺾이고 말았다. 그것이 차바시라 선생님, 아니 이 학교의 목적인가.

이야기 도중에 종이 울리며 아침 조례의 끝을 알렸다.

"아무래도 쓸데없는 얘기가 너무 길어진 것 같네. 내 말 대강 이해했겠지? 그럼 본론으로 넘어가겠다."

그녀는 손에 들고 있던 지관통에서 하얗고 두꺼운 종이를 꺼내 펼쳤다. 그리고 그것을 칠판에 대고 자석으로 고정했다. 학생들은 여전히 받아들이지 못해 망연한 눈빛으로 종이를 쳐다보았다.

"이게…… 각 반의 성적?"

반신반의하면서도 호리키타가 그렇게 해석했다. 아마도 맞는 것 같다.

종이에는 A반부터 D반까지 적혀 있었고, 그 옆에는 최대 네 자릿수의 숫자를 표시할 수 있게 되어 있다.

우리 D반은 0. C반이 490. B반이 650. 그리고 A반은 제일 높은 940이었다. 이것이 이번 달에 지급된 포인트를 의미한다면 1,000이 곧 10만 포인트이자, 10만 엔을 뜻하는 것인가? 모든 반의 수치가 내려가 있다.

"좀 이상하지 않아?"

"아아…… 숫자가 너무 깔끔하게 떨어지는데?"

나와 호리키타는 종이에 기록된 점수에서 기묘한 부분을 알아차렸다.

"너희는 지난 한 달간 아주 자유분방한 학교생활을 했어. 학교 측에서 그게 옳지 않다고 말할 생각은 없다. 지각을 하든 잡담을 하든 결국 너희 스스로 대가를 치르게 될 뿐이지. 포인트 사용에 관해서도 마찬가지다. 받은 포인트를 어떻게 쓰든 그건 개인의 자유야. 거기에 대해서도 제한을 두지 않았어."

"이건 너무해요! 앞으로 어떻게 생활하란 말이죠?!"

지금까지 묵묵히 듣고 있던 이케가 소리쳤다.

야마우치는 그야말로 공황 상태였다. 저 녀석, 포인트가 하나도 안 남았지…….

"두 눈으로 직접 확인해, 이 바보들아. 다른 반은 다 포인트가 들어왔잖아? 그것도 한 달 동안 넉넉하게 살고도 남는 포인트가 말이야."

"어, 어째서 다른 반은, 다른 반은 포인트가 남은 거야? 거참, 이상하네…….."

"말해두지만 부정은 전혀 없었다. 이번 한 달간 모든 반이 똑같은 규칙으로 채점되었어. 그런데도 불구하고 포인트에서 이렇게 큰 차이가 벌어졌다. 그것이 바로 현실이다."

"어째서…… 이렇게까지 반마다 포인트에 차이가 나는 거죠?"

히라타도 칠판에 붙은 종이의 수수께끼를 알아차렸다. 이상할 정도로 깔끔하게 포인트 차가 벌어져 있다.

"이제 슬슬 이해되나? 너희가 왜 D반에 배정되었는지?"

"우리가 D반에 배정된 이유요? 그냥 아무렇게나 정하는 거 아닌가요?"

"보통 반은 랜덤으로 나누는 거 아니에요?"

학생들은 어리둥절한 표정으로 서로를 쳐다보았다.

"이 학교는 우수한 학생들 순서로 반을 나눈다. 제일 우수한 학생은 A반에. 형편없는 녀석들은 D반에. 뭐, 유명입시학원에서 잘 쓰는 방식이지. 즉 여기 D반은 떨거지들이 모인 마지막 보루야. 그러니까 너희는 최악의 불량품이라는 소리다. 그리고 정말 불량품다운 결과가 나왔군."

호리키타의 표정이 눈에 띄게 굳어졌다. 반을 나눈 기준이 엄청난 충격이었나 보다.

물론 우수한 인재는 우수한 상자에, 형편없는 인간은 형편없는 상자에 넣는 게 효과적일 것이다. 썩은 귤이 싱싱한 귤까지 썩게 만드는 건 흔한 일이니까. 그리고 우수한 호리키타가 반감을 느끼는 것도 당연하다.

하지만 나는 여기 와서 다행일지도 모르겠다. 어차피 여기서 더 내려갈 일은 없을 테니까.

"그런데 한 달 동안 그 모든 포인트를 다 날려버린 건 역대 D반 중에서 너희가 최초다. 잘도 펑펑 써댔구나, 하고 오히려 감탄했어. 멋지다, 멋져."

차바시라 선생님의 과장된 박수가 교실에 울려 퍼졌다.

"이 포인트가 0인 이상 우린 앞으로 계속 포인트를 못 받고 살아야 한다는 거예요?"

"그래. 이 결과는 졸업할 때까지 유지돼. 하지만 안심해도 좋아. 기숙사는 무료로 사용할 수 있고, 무료로 주는 밥도 있으니까. 설마 죽기야 하겠니?"

최소한의 생활은 가능하겠지만, 대부분의 학생에게는 전혀 위로가 되지 않았다. 한 달 동안 학생들은 사치스러운 생활을 즐겼다. 그런데 갑자기 참으라고 하니 얼마나 힘들겠는가?

"……그럼 앞으로 우리는 다른 사람들에게 바보 취급을 받게 된다는 건가."

책상 다리를 뻥 차버린 것은 스도. 반 순서대로 우열이 결정되었다면 당연히 제일 아래인 D반은 바보 집단이라고 공언하는 셈이다. 비하당하는 것도 무리가 아니다.

"뭐야, 너한테도 체면이라는 게 있었나, 스도? 그럼 열심히 해서 윗반으로 올라가도록 해."

"뭐라고요?"

"반의 포인트는 매달 지급되는 돈과 연동하는 게 다가 아니야. 이 포인트 수치가 그대로 반의 순위에 반영된다."

쉽게 말해…… 가령 우리가 500포인트를 보유하게 되면 D반에서 C반으로 승급된다는 건가? 정말 기업의 조정과 비슷하다.

"그럼 또 하나, 너희에게 전해야 할 안타까운 소식이 있다."

그리고 선생님이 칠판에 추가하듯 붙인 또 한 장의 종이.

거기에는 우리 반 전원의 이름이 쭉 나열되어 있었다. 그리고 각 이름 옆에 또 숫자가 기재되어 있었다.

"이 숫자가 뭘 가리키는 건지는 바보가 많은 너희들이라도 충분히 알겠지?"

차바시라 선생님은 구두 힐로 바닥을 딱딱 치며 아이들을 둘러보았다.

"이건 저번에 쳤던 쪽지시험 결과다. 하나같이 정말 굉장한 녀석들만 모여서, 이 선생님은 기쁘기 그지없구나. 중학교에서 도대체 뭘 배운 거야, 너희는?"

일부 상위권을 제외하고 대부분의 학생이 60점대 점수를 받았다. 스도가 받은 14점처럼 경이로운 점수는 무시하고, 그 다음이 이케가 받은 24점이다. 평균은 65점 전후인가.

"정말 다행이지 않니? 이게 진짜 시험이었으면 여기 일곱 명은 입학하자마자 퇴학이었을 테니까."

"퇴, 퇴학이요? 그게 무슨?"

"뭐야, 내가 설명 안 했던가? 이 학교는 중간고사, 기말고사에서 단 한 과목이라도 낙제점을 받으면 퇴학 처리가 된다. 이번 쪽지시험의 경우로 말하면 32점 미만은 전원 퇴학 대상이지. 정말 멍청하구나, 너희들."

"뭐, 뭐라고요오오오?!"

제일 먼저 경악에 찬 소리를 지른 것은 일곱 명에 해당하는 이케와 그 친구들.

칠판에 붙은 종이에는 일곱 명 중 제일 점수가 높은 키쿠치의 31점 위로 빨간 줄이 그어져 있었다. 요컨대 키쿠치를 포함해 그 아래에 있는 학생은 낙제라는 의미다.

"장난치지 마세요, 차바시라 선생님! 퇴학이라니 농담도 정도껏 하시라고요!"

"나한테 그래봤자 소용없어. 학교 규칙이니까 앞으로 각오 단단히 해라."

"티처 말대로 이 반은 바보 천지네요."

손톱을 다듬으며 두 발을 책상 위에 올린 채 코엔지가 거만한 미소를 지었다.

"코엔지, 지금 뭐라고 그랬어! 어차피 네놈도 낙제조잖아!"

"홋. 눈을 어디다 두고 다니냐, 보~이. 잘 보라고."

"아, 아앗? 없네, 네 이름이…… 아앗?"

밑에서부터 위로 올라가는 시선. 그리고── 드디어 찾은 코엔지 로쿠스케의 이름.

믿기지 않게도 상위권 중에서도 공동 1등 중 한 사람으로 이름을 올리고 있었다. 점수는 90점. 난이도 최상 문제 중 하나는 풀었다는 뜻이다.

"스도랑 똑같이 바보 캐릭터라고 확신했건만……!"

감탄과 불쾌감이 뒤섞인 목소리가 다른 아이들 사이에서도 터져 나왔다.

"그리고 또 하나 덧붙이지. 정부의 관리 아래에 있는 이 학교는 높은 진학률과 취업률을 자랑한다. 그건 이미 잘 아는 사실이겠지. 아마 이 반에 있는 너희도 거의, 목표로 삼은 학교나 회사가 있을 거라고 생각한다."

그건 당연한 이야기다. 이 학교는 전국 굴지의 진학률과 취업률로 명성이 드높다. 이곳만 졸업하면 보통은 들어가기 어려운 곳도 쉽게 들어갈 수 있다는 소문이 있다. 일본 최고의 도쿄대조차 추천으로 들어갈 수 있다는 그럴싸한 소문도 돌 정도다.

"하지만…… 세상은 그리 만만하지 않아. 너희처럼 수준 낮은 인간이 어디든 진학 혹은 취직 가능할 만큼 호락호락할 리 없잖아?"

차바시라 선생님의 말이 교실에 울려 퍼졌다.

"그러니까 희망하는 회사나 학교에 들어갈 수 있는 은혜를 입으려면 C반 이상으로 올라갈 필요가 있다……는 말씀인가요?"

"그것도 틀렸어, 히라타. 이 학교에서 앞으로의 소망을 이루고 싶으면 A반에 오르는 것밖에 방법이 없다. A반 이외의 학생에게 이 학교는 아무것도 보장해주지 않아."

"그, 그런…… 전혀 들어본 적 없어요, 그런 얘기는! 다 엉터리!"

벌떡 일어나 말한 사람은 안경을 쓴 유키무라라는 아이였다. 시험에서 코엔지와 함께 공동 1등을 한 아이로, 학력적으로 트집 잡을 것이 없는 성적이었다.

"한심해라. 남자가 당황해서 쩔쩔매는 모습만큼 꼴사나

운 것도 없지."

유키무라의 목소리가 거슬리기라도 했는지, 코엔지가 한 숨을 푹 쉬며 말을 흘렸다.

"……넌 D반인 데에 불만 없어, 코엔지?"

"불만? 어째서 그렇게 느낄 필요가 있는지 난 잘 모르겠는데?"

"우리는 방금 학교로부터 수준 떨어지는 낙오자로 낙인 찍혔고, 대학이나 취업 보장도 해주지 않는다는 소릴 들었어. 그러니 불만이 생기는 게 당연하잖아!"

"훗. 실로 난센스야. 이거야말로 아둔함의 극치라고 말할 수밖에 없군."

멈추지 않고 손톱을 손질하는 코엔지. 유키무라에게 눈길 한 번 주지 않았다.

"학교는 우리의 가능성을 헤아리지 못했을 뿐이야. 난 누구보다도 나를 높게 평가하고, 존경하고, 존중하고, 위대한 인간이라는 자부심을 가지고 있어. 학교가 자기들 멋대로 D 판정을 내린 것도 내게는 아무런 의미가 없다는 소리야. 퇴학 처리 하고 싶으면 마음대로 하라 그래. 나중에 눈물 찔찔 흘리면서 달려올 쪽은 100퍼센트 학교일 테니까."

역시 코엔지답다고나 할까. 남자답다고 해야 하나 천상천하 유아독존이라고 표현해야 하나. 과연 학교에서 A다 D다 판단을 내리는 것일 뿐이지, 우리가 신경 쓰지 않으면 딱히 별일은 없으리라. 두뇌와 신체 능력으로 판단하건대 A반 학

173

생 전원이 코엔지보다 수준 높다고 보기는 어렵다. 아마도 그 밖의 요소, 그러니까 이를테면 이런 남다른 성격 때문에 D반에 배정된 것이 아닐까?

"게다가 난 학교 측에 대학 진학이나 취업을 도움 받을 생각은 눈곱만큼도 없거든. 장차 코엔지 콘체른을 이어받을 거니까. D냐 A냐는 아주 사소한 문제에 불과해."

하긴, 장래가 보장된 남자는 굳이 A반일 필요가 없다.

유키무라도 반격의 말을 잃고 그대로 자리에 앉을 수밖에 없었다.

"붕 떠 있던 기분이 싹 날아가겠구나. 너희가 현재 처한 가혹한 상황을 잘 이해했다면 이 길고 지루한 아침 조례도 무의미하진 않았겠지. 중간고사까지 앞으로 3주 남았는데, 심사숙고해서 부디 퇴학 당하지 않도록 하렴. 너희가 낙제점을 받지 않고 지금 처한 현실을 극복할 수 있는 방법은 분명 있을 거다. 가능하다면 실력자에 버금가는 행동으로 도전하기 바란다."

이 말을 마친 차바시라 선생님은 살짝 세계 문을 닫고 교실을 뒤로 했다.

맥없이 고개를 떨군 낙제생들. 늘 당당하던 스도마저도 혀를 차며 고개를 숙였다.

1

"포인트가 안 들어오다니, 앞으로 어쩌지?"

"나 어제 남은 포인트 전부 다 써버렸는데……."

차바시라 선생님이 사라진 후 쉬는 시간. 교실은 어수선, 아니 무척 험악한 분위기였다.

"포인트보다 반이 더 문제야…… 웃기지 말라 그래. 왜 내가 D반인데……!"

유키무라가 격분에 찬 목소리로 말했다. 이마에는 땀까지 송골송골 맺혀 있었다.

"그럼 우리는 희망하는 대학에 못 간다는 거야?! 아니, 그럼 우린 뭐 하러 여기 들어온 거지?! 사에 쌤, 혹시 우리 싫어하나……?"

다른 아이들도 당황스러운 기색을 숨기지 않았다.

"혼란스러운 건 알겠는데, 일단 진정하자."

교실의 심상찮은 분위기에 위기감을 느낀 히라타가 수습해보려고 자리에서 일어났다.

"지금 진정하게 됐냐?! 넌 분하지도 않아? 떨거지라는 소리까지 들었는데?!"

"지금은 그래도 우리가 힘을 모아 이 치욕을 되갚아주면 되잖아."

"되갚아줘? 난 애초에 반을 나눈 시점부터 납득이 안 간다고!"

"네 기분은 충분히 이해해. 하지만 지금 여기서 불평한다고 뭐가 달라지는데?"

"뭐라고?!"

유키무라는 당장이라도 히라타의 멱살을 잡을 듯한 기세로 거리를 좁혔다.

"진정해, 둘 다. 응? 선생님은 우리보고 분발하라고 일부러 더 엄하게 말하신 거 아닐까?"

쿠시다였다. 그녀는 대치 중이던 두 사람 사이에 끼어들어 유키무라의 꽉 쥔 주먹으로 부드럽게 손을 뻗었다. 유키무라도 쿠시다를 다치게 할 수는 없는 노릇이라 반걸음 뒤로 물러났다.

"그리고 입학한 지 이제 겨우 한 달 지났어. 히라타가 한 말처럼 앞으로 다 함께 열심히 하면 되잖아. 내가 지금 틀린 말 하는 거야?"

"아, 아니, 그건……. 쿠시다, 네 말도 맞지만……."

유키무라의 화는 이미 반쯤 가라앉아 있었다. 쿠시다의 눈빛은 매우 진지했으며 D반 아이들 모두 힘을 합친다면 어떻게든 될 것이라는 의지를 담고 있었다.

"그, 그래. 초조해하지 않아도 되겠지? 유키무라도 히라타도 싸울 필요 없다니까."

"……미안. 좀 냉정하지 못했어."

"아니야. 나야말로 좀 더 말을 가려서 했어야 했어."

쿠시다 키쿄라는 존재가 일시적인 동맹을 맺게 했다.

나는 휴대폰을 꺼내 칠판 종이에 적힌 포인트를 입력했다.

그런 내 모습을 본 호리키타가 이상하다는 듯 들여다보았다.

"뭐해?"

"각각 포인트가 얼만지 어떻게든 알아내는 게 좋을 것 같아서. 너도 막 메모했잖아."

지각과 잡담을 하면 몇 포인트 깎이는지 등을 구체적으로 알면 대책을 세우기도 수월해진다.

"지금 단계에서 자세한 내용을 알아내는 건 좀 어렵지 않을까? 게다가 네가 그걸 조사한다고 해결될 문제 같지도 않아. 이 반은 지각도 잡담도 너무 많이 했어."

호리키타의 말대로 지금 확보한 정보만으로는 판단하기 어렵다. 천하의 호리키타마저 초조함을 느꼈는지 평소의 냉정한 태도가 어딘가 사라진 느낌이 들었다.

"너도 진학이 목표야?"

"……왜 그런 걸 묻는데?"

"아니, A랑 D의 차이를 들었을 때 꽤 충격 받은 표정이어서."

"그거야, 크든 작든 이 반에 있는 누구나 다 그렇지 않을까? 입학하기 전에 설명이 있었던 것도 아니고, 이제 와서 그런 말을 들어봤자 받아들일 리 만무하지."

하긴, 맞는 소리다. 아마 D반뿐 아니라 C나 B반 아이들도 불평불만이 터져 나올 것이 틀림없다. 학교는 A반 이외의 모든 반을 낙오자 취급했다. 그래도 노력하면 위로 올라갈 수 있다니 그나마 다행인지도 모른다.

"나로선 A고 D고 간에 일단 포인트부터 모으고 싶어."

"포인트는 부산물에 지나지 않아. 없어도 생활에 큰 지장은 없어. 학교 곳곳에 무료로 이용할 수 있는 데가 많잖아."

지금 생각해보면 그건 우리처럼 포인트를 잃은 자들을 위한 구제 장치였다.

"물론 생활에 지장을 주진 않지……."

하기야 포인트가 없어도 기본적인 생활은 해나갈 수 있다. 하지만 포인트로만 가능한 부분도 아주 많다. 그 대표적인 예가 오락이리라. 오락의 결여가 장차 재앙을 부르지 않으면 좋으련만…….

"아야노코지는 지난달에 얼마나 썼어?"

"응? 아아, 포인트 말이야? 2만 가까이 되려나? 정확히는 모르겠지만."

비참한 것은 포인트를 다 써버린 학생들이리라. 아까부터 책상 위에서 마구 소리 지르고 있는 야마우치라든가. 이케도 포인트를 거의 다 써버렸을 것이다.

"불쌍하기도 한데, 한편으로는 자업자득이라는 생각도 드네."

물론 계획성 없이 한 달 만에 10만을 다 써버린 것은 조금 문제가 있다.

"우리는 한 달 동안 달콤한 미끼에 낚여버린 거야."

매달 10만. 그렇게 후한 학교일 리 없다고 의심하면서도 그만 마음이 들뜨고 말았다.

"다들, 수업이 시작되기 전에 잠시만 내 얘기를 진지하게 들어줬으면 좋겠어. 특히 스도."

아직 소란스러운 교실에서 히라타가 교단에 올라 아이들을 주목시켰다.

"쳇, 뭐야."

"이번 달에 우리는 포인트를 하나도 받지 못했어. 이건 앞으로의 학교생활에 이어서 아주 심각한 문제야. 졸업할 때까지 계속 0포인트로 지낼 순 없잖아?"

"그건 너무 끔찍해!"

여자애 하나가 비명에 가까운 소리를 질렀다. 히라타도 부드럽게 고개를 끄덕이며 동조했다.

"당연하지. 그러니까 다음 달에는 반드시 포인트를 획득해야만 해. 그리고 그러려면 반 전원이 협력해야만 하고. 일단 지각이랑 수업 중 잡담을 하지 않도록 서로 조심하자. 물론 휴대폰 만지는 것도 금지야."

"뭐? 그런 걸 왜 네가 지시하는데? 그리고 포인트가 늘어난다면 또 모를까, 아무 변동 없으면 의미 없잖아."

"하지만 그렇다고 지각이랑 잡담을 계속한다면 우리 포인트는 절대 늘어날 수 없어. 0에서 더 내려가지 않을 뿐이지, 어떤 마이너스 요소가 되는 건 틀림없으니까."

"받아들일 수 없어. 성실하게 수업을 들어도 포인트가 늘지 않는다니."

스도는 코웃음을 치면서 불만스럽게 팔짱을 꼈다. 그 모습을 지켜보던 쿠시다가 발언했다.

"학교 입장에서 지각이랑 잡담을 하지 않는 건 지극히 당연한 일이어서 그런 거 아닐까?"

"응, 쿠시다 말이 맞는 것 같아. 당연히 그래야 하는 일이지."

"그건 너희가 마음대로 한 해석이지. 그리고 포인트를 늘리는 방법을 모르면 뭘 해도 다 부질없어. 포인트 늘리는 방법부터 찾고 나서 말해라."

"스도 네가 미워서 그렇게 말한 건 아니었어. 불쾌했다면 사과할게."

히라타는 불만을 토로하는 스도에게 정중히 고개를 숙였다.

"하지만 스도, 아니 모두가 힘을 모으지 않으면 포인트를 늘리지 못한다는 건 틀림없는 사실이야."

"……네가 뭘 하든 그건 자유지만 말이지. 난 끌어들이지 마라. 알아들었냐?"

이 자리에 있는 것이 불편했는지, 스도는 그 말만 남기고서 교실을 떠났다.

수업이 시작하기 전에 돌아올 것인가, 아니면 아예 안 돌아올 작정인가.

"스도는 참 분위기 흐리는 데 뭐 있다니까. 지각도 자기가 제일 많이 해놓고선. 스도가 없었으면 포인트가 조금은 남았을 텐데."

"그렇지……정말 최악이야. 왜 저 따위 애랑 같은 반에……."

으음, 오늘 아침까지만 해도 모두들 행복한 생활을 만끽하고 있었는데. 스도에게 뭐라고 불평하는 애도 없었고 말이다. 그때 교단을 내려온 히라타가 드물게도 내 자리 앞에 왔다.

"호리키타 그리고 아야노코지도 잠깐 괜찮아? 포인트를 어떻게 하면 늘릴 수 있을지, 방과 후에 의논을 했으면 해. 너희도 꼭 참여해줬으면 좋겠는데. 어때?"

"왜 우리한테?"

"모두에게 말할 생각이야. 하지만 한꺼번에 말하면 분명 절반 이상은 이야기를 흘려듣고 진지하게 귀 기울여주지 않을 거 같아서."

그래서 개별적으로 부탁하기로 결심한 것일까. 뭔가 좋은 아이디어를 낼 수 있을 것 같지는 않지만, 참여 정도는 해도 좋겠지. 그렇게 생각하고 있는데──

"미안, 다른 애한테 얘기할래? 난 의견 내는 거 잘 못해서."

"억지로 발언할 필요 없어. 그냥 생각나는 게 있을 때 말하면 되고, 그 자리에 있어주기만 해도 충분하니까."

"미안하지만 난 의미 없는 일에 낄 생각은 없어."

"이건 우리 D반의 첫 시련이라고 생각해. 그러니까──"

"분명히 거절했을 텐데. 난 참여하지 않겠다고."

강하고 냉정한 한마디. 히라타의 마음을 알면서도 호리키타는 재차 거절했다.

"그, 그래? 미안…… 혹시 생각이 바뀌면 꼭 참여해줘."

호리키타는 아쉽다는 듯 물러나는 히라타에게 눈길 한 번 주지 않았다.

"아야노코지는 어때?"

나는 솔직히 상관없었다. 반 아이 대부분이 참여할 테니까.

하지만 그 자리에 호리키타가 없으면 스도처럼 이물질 같은 취급을 당할 가능성도 있다.

"아── 나도 패스할게. 미안하다."

"……아니야, 나야말로 갑자기 미안. 그래도 생각이 바뀌면 언제든지 말해줘."

히라타는 내 마음을 읽었는지 강하게 밀어붙이지는 않았다.

대화가 끝나자마자 다음 수업 준비를 시작하는 호리키타.

"히라타도 참 대단해. 저렇게 적극적으로 나오다니. 침울하게 있어도 전혀 이상하지 않은 상황인데."

"그건 생각하기 나름이지. 쉽게 의논해서 해결이 될 문제였으면 고생할 사람이 누가 있어? 머리 나쁜 애들끼리 모여서 대책을 강구해봤자 오히려 수렁에 빠져서 혼란만 더욱 늘어날 뿐이야. 그리고 지금의 난 이 상황 자체를 그대로 받아들일 수 없어."

"받아들일 수 없다고? 그게 무슨 뜻이야?"

호리키타는 내 질문에 대답하지 않고 그대로 입을 꾹 다물었다.

2

방과 후. 아침에 고지한 대로 히라타가 교단 위에 올라가 칠판에 써가며 대책 회의 준비를 시작했다.

히라타의 영향력이 얼마나 대단한지 알 수 있는 참가율로, 호리키타와 스도 그리고 몇몇 아이를 제외하고는 다 와 있었다. 그러고 보니 불참자들은 교실에 보이지 않았다. 본격적인 회의가 시작되기 전에 나도 어서 나가야지.

"아야노코지이~~~."

책상 아래로 얼굴을 빼꼼 내민 사람은 금방이라도 죽을 것 같은 표정의 야마우치였다.

"아악?! 뭐, 뭐야. 왜 그래?"

"이거, 2만 포인트에 사줘~! 포인트 없으니까 아무것도 살 수가 없잖아~!"

내 책상 위에 놓인 것은 얼마 전 야마우치가 산 게임기였다. 하나도 안 갖고 싶은데.

"네가 그걸 나한테 팔면 난 누구랑 놀아?"

"그건 내 알 바 아니지. 좋잖아? 파격적인 가격이니까 이익 아니야?"

"1천 포인트면 사주지."

"아야노코지이이~~~~! 믿을 사람은 너뿐이라고오~!"

"어째서 나뿐이야……. 나도 도와주고 싶지만 어쩔 수 없어."

야마우치는 촉촉해진 눈망울로 나를 올려다보았는데, 그 모습을 보고 있자니 언짢아져서 시선을 회피했다.

내게서는 아무 도움도 못 받으리라고 판단했는지, 야마우치는 금세 다른 목표물을 노렸다.

"박사! 제일 친한 친구가 부탁이 있어! 이 게임기를 2만 2천에 사주라!"

이번에는 박사에게 팔기로 정한 듯하다. 게다가 뻔뻔하게도 가격이 2천이나 올라갔다.

"힘들겠다. 포인트 다 써버린 애들."

쿠시다가 야마우치와 박사를 쳐다보며 내게 말했다.

"쿠시다, 그러는 너는 포인트 괜찮아? 여자애는 여러 가지로 필요한 게 많을 텐데."

"으응, 뭐 아직은. 절반쯤 써버렸어. 한 달 동안 너무 자유롭게 써댔더니, 쓰고 싶은 거 참는 게 좀 힘드네. 아야노코지, 넌 어때?"

"교우관계가 넓을수록 돈을 하나도 못 쓰는 게 정말 힘들 것 같아. ……나야 거의 안 썼지. 특별히 필요한 것도 없어서."

"친구가 없어서 그런 게 아니고?"

"야……."

"아하하, 미안, 미안. 농담이야. 나쁜 뜻은 없었어."

키득키득 웃으며 두 손 모아 사과하는 쿠시다. 이런 모습도 쓸데없이 귀엽다니까.

"저기, 쿠시다. 잠깐 나 좀 볼래?"

"카루이자와, 무슨 일이야?"

"사실 나 말야, 포인트를 너무 많이 쓴 바람에 돈이 모자라. 지금 우리 반 여자애들한테 포인트를 조금씩 빌리고 있는데 말이지, 쿠시다도 나 좀 도와줄 수 있을까 싶어서. 우리 친구 맞지? 정말 한 사람 당 딱 2천 포인트만 주면 되는데."

도무지 부탁하는 태도로는 보이지 않았지만, 카루이자와는 실실대며 쿠시다에게 포인트를 빌려달라고 요구했다. 그런 부탁 따위, 단칼에 거절하면 끝이다.

"응, 좋아."

좋냐?! 속으로 쏘아붙였지만 친구 사이의 문제는 당사자끼리 해결해야 하는 법이다.

쿠시다는 조금도 싫어하는 기색 없이 카루이자와를 돕기로 결정한 듯했다.

"땡큐~. 역시 친구밖에 없다니까. 이거 내 번호야. 그럼 잘 부탁할게~. 앗! 이노가시라! 너 잘 만났다! 실은 나, 포인트를 너무 많이 써버려서 말이야~."

카루이자와는 다음 목표물을 발견하고 우리의 눈앞에서 바람과 같이 사라졌다.

"정말 괜찮아? 십중팔구 돌려받지 못할 텐데?"

"곤란을 겪고 있는 친구가 있으면 그냥 두고 볼 수 없어. 카루이자와도 교우관계가 넓으니까 포인트가 없으면 얼마나 힘들겠어?"

"그래도 10만을 다 써버린 건 개인적으로 문제가 있는 것 같은데."

"아, 그런데 포인트를 어떻게 보내주지?"

"카루이자와한테 방금 번호가 적힌 종이 받았잖아? 휴대폰으로 그걸 입력하면 양도되겠지, 뭐."

"학교에서 학생들을 잘 배려해주고 있구나. 카루이자와처럼 힘든 상황에 놓인 사람을 구제해주려고 이런 시스템까지 준비했으니까 말이야."

하긴, 카루이자와에게는 뜻하지 않은 행운이리라. 하지만 군이 송금과 양도가 가능하도록 해둘 필요가 있었을까? 오히려 갈등의 불씨가 될지도 모르는데.

『1학년 D반 아야노코지 학생. 담임 차바시라 선생님이 부릅니다. 지금 즉시 교무실로 오기 바랍니다.』

부드러운 효과음이 울린 후 무미건조한 안내 방송이 울렸다.

"선생님이 너 찾는 것 같은데?"

"그러게…… 미안, 쿠시다. 잠시 갔다 올게."

입학 이래, 특별히 주의 받을 만한 짓을 한 기억은 전혀 없었다. 왠지 모르게 무거워지는 반 아이들의 시선을 등 뒤로 받으며, 나는 교실을 빠져나왔다.

토끼 심장을 가진 겁쟁이인 나는 교무실 문을 조심스레 열었다. 안을 휙 둘러보았지만 차바시라 선생님의 모습은 보이지 않았다. 하는 수 없이, 거울을 들여다보는 중이던 선생님에게 말을 걸었다.

"저기, 차바시라 선생님 안 계세요?"

"응? 사에 말이니? 으음, 아까까지 있었는데."

뒤돌아본 선생님은 가슴까지 내려오는 머리에 가볍게 웨이브를 넣은, 요즘 여자 같은 느낌이었다. 차바시라 선생님의 이름을 편하게 부른다. 나이도 비슷해 보이는데 친구일지도 모르겠다.

"잠깐 자리를 비운 모양이네. 안에 들어와서 기다릴래?"

"아뇨. 그럼 복도에서 기다릴게요."

왠지 교무실은 좋아지지 않는다. 선생님들의 시선을 한 몸에 받는 것도 싫어서 나는 복도에 나가 기다리기로 했다. 그런데 무슨 생각인지, 아까 그 젊은 여선생님이 느닷없이 복도로 따라 나왔다.

"난 B반 담임인 호시노미야 치에야. 사에랑은 고등학교 때부터 단짝친구지. 사에, 치에, 이렇게 서로 편하게 부르는 사이란다~."

물어보지도 않았는데 딱히 별 필요 없는 정보를 제공해주었다.

187

"있지, 사에가 너 왜 부른 거야? 응, 응? 무슨 일이야?"

"글쎄요. 저도 잘……."

"모르는구나. 이유도 말 안 해주고 불렀단 말이야? 흐음? 네 이름은?"

질문 공세. 빤히 관찰하듯 나를 위아래로 훑어 내렸다.

"아야노코지, 인데요."

"아야노코지구나. 뭐랄까, 꽤 멋있네~? 인기 많지, 너~?"

뭐지, 이 방정맞은 느낌의 선생님은? 우리 담임과는 달리, 교사라기보다 학생 쪽에 가깝다.

남자 고등학교에 있었으면 순식간에 모든 남학생의 마음을 사로잡아버렸으리라.

"있지, 있지. 너 벌써 여자 친구 생겼거나 그래?"

"아뇨…… 저기, 저, 별로 인기 없는데요."

닿으면 화상이라도 입을 것 같아 일부러 싫은 척 행동했지만, 호시노미야 선생님은 그것조차도 재미있는지 적극적으로 다가왔다. 가늘고 아름다운 손이 내 팔을 잡았다.

"흐음? 의외네. 내가 같은 반에 있었으면 절대 가만두지 않았을 텐데~. 그렇다고 전혀 경험 없는 건 아니겠지?"

집게손가락으로 볼을 쿡쿡 찔린 나는 어떻게 반응해야 할지 몰라 적잖이 당황했다. 대뜸 그 손가락이라도 붙잡아 핥으면 이런 접촉도 끝이겠지만, 대신 교직원 회의에 안건이 올라가 퇴학까지 단숨에 결정되겠지.

"무슨 짓이야, 호시노미야."

갑자기 등장한 차바시라 선생님이 손에 든 클립보드로 탁, 하고 경쾌한 소리를 내며 호시노미야 선생님의 머리를 내리쳤다. 아픈지 머리를 잡고 웅크리는 호시노미야 선생님.

"아얏! 왜 때렷?!"

"내 학생한테 달라붙어 있으니까 그렇지."

"얘가 너 만나러 왔다서 너 없는 동안 놀아줬을 뿐인데."

"그냥 내버려두면 되잖아. 많이 기다렸지, 아야노코지? 여기선 좀 그러니까 생활지도실로 갈까?"

"아뇨, 전 괜찮은데요. 그보다도 지도실이라니…… 제가 무슨 잘못이라도 했나요? 그래도 일단은 튀지 않게 조용히 학교생활에 임했는데요."

"말대꾸하지 말고 따라와."

나는 도대체 무슨 일이야, 하고 생각하면서 앞서 걸어가는 차바시라 선생님의 뒤를 따라갔다. 그러자 내 옆에서 호시노미야 선생님도 활짝 웃으며 나란히 걸음을 옮겼다. 그 사실을 금세 깨달은 차바시라 선생님이 험상궂은 표정으로 뒤돌아보았다.

"넌 왜 따라와?"

"쌀쌀맞긴~. 내가 좀 듣는다고 닳는 것도 아니잖아? 그야, 사에 넌 개별지도 같은 거 절대로 안 하는 타입이니까. 그런데 신입생 아야노코지를 갑자기 지도실로 불러내다니…… 무슨 꿍꿍이인가 싶어서 그러지."

그녀는 생글생글 웃으며 차바시라 선생님에게 대답한 후

뒤에서 내 양어깨에 손을 얹었다.

"혹시 사에, 하극상이라도 노리는 거 아니야아~?"

하극상? 그게 무슨 뜻이지?

"바보 같은 소리 하지 마. 무리인 게 뻔하잖아."

"후훗, 하긴. 사에는 그런 거 무리지~."

의미심장한 말을 내뱉으며 호시노미야 선생님은 우리의 뒤를 따라왔다.

"어디까지 따라올 작정이야? 이건 우리 D반의 문제라고."

"응? 같이 지도실 갈 건데? 그럼 안 돼? 나도 조언해줄 게~."

호시노미야 선생님이 억지로 따라오려는 바로 그 때, 한 여학생이 우리 앞을 가로막고 섰다. 한 번도 본 적 없는, 연분홍빛 머리카락의 미녀였다.

"호시노미야 선생님. 잠시 시간 좀 내주실 수 있으세요? 학생회 일로 드릴 말씀이 있습니다."

소녀는 순간 나와 눈이 마주쳤다가 금세 시선을 피하고 호시노미야 선생님을 쳐다보았다.

"봐, 너도 손님 왔네. 얼른 가봐."

차바시라 선생님이 클립보드로 호시노미야 선생님의 엉덩이를 찰싹 때렸다.

"아, 정말~. 여기서 더 놀리면 진짜 화낼지도 몰라. 그럼 다음에 또 보자, 아야노코지. 자, 그럼 교무실로 갈까, 이치노세?"

그렇게 말한 호시노미야 선생님은 발걸음을 돌려 이치노세라고 불린 여학생와 함께 교무실에 들어갔다.

차바시라 선생님은 호시노미야 선생님을 눈으로 배웅한 후 머리를 긁적이더니 다시 지도실로 향하는 것인지 걸음을 떼기 시작했다. 그리고 얼마 되지 않아, 교무실 가까이에 위치한 지도실에 다다랐다.

"……무슨 일이시죠? 저를 부르신 이유가?"

"응, 그거 말인데…… 이야기하기 전에 잠깐 이쪽으로 좀 와볼래?"

선생님은 벽에 걸린 둥근 시계를 힐끔힐끔 확인하는가 싶더니, 지도실 안에 달린 또 하나의 문을 열었다. 그곳은 간이 부엌인 듯 보였는데, 가스레인지 위에 주전자가 놓여 있었다.

"차라도 끓일까요? 호지차(녹차잎을 볶아서 달인 차. 구수한 맛이 일품)는 어떠세요?"

나는 호지차 분말이 들어 있는 용기를 손에 들었다.

"쓸데없는 짓은 안 해도 돼. 조용히 입 다물고 여기 있어. 알겠니? 내가 나와도 좋다고 할 때까지 이 안에서 쥐죽은 듯 있는 거야. 내 말 어기는 즉시 퇴학이다."

"네? 무슨 말씀이신지 전혀──"

가타부타 설명도 없이, 간이 부엌의 문이 닫혔다. 도대체 무슨 속셈일까?

일단 들은 대로 가만히 기다리고 있으니, 잠시 후 지도실 문이 열리는 소리가 들렸다.

"어서 들어와. 그래, 나한테 할 얘기라는 게 뭐야, 호리키타?"

지도실에 찾아온 것은 아무래도 호리키타인 듯했다.

"돌리지 않고 바로 질문할게요. 제가 어째서 D반에 배정되었죠?"

"정말 안 돌리고 묻는구나?"

"선생님은 오늘, 우수한 사람부터 순서대로 A반에 선택되었다고 말씀하셨어요. 그리고 D반은 낙오자들이 모인 최후의 보루라고."

"내가 말한 건 다 사실이야. 보아하니 넌 네가 우수하다고 생각하는 모양이구나?"

지적을 받은 호리키타가 과연 어떻게 나올까? 난 강하게 반론할 것이라는 쪽에 걸겠다.

"입학시험 문제는 거의 맞혔다고 자부하고, 면접에서도 큰 실수를 한 기억은 없습니다만. 적어도 D반에 들어갈 정도는 아니라고 생각해요."

그것 봐라, 역시 내 말이 맞지 않은가? 호리키타는 자신이 우수한 인간이라고 생각하는 타입이다. 그리고 호리키타의 자의식이 지나치게 높은 것이 아니라 정말로 우수하다. 오늘 아침에 나온 쪽지시험 결과도 공동 1등이었다.

"입학시험 문제를 거의 다 풀었다 이 말이지. 원래라면 시험 문제 결과는 개개인에게 공개하지 않지만, 너한테는 특별히 보여줄게. 그래, 우연히도 여기 네 답안용지가 있구나."

"정말 주도면밀하시네요. ……마치 제가 항의하러 올 걸 미리 알고 계셨던 것처럼요."

"내가 이래봬도 교사야. 학생의 성격은 어느 정도 파악해 두려고 하지. 호리키타 스즈네. 네 입학시험 결과는 네가 예상한대로 올해 1학년 전교생 중에 공동 3등이구나. 1, 2위랑 차이도 근소해. 아주 잘 풀었어. 면접에서도 특별히 주시할 만한 문제점은 찾지 못했고. 오히려 높은 평가를 받은 듯하구나."

"감사합니다. 그럼—— 어째서?"

"그 전에, 넌 왜 D반에 있는 게 불만이지?"

"정당한 평가를 받지 못한 상황을 반길 사람이 누가 있을까요? 하물며 이 학교는 반 차이에 따라 미래가 크게 좌우되잖아요. 그러니 당연하죠."

"정당한 평가? 애야, 넌 네 자신을 상당히 높게 평가하는구나?"

차바시라 선생님은 실소, 아니면 그냥 아무 의미 없는 것인지도 모를 웃음을 호리키타에게 날렸다.

"네 학력이 우수하다는 점은 인정하지. 넌 확실히 머리가 좋아. 하지만 말이야, 학력이 우수한 학생이 반드시 우수한 반에 들어간다고 누가 그래? 우리는 단 한 번도 그렇게 말한 적이 없는데?"

"그거야── 상식적으로 생각하면 그렇잖아요."

"상식? 그런 상식 따위가 지금의 형편없는 일본 사회를 만든 건 아닐까? 그저 시험 점수만 가지고 사람을 평가하고 우열을 가리잖아? 그 결과 무능한 인간이 위에서 권력을 휘두르면서 정말 우수한 인간을 밀어내려고 기를 쓰고. 결국 마지막에는 세습제에 다다르지."

세습제란 지위와 명예, 직업을 대대로 물려주는 것을 의미한다.

난 그 말을 듣고 나도 모르게 침을 꿀꺽 삼켰다. 그리고 가슴이 아파 왔다.

"물론 공부를 잘하는 것도 하나의 지위가 될 수 있지. 부정할 생각은 없어. 하지만 이 학교는 진정한 의미의 우수한 인재를 육성하는 것이 목적이다. 공부만으로 상급반에 배정될 거라고 생각했다면 큰 오산이야. 이 학교에 입학한 학생에게 그 점을 제일 먼저 설명한 줄로 아는데. 그리고 냉정하게 생각해봐라. 가령 학력만으로 우열을 가렸다면 스도 같은 애들은 애초에 입학도 못 하지 않았을까?"

"윽……"

이 학교는 일본 굴지의 인문계 고등학교임에도 불구하고, 공부를 못하는데 입학한 학생들이 몇몇 있다.

"그리고 정당하게 평가받지 못한 상황을 반길 사람이 없다고 단정한 것도 경솔하구나. A반 정도 되면 학교에서 주는 압박이 상당할 테고, 하급반의 질투도 심해. 날마다 무거운 부담감 속에서 경쟁해야 하는 것은 상상보다 훨씬 힘든 일이다. 개중에는 정당하게 평가받지 못하는 것을 오히려 다행으로 여기는 애들도 있어."

"농담이죠? 그런 사람, 전 도저히 이해할 수 없어요."

"과연 그럴까? D반에도 있을 텐데. 수준 낮은 반에 배정되었다고 내심 기뻐하는 별종 같은 애가."

꼭 문 너머에 있는 내게 하는 말 같았다.

"충분한 설명이 되지 못해요. 제가 D반에 배정된 것이 사실인지 아닌지, 채점 기준이 잘못된 건 아닌지, 다시 한 번 확인 부탁드립니다."

"미안하지만 네가 D반에 배정된 건 실수가 아니야. 넌 D반에 가야만 했어. 딱 그 정도의 학생인 거지."

"……그런가요. 학교 측에 다시 물어보죠."

포기하지 않은 호리키타는 아무래도 담임과는 이야기가 되지 않는다고 판단한 모양이다.

"위에 물어도 결과는 똑같다. 그리고 비관할 필요는 없어. 아침에도 말했지만, 하기에 따라 반은 바뀔 수 있으니까. 졸업 전까지 A반에 들어갈 가능성은 남아 있어."

"그 과정이 쉬워 보이지는 않는데요. 미숙한 애들이 모인 D반이 어떻게 A반 애들보다 높은 포인트를 딸 수 있겠어요? 아무리 생각해도 그건 불가능 아닌가요?"

가혹하지만 호리키타의 말이 맞았다. 이번에 벌어진 압도적인 포인트 차가 그 증거다.

"그건 내 알 바 아니야. 그 무모한 여정을 걸어갈 것인지 아니면 포기할 것인지는 개인의 자유다. 그런데 호리키타. 네가 A반에 꼭 들어가야만 하는 특별한 이유라도 있니?"

"그건…… 오늘은 이만 가보겠습니다. 하지만 제가 하나도 받아들이지 못했다는 것만은 기억해주세요."

"알았다. 기억해두지."

의자를 빼는 소리가 들렸다. 이야기가 끝난 모양이다.

"아아, 그렇지. 지도실에 또 한 사람 불렀거든. 너와도 상관있는 사람이야."

"저랑 상관있는 사람……? 설마…… 오빠——"

"이제 그만 나와, 아야노코지."

아, 이런 타이밍에 부르지 말지. 그래, 그냥 이대로 나가지 말자.

"안 나오면 퇴학이다."

허, 헉. 교직자가 아무렇지도 않게 퇴학을 무기로 삼다니.

"언제까지 기다려줘야 성에 찰까?"

나는 어쩔 수 없이 한숨을 푹 내쉬며 과장된 몸짓으로 문을 열고 지도실로 들어갔다. 호리키타는 당연히 꽤 당황한 표정이다.

"내 얘기를…… 다 듣고 있었니?"

"이야기? 무슨 이야기인지 잘 안 들리던데. 벽이 의외로 두껍더라고."

"무슨 소리. 간이 부엌은 방음이 안 된단다?"

아무래도 차바시라 선생님은 어떻게든 이 상황 속으로 나를 끌고 오려는 심산인 듯하다.

"……선생님, 어째서 이런 짓을?"

전부 계산된 일임을 금세 알아챈 호리키타. 머리끝까지 화난 것 같다.

"필요하다고 판단했기 때문이다. 자, 아야노코지? 이제 너를 지도실로 부른 이유를 말해주지."

차바시라 선생님은 호리키타의 질문을 적당히 흘려 넘기고, 내게로 화제를 전환했다.

"전 이만 가보겠습니다……."

"기다려, 호리키타. 끝까지 듣고 가는 게 너한테 이로울 거다. A반으로 올라가기 위한 힌트가 될지도 모르거든."

뒤돌아 나가려던 호리키타가 다시 의자에 앉았다.

"짧게 부탁드립니다."

차바시라 선생님은 시선을 내려 클립보드를 보면서 생글거렸다.

"너 참 재미있는 학생이더구나, 아야노코지."

"차바시라(茶柱. 찻잎 줄기), 라는 기이하고 독특한 성을 가진 선생님만큼 재미있지는 않은 남자앤데요, 저."

"전국의 차바시라에게 무릎 꿇게 만들어줄까?"

아니, 일본 전국을 다 뒤져도 선생님 말고 차바시라라는 성은 딱히 없지 싶은데…….

"입시 결과를 토대로 개별 지도 방법을 고민해봤는데, 네 시험 결과를 보다가 흥미로운 부분을 발견했다. 처음에는 정말 깜짝 놀랐어."

선생님은 낯익은 입시 문제 답안지들을 클립보드에서 꺼내 천천히 늘어놓았다.

"국어 50점, 수학 50점, 영어 50점, 사회 50점, 과학 50점…… 게다가 이번 쪽지시험 결과도 50점. 이게 뭘 의미하는지 알겠니?"

호리키타도 놀란 표정으로 답안지를 뚫어지게 쳐다본 후 내게로 시선을 옮겼다.

"우연이란 게 참 무섭네요, 그쵸?"

"호오? 모든 결과가 50점인 게 단순한 우연이라고? 의도적으로 했겠지."

"정말 우연이에요. 증거는 없지만요. 아니, 시험 점수를 조작한다고 제가 얻는 게 뭔데요? 고득점을 받을 머리가 있었으면 애초에 전 과목 만점을 노렸을 거라고요."

일부러 장난스럽게 대답하자, 선생님은 어이없는지 한숨을 푹 내쉬었다.

"이 밉살맞은 녀석아. 잘 들어. 수학 5번 문제, 이건 정답률이 전교 3퍼센트야. 그런데 넌 복잡한 증명식까지 포함해서 완벽하게 풀었어. 반면 여기 이 10번 문제는 정답률이 76퍼센트나 돼. 이걸 틀릴까, 보통?"

"보통의 기준 따위 제가 어찌 알아요? 정말 우연이라고요, 우연."

"정말, 그런 식으로 할 말 없게 만드는 태도는 경이롭기까지 하구나. 하지만 그런 식이면 앞으로 고생하게 될걸?"

"아직 멀었으니까, 그건 그때 가서 생각해볼게요."

자, 어때? 하는 식의 눈빛으로 차바시라 선생님이 호리키타를 쳐다보았다.

"너…… 왜 이런 엉뚱한 짓을 한 거야?"

"아니, 진짜 우연이라니까 그러네. 숨겨진 천재라든가, 그런 설정 아니라고."

"글쎄다. 어쩌면 애가 호리키타 너보다 훨씬 머리 좋은 애인지도 모르겠구나."

그 말에 호리키타가 움찔했다. 선생님, 그런 쓸데없는 말 참견은 그만해주실래요?

"저는 공부를 좋아하지도 않고, 열심히 할 생각도 없어요. 그러니까 이런 점수를 받은 거라고요."

"이 학교를 선택한 애가 할 소린 아닌 것 같은데. 하긴, 코엔지처럼 너도 D반이든 A반이든 상관없다고 생각하는 특별한 이유가 있을지도 모르겠네."

이 학교뿐 아니라 이 교사도 평범하지 않다. 아까 호리키타와 나눈 대화만 해도, 호리키타를 동요하게 만드는 말을 남발했었다. 마치 재학생 모두의 '비밀'이라도 손에 쥐고 있는 듯.

"뭐죠? 그 특별한 이유라는 게?"

"자세하게 듣고 싶니?"

담임의 눈동자에 예리한 빛이 스치는 것을 나는 놓치지 않았다. 꼭 자기 입을 열게끔 유도하는 것 같다.

"그만둘게요. 듣다가 갑자기 이성의 끈이 끊어져서 방에 있는 물건이라는 물건은 다 부숴버릴지도 모르니까요."

"그렇게 되면 아야노코지. 넌 E반으로 내려가겠지."

"그런 반도 있었어요?"

"기뻐해라. E반은 즉 Expelled. 퇴학을 의미한다. 뭐, 더 할 얘기는 없다. 그럼 앞으로의 학교생활을 부디 만끽해라."

그야말로 빈정거림이 가득한 한 마디였다.

"난 이만 가야겠다. 슬슬 교직원 회의가 시작될 시간이라서. 여기 문 잠가야 하니까 두 사람도 나가."

우리 둘은 쫓겨나다시피 등 떠밀려 복도로 나왔다. 차바시라 선생님은 왜 날 불러내서 호리키타와 마주치게 했을까? 의미 없는 행동을 할 사람으로는 보이지 않는데.

"일단은…… 돌아갈까?"

나는 호리키타의 대답을 듣지 않고 걸음을 떼기 시작했다. 지금은 같이 있지 않는 편이 좋겠다는 판단이 들어서였다.

"거기 서."

호리키타가 그런 나를 불러 세웠지만 멈추지 않았다. 기숙사까지 도망가면 더는 어쩌지 못하겠지.

"아까 그 점수…… 정말 우연이니?"

"당사자가 그렇다고 말하잖아. 아니면 의도적이었다는 근거라도 있냐?"

"근거는 없지만…… 아야노코지, 좀 이해가 안 되는 부분이 있어서. 네 입으로 무사안일주의라고 말하기도 했고, A반에 별 흥미도 없어 보였고."

"너야말로 A반에 꼭 가야 하는 이유가 있는 것 같은데?"

"……그럼 안 돼? 진학이나 취업에서 유리해지기 위해 열심히 노력하려는 게?"

"딱히 안 될 건 없지. 자연스러운 거야."

"난 이 학교에 입학해서 그냥 졸업만 하면 끝이라고 생각했어. 하지만 현실은 달랐어. 아직 난 출발선에조차 서지 못한 거야."

호리키타가 걸음 속도를 높였는지, 어느새 내 옆에 와 있었다.

"그럼 넌 진심으로 A반을 노릴 작정이구나?"

"일단은 학교 측에 진상을 확인할 거야. 왜 내가 D반에 배정되었는지. 그래서 만약 차바시라 선생님 말대로 정말 내가 D반이라는 판단이 내려졌다면…… 그때는 열심히 A반을 노려야겠지. 아니, 보란 듯이 꼭 A반에 올라가겠어."

"꽤 힘들걸. 그러려면 우리 반 문제아들을 갱생시켜야 하잖아. 스도의 지각이랑 농땡이, 수업 시간에 떠드는 거, 시험 점수. 그것만 해도 겨우 ±0이야."

"……나도 알아. 그러니 제발 학교 측의 실수이길 빌어야지.”

호리키타의 자신감 넘치는 말이 오히려 불안하게 들렸다. 호리키타는 정말 알고 있는 것일까?

오늘 얻은 정보로 내가 낸 결론은 '절망'이라는 두 글자다. 기본적인 학교생활의 규칙을 지키면 더 이상 포인트가 깎이는 것은 어느 정도 막을 수 있으리라. 하지만 그보다 중요한 것은 어떻게 행동해야 포인트가 올라가는지 불분명하다는 사실이다. 제일 우수하다는 A반도 조금이긴 하지만 포인트가 깎이지 않았는가.

게다가 설령 포인트를 늘리는 효과적인 방법을 찾았다고 해도 그건 다른 반 역시 포인트를 늘릴 가능성이 있다는 것이다.

시간이 제한된 경쟁 속에서 이렇게 한 번 벌어진 점수 차를 메우기란 그야말로 하늘의 별 따기다.

“네가 무슨 생각을 하는지는 대충 알겠어. 하지만 학교 측에서 이대로 계속 지켜보고만 있진 않을 것 같아. 그렇지 않으면 경쟁의 의미가 없으니까.”

“그렇군. 그렇게 생각할 수도 있겠다.”

학교 측에서 불과 입학 한 달 만에 A반이 독주하는 것을 허락하지는 않으리라고 보는 것이다. 요컨대 호리키타는 어딘가에서 포인트를 대량으로 증감할 기회가 찾아오리라고 확신하는 듯하다.

“스스로 이 상황을 어떻게든 빠져나가고 싶지 않아?”

"응. 난 그러고 싶지 않아."

"당당하게 바로 대답하지 말아줄래."

날카로운 손날이 내 옆구리로 들어왔다. 괴로워하는 내 표정에도 호리키타는 무시했다.

"아야앗…… . 네 기분은 이해하겠지만 개개인이 어떻게 할 수 있는 문제가 아니야. 스도도 말했잖아. 자기가 바뀌어봤자 반 전체가 마이너스면 아무 소용없다고."

"아닐 거야. 엄밀히 말하면, 개인이 어떻게 할 수 있는 문제가 아니라고 해도 모두가 각자 해결해야만 하는 아주 성가신 문제지. 한 사람 한 사람이 각자 노력하지 않으면 출발선에 서지도 못해."

"내가 유일하게 아는 건 답이 무엇이든 간에 완전 귀찮을 거라는 거야."

"지금 당장 개선해야 할 사항은 크게 세 가지야. 지각이랑 잡담, 그리고 중간고사에서 전원이 낙제점을 받지 않는 것."

"앞에 두 개는 어느 정도 해결될 것 같지만 중간고사는."

얼마 전에 쳤던 쪽지시험은 물론 어려운 문제도 있었지만 대체로 난이도가 낮았다. 그런데도 낙제점을 받은 학생이 몇 명이나 나왔으니, 솔직히 앞으로 닥칠 중간고사도 희망이 보이지 않는다.

"그래서―― 아야노코지, 너한테도 도움을 청하고 싶어."

"도움?"

일부러 보라고 노골적으로 싫은 표정을 지었지만, 호리키타는 흘깃 보고 넘어갈 뿐이었다.

"너 오늘 아침에 히라타의 부탁을 거절했지? 나도 그거랑 같은 이유로 거절해도 될까?"

"거절하고 싶니?"

"그럼 내가 막 좋아하면서 협력할 줄 알았어?"

"기쁜 마음으로 협력할 거라고는 나도 생각하지 않았지만, 이렇게 거절할 거라고도 생각 안 했어. 만약 네가 정말로 거절한다고 말한다면 그때는…… 굳이 말 안 할게. 아직 일어나지 않은 일을 미리 생각해봤자 아무 소용없으니까. 그래서 힘을 보탤 거니, 안 보탤 거니? 어느 쪽이야?"

가능하면 하다가 만 그 다음 말을 끝까지 들려줬으면 좋겠는데……. 그나저나 어떻게 한담? 도움을 요청하는데 나도 딱 잘라 거절할 생각은 없다. 아니, 아니다. 냉정해지자. 여기서 간단하게 도와준다고 말하면 졸업하는 그날까지 얘한테 질질 끌려다닐 거라고. 지금 마음을 독하게 먹어야 한다.

"거절할게."

"아야노코지, 너라면 분명 도와주겠다고 말할 줄 알았어. 고마워."

"내가 언제 그랬어! 딱 잘라 거절했잖아!"

"아니, 나한테 네 마음의 소리가 들렸거든. 넌 분명 도와주겠다고 말했어."

뭐야, 저 전파적인 애는? 무섭다.

"하지만 내가 도움이 될 만한 일이 있을 것 같진 않은데."

호리키타는 시험 점수는 물론이고 머리 회전도 빠르다. 굳이 내가 도와줄 필요가 있을까?

"걱정 마. 넌 머리 안 써도 되니까. 작전은 나한테 맡기고 넌 그냥 몸만 움직이면 돼."

"뭐? 몸만 움직이면 된다고?"

"너도 포인트가 늘어나면 좋잖아? 내 지시에 따라 움직이기만 하면 반드시 포인트를 늘리게 해주겠다고 약속할게. 절대 손해 보는 이야기는 아니지."

"무슨 계획이 있는지는 모르겠지만 나 말고 다른 애한테도 부탁해보란 말이야. 친구가 생기게 돕는 것쯤은 해줄 수 있으니까."

"미안하지만 D반에는 너 말고 쓸 만한 인재가 떠오르지 않아."

"아니야, 아주 널렸다고. 예를 들자면 히라타도 있잖아. 그 녀석이라면 반애들한테도 통하고, 머리도 좋고, 완벽 그 자체야. 게다가 네가 고립되는 걸 걱정해주기도 했고."

이쪽에서 손을 내밀면 금방이라도 친해질 수 있다.

"그 앤 안 돼. 물론 재능은 어느 정도 있지만, 난 받아들일 수 없어. 그래, 예를 들면 장기의 말 같은 거야. 지금 내가 원하는 건 금장(金將)이나 은장(銀將)이 아니라 보병(步兵)이라고."*

---

*일본 장기에서 금장은 종횡과 대각선 앞으로 한 칸씩 움직이며, 은장은 앞과 대각선으로 한 칸씩 움직일 수 있다. 보병은 앞으로만 한 칸씩 이동 가능하다.

그 말은 내가 보병이라는 뜻? 맞지? 그 말 맞지?

"보병도 노력하면 얼마든지 금장이 될 수 있다고."

"흥미로운 대답이지만, 아야노코지 넌 노력 같은 걸 할 사람으로 안 보이거든. 계속 보병으로 있으면 돼, 다음 단계로 나아가고 싶지 않아, 이렇게 생각할 것 같은데?"

만난 지 얼마 되지도 않았는데 정확하게 나를 꿰뚫다니. 보통 다른 사람 같으면 분명 상처 받을 말이라고.

"미안한데, 역시 협력 못 하겠다. 나한테 안 맞는 일이야."

"그럼 내 생각이 정리됐을 때 다시 말할 테니까. 그때 잘 부탁해."

역시 내 의사는 눈곱만큼도 호리키타에게 전해지지 않았다.

○모여라, 낙제조

5월로 접어든 후 벌써 첫 일주일이 지나가려 하는 주말. 이케와 그 무리는 묵묵히 수업에 귀를 기울이고 있었다. 유일하게 스도만 당당하게 엎드려 잤지만, 아무도 그를 비난하지 않았다. 아직 포인트를 늘릴 방법을 찾지 못했으니, 교정도 불가능하리라고 판단했겠지.

그래도 스도가 나날이 반 아이들에게 거북한 존재가 되어가고 있다는 점은 변함이 없다.

……나도 졸음이 밀려온다. 이 시간이 끝나면 점심시간, 아주 괴로운 시간대다. 어제 인터넷에서 동영상을 보다가 나도 모르게 밤을 꼴딱 새우고 말았다. 이대로 그냥 자면 딱 좋을 것 같은데…….

"으악!"

꾸벅꾸벅 머리가 앞뒤로 넘어가는데 갑자기 오른팔에 강렬한 통증이 일어났다.

"왜 그래, 아야노코지. 갑자기 소리를 지르고. 요새 반항기야?"

"아, 아니에요. 죄송합니다, 차바시라 선생님. 눈에 뭐가 들어간 것 같아서……."

지금 그게 잡담에 해당하는지는 미묘한 부분이지만, 포인트에 민감한 반 아이들이 따가운 눈총을 보냈다. 나는 아픈

207

부위를 문지르면서 옆을 무섭게 노려보았다. 눈만 나를 향한 호리키타의 손에 컴퍼스가 쥐여져 있었다.

정말 제정신이 아니다. 아니, 그런데 컴퍼스는 왜 가지고 다니는 거지? 고등학교 수업에서 쓸 일은 거의 없을 텐데. 수업이 끝나자마자 나는 바로 호리키타에게 따지고 나섰다.

"해서 될 일이 있고 안 될 일이 있지! 컴퍼스는 위험하잖아, 컴퍼스는!"

"혹시 지금 나 혼나는 거니?"

"팔에 구멍이 났다고, 구멍이!"

"무슨 소리야? 내가 언제 너한테 컴퍼스 바늘을 찔렀다고 그래?"

"네 손에 들려 있잖아, 그 흉기가!"

"설마 그냥 손에 쥐고 있다고 해서 내가 널 찔렀다고 주장하는 거니?"

잠은 달아났지만, 가시지 않는 통증 때문에 수업을 도저히 들을 수가 없었다고.

"조심해. 수업시간에 졸다가 들키면 틀림없이 감점이니까."

호리키타는 D반에서 벗어나기 위한 행동에 나서기 시작했다. 학교 측에 항의한 게 별 소득이 없었나 보다. 아, 너무 아프다. 제기랄, 너도 딱 졸기만 해라. 바로 대갚음해줄 테니.

저마다 점심을 먹으려고 자리에서 일어서기 시작했을 때 히라타가 입을 열었다.

"차바시라 선생님이 말씀한 중간고사가 점점 다가오고 있어. 낙제를 받으면 바로 퇴학이라는 얘기는 모두 잘 이해했겠지? 그래서 말인데, 참가자를 모집해서 스터디를 하려고 해."

D반의 히어로는 아무래도 그런 자선사업을 시작하려는 듯하다.

"만약 시험공부를 소홀히 해서 낙제를 받으면 바로 퇴학이야. 그것만은 피해야 하지 않을까? 그리고 공부는 퇴학을 막을 뿐 아니라 포인트를 늘릴 가능성도 있어. 반에서 고득점을 보유하면 분명 사정도 좋아질 거야. 그래서 시험 점수가 좋은 상위권 몇 명이 시험 대책을 준비해봤거든. 그러니까 불안한 사람은 우리 스터디에 참가하길 바라. 물론 누구나 대환영이야."

히라타는 스도의 눈을 빤히 바라보며 친절하게 설명했다.

"……쳇."

바로 시선을 피하고 팔짱을 낀 채 눈을 감는 스도.

입학 첫날, 자기소개 때 히라타를 퇴짜 놓은 후로 스도는 히라타와의 관계가 계속 좋지 않았다.

"오늘 다섯 시부터 이 교실에서, 시험 때까지 매일 두 시간씩 공부할 예정이야. 참가하고 싶으면 그때 와. 물론 도중에 빠져도 상관없어. 그럼 이만 말을 마칠게."

그렇게 마무리를 짓자마자, 몇몇 낙제생이 자리에서 벌떡 일어나 히라타에게 다가갔다.

낙제조 중 히라타에게 곧바로 달려가지 않은 것은 스도, 이케, 야마우치 세 사람뿐이었다. 스도 이외의 두 사람은 조금 망설이는 듯했지만, 결국 히라타에게 가지 않았다. 스도의 심기를 건드는 것이 두려웠을까, 아니면 단순히 히라타가 히어로처럼 행동하는 게 못마땅했을까. 그건 나도 잘 모르겠다.

1

"점심시간에 별일 없어? 혹시 괜찮으면 같이 밥 먹을래?"

쉬는 시간이 되자 호리키타가 먼저 말을 걸어 왔다.

"네가 나한테 그렇게 말하다니 해가 서쪽에서 뜨겠네. 왠지 무서워지는데?"

"무섭긴 뭘. 산채정식이라도 좋으면 내가 쏠게."

야. 그거 무료잖아…….

"농담이야. 제대로 한 턱 낼게. 너 먹고 싶은 거 먹어도 돼."

"역시 무서운데. 뭔가 꿍꿍이가 있는 거 아니야?"

호리키타가 나보고 같이 밥 먹자고 하는 것 자체가 수상쩍다.

갑자기 어디 가자고 하면 의문이 든다. 전에 호리키타가 그렇게 말했던 것을 떠올렸다.

"남의 호의를 있는 그대로 받아들이지 못하면 인간으로서 끝이야."

"뭐, 그건 그렇지만……."

딱히 특별한 예정도 없고, 밥을 사준다고 하니까 나는 호리키타를 따라 식당으로 향했다.

비싸 보이는 스페셜 정식을 고르고 자리를 확보해 호리키타와 함께 앉았다.

"그럼 잘 먹을게?"

먼저 먹기를 기다리는지, 호리키타가 나를 빤히 쳐다보았다.

"왜 그래, 아야노코지? 얼른 먹지그래?"

"응? 으응."

무섭다. 분명히 뭔가 있다고. 없을 리가 없다. 하지만 계속 안 먹고 있을 수도 없는 노릇. 그리고 식으면 맛없으니까. 나는 주뼛거리며 크로켓을 한 입 크게 베어 물었다.

"갑작스럽겠지만, 내 이야기 좀 들어줄래?"

"압도적으로 불길한 예감이 든다……."

도망치려고 자리에서 일어나려는데 손을 붙들리고 말았다.

"아야노코지, 다시 한 번 말할게. 내 이야기 좀 들어줄래?"

"흐으……."

"차바시라 선생님이 그날 충고한 이후로 지각도 확실히 줄었고 잡담도 격감했어. 마이너스 요소였던 것 대부분이 사라졌다고 해도 과언이 아니지."

"응, 그건 그래. 원래도 어려운 일은 아니었지만."

얼마나 갈지는 몰라도, 적어도 요 며칠은 이전보다 아주 많이 나아졌다.

"이제 우리가 해야 하는 일은 보름 뒤로 다가온 중간고사에서 좋은 점수를 받도록 대책을 세우는 거야. 아까 히라타가 행동했듯 말이지."

"스터디 말이야? 뭐…… 낙제 대책을 세울 순 있겠지. 다만……."

"다만, 뭐? 아주 의미심장한 말투네? 무슨 문제라도 있어?"

"아니, 신경 쓰지 마. 그런데 네가 남을 그렇게 신경 쓰다니 좀 놀라운데?"

"사실 난 시험에서 낙제점을 받는 게 상상도 안 돼. 하지만 이 세상에는 아무리 노력해도 낙제점을 받고 마는, 정말 손쓸 도리 없는 애들도 있는 게 현실이지."

"스도 같은 애들 말이야? 여전히 가차 없이 말하네."

"사실을 사실이라고 말한 것뿐이야."

이 학교는 부지 밖으로 나갈 수도 없고 외부와의 연락도 일절 금지에, 학원 같은 시설도 없기 때문에 결국 수업 시간 이외에는 공부 잘하는 친구에게 배우는 것밖에 대책이 없다.

"히라타가 적극적으로 스터디를 진행할 것 같아서 마음이 좀 놓였어. 하지만 스도랑 이케, 야마우치는 스터디에 참가하지 않을 것 같지? 그게 신경 쓰여서 말이야."

"그 녀석들은 뭐. 히라타랑 사이가 소원하달까, 별로 안 좋잖아. 참가 안 하겠지."

"그 말은 이대로라면 걔들은 낙제 가능성이 높다는 거네? 그리고 A반으로 올라가려면 마이너스 포인트를 받지 않는 것을 대전제로 하고, 플러스가 되는 포인트를 모으는 게 필수 불가결하겠지? 난 시험 점수가 플러스로 이어질 가능성도 있다고 봐."

중간고사에서 노력한 만큼 보답이 돌아오리라고 생각하는 것은 지극히 자연스럽다.

"설마── 너도 히라타처럼 스터디를 열려는 거야? 그것도 스도랑 이케 무리를 구제하려는 목적으로?"

"응. 그렇게 받아들여도 좋아. 의외라고 생각하겠지만."

"그야 지금까지의 네 태도를 보면 의외라고 생각하지 않을 수가 없잖아."

그렇지만 사실 생각보다는 놀랍지 않다. 어디까지나 자기자신을 위한 일일 테고, 호리키타가 심하게 냉정한 사람이라고 여기진 않았으니까.

"뭐, A반에 가고 싶어 하는 너의 염원은 잘 알겠어. 하지만 솔직히 스도랑 다른 애들한테 공부를 가르쳐주는 건 여간 힘든 일이 아닐 것 같은데. 낙제점을 받는 애들은 대체로 남들보다 몇 배로 공부하기 싫어한다고. 그리고 넌 처음부터 반 애들과 거리를 뒀잖아. 친구 따위 필요 없다는 사람 곁에 모여들 이상한 녀석들이 있을까?"

"그러니까 지금 너한테 얘기하잖아. 다행이 네 친구들 아냐?"

"뭐? ……야, 그럼 설마——"

"네가 걔네들을 설득하면 이야기는 쉬워져. 친구, 라는 고마운 존재니까 아무 문제없겠지? 그래, 도서관으로 데리고 오면 되겠다. 공부는 내가 가르쳐줄 테니."

"너 말도 안 되는 소리 하지 마. 아무 장애물 없이 평탄한 길을 걷고 있는 내가 리얼충도 새파랗게 질릴 만한 행동을 정말 할 수 있을 거라 생각하냐?"

"할 수 있고 없고의 문제가 아니야. 그냥 하는 거지."

내가 뭐 네가 키우는 강아지라도 되냐?

"네가 A반을 목표로 하는 건 자유지만 날 끌어들이지 말아줘."

"너 먹었잖아? 내가 사준 점심을. 스페셜 정식, 호화롭고 참 좋았지?"

"난 네가 베푼 호의를 있는 그대로 받아들였을 뿐이야."

"미안하지만 이건 호의가 아니라 타의야."

"그런 전혀 말 들은 적 없는데…… 알았어, 그럼 그 포인트만큼 나도 밥을 사면 되지? 이걸로 빚 갚지, 뭐."

"나, 남한테 얻어먹을 만큼 빈털터리는 아니니까. 거절할게."

"지금 처음으로, 너한테 분노를 느끼는 것 같아……."

"그래서 어쩔래? 협력할 거야? 아니면 날 적으로 만들

거야?"

"꼭 내 머리에 권총을 들이밀면서 하라고 협박하는 것만 같다⋯⋯."

"그런 것 같은 게 아니라 정말 협박하는 거야."

이것이 호리키타가 말한 폭력의 힘이라는 것인가? 확실히 효과적이다.

뭐⋯⋯ 애들을 모으는 것 정도는 도와줘도 상관 없⋯⋯지 않을까?

호리키타는 친구를 만들지 않았으니 이런 문제에 제일 약하리라.

그리고 스도나 이케는 내가 겨우 사귄 친구이기도 하다. 그 애들이 금세 퇴학 당하는 것은 나도 싫다.

어떻게 할지 망설이고 있는데 호리키타가 내게 더욱 거리를 좁혔다.

"쿠시다랑 결탁해서 거짓으로 날 불러냈던 거, 나 아직 용서하지 않았는데?"

"그 일은 더 탓하지 않겠다고 네 입으로 말했잖아. 이제 와서 끄집어내다니 치사해."

"그건 쿠시다한테 한 말이지 너까지 용서하겠다고 말 한 적은 없어."

"우와, 진짜 더럽고 치사해서⋯⋯."

"빚 청산하고 싶으면 나한테 협력해."

아마도 처음부터 내게 도주로 따위는 없었던 것 같다.

호리키타는 그때의 재료를 남겨 자기를 돕게 만들고 싶었던 모양인데, 이 기회에 청산할 수 있어 다행인가?

"다 모일 거라는 보장은 못 해. 그래도 괜찮냐?"

"난 너라면 모두 모이게 할 수 있을 거라고 믿으니까. 이거, 내 휴대폰 번호랑 메일 주소야. 무슨 일 있으면 이리로 연락해."

설마하는 형태로, 고등학교에 들어와 처음 여자애의 전화번호를 손에 넣었다.

그 주인이 호리키타이긴 하지만. ……벼, 별로 기쁜 건 아니지만.

2

나는 교실을 스윽 둘러보았다. 자, 이제 어쩐담?

"방과 후에 같이 공부 안 할래?" 하고 말을 건네면 과연 누가 따라와줄까?

물론 스도와 이케, 야마우치 3인조와는 이따금 같이 밥을 먹는 사이가 되었다. 하지만 그 녀석들은 공부와 담을 쌓았다. ……밑져야 본전인가. 일단 물어나보자.

"스도, 잠깐 나랑 얘기 좀 할래?"

점심시간에 교실로 돌아온 스도에게 말을 걸었다. 스도는 땀을 조금 흘렸고 숨도 살짝 거칠었다. 어쩌면 점심시간에도 열심히 농구 연습을 하고 있는지도 모른다.

"이번 중간고사, 어떻게 할 셈이야?"

"그 얘기냐……. 나도 몰라. 공부 따위 제대로 해본 적도 없고."

"아, 그래? 때마침 좋은 방법이 있는데 어때? 오늘부터 방과 후에 매일 스터디를 하려고 하거든. 너도 참가하지 않을래?"

얼마간 입을 벌린 채 생각에 잠긴 스도.

"진심이냐? 학교 수업도 귀찮은 마당에 방과 후에 공부를 하겠냐, 내가? 난 동아리 활동도 있어서 무리야, 무리. 그리고 무엇보다도 네가 공부를 도와준다고? 너도 점수 형편없었잖아?"

"그 부분은 안심해. 공부는 호리키타가 봐줄 거니까."

"호리키타? 걔는 잘 모르는데. 좀 수상해서 거절하련다. 시험 전날에 밤샘하면 어떻게든 되겠지. 할 말 끝났지? 가봐."

예상대로 스도는 스터디에 대해 듣자마자 거절했다. 설득해보려 했지만 귓등으로도 들으려 하지 않았다.

제기랄, 실패인가. 스도한테 더 이상 달라붙었다가는 한 대 얻어맞을지도 모른다. 별 수 없다. 일단은 좀 더 잘 넘어올 것 같은 녀석에게 접근해야지. 나는 혼자서 휴대폰을 만지작거리며 놀고 있는 이케에게 다가갔다.

"이케, 저기——"

"난 패스! 스도한테 네가 한 말 다 들었다고. 스터디? 싫어, 그딴 거."

"시험에서 낙제 받으면 바로 퇴학인 거 몰라?"

"물론 내가 자주 낙제점을 받긴 하지만 말이지. 그래도 대부분은 다 극복했다고. 꼭 노력해야 할 순간이 오면 스도 하고 같이 밤새워 암기하면 되지."

그는 마음먹고 하면 괜찮을 거라며 시험을 만만하게 보고 있었다. 퇴학에 대한 위기감도 전혀 없었다.

"얼마 전 쪽지시험도 불시에 치지만 않았으면 40점은 받았을 거라고."

"네가 하고 싶은 말이 뭔지는 잘 알겠어. 하지만 만일의 경우라는 게 있잖아?"

"방과 후는 고등학생에게 아주 귀중한 시간이라고. 공부 따위 할 수 없지."

그럼 가봐, 하고는 쫓아내듯 나를 밀어내는 이케. 휴대폰으로 같은 반 여자애와 채팅에 열을 올리고 있다. 히라타에게 여자 친구가 생겼다는 이야기를 들은 이후로 이케는 자기도 여자 친구를 만들려고 분주하다. 난 일부러 보란 듯이 어깨를 축 떨구고 내 자리로 돌아왔다. 열심히 했지만 무리였다는 사실을 호리키타에게 어필하면서 용서받는 작전이다.

"못 쓰겠네."

"……다 들리는데. 방금 뭐라고 했어?"

"못 쓰겠다, 라고 말했어. 설마 그걸로 끝이라고 말하진 않겠지?"

젠장! 남한테 부탁하는 주제에 참으로 뻔뻔한 녀석이다.

"설마 그럴 리 있겠어? 아직 나에게는 425개의 방법이 남아 있다고."

나는 자세를 바로 하고 교실을 둘러보았다. 수업 중의 긴장감과는 정반대로 이완된 공기가 흐르는 점심시간은 어쨌든 무척이나 소란스러웠다.

공부와 담 쌓은 인간에게 공부를 시키는 방법. 그것도 수업 시간이 아니라 자유롭게 지낼 수 있는 방과 후를 이용한 공부. 보통은 당연히 거절하고도 남겠지만 상대는 지금 퇴학의 위기에 처해 있다.

지금은 거절하는 스도도 계기만 있다면 스터디에 참가할 것이다.

그러면 남은 방법은 먹잇감을 준비하는 수밖에 없다. 공부하면 이런 좋은 일이 생기는 구나 하고 생각하게 만드는 거다. 가능하면 구체적이면서 알기 쉬운 것. 그리고 효과적인 것이 좋겠다.

──아이디어가 떠올랐다!

하늘의 계시를 받는 나는 눈을 번쩍 뜨고 호리키타를 향해 말했다.

"공부를 가르쳐주는 게 네 주된 역할이지만 스도랑 이케 같은 애들을 공부하게 이끄는 건 쉽지 않은 일이야. 그러려면 너의 또 다른 힘이 필요하지. 협력해라."

"또 다른 힘? 일단 들어나볼게…… 내가 뭘 하면 되니?"

"예를 들면 이런 건 어때? 만약 중간고사에서 만점을 받으면 네가 여자 친구 해준다든가. 그럼 그 녀석들 틀림없이 덥석 물걸. 남자의 원동력은 항상 여자니까."

"죽고 싶니?"

"아니, 살고 싶은데요."

"진지하게 고민했나 싶어서 들어줬더니. 내가 바보였어."

아니, 의외로 정말 이런 게 먹힌다고 생각하는데 말이지. 아마 인생에서 제일 열심히 공부에 임할 것이다. 그러나 그런 남자의 마음을 호리키타는 전혀 이해해주지 않는다.

"그럼 이건 어때? 키스. 만점 받으면 호리키타한테 키스를 받을 수 있다든가."

"역시 죽고 싶지?"

"아, 아직까지는 살고 싶습니다만."

예리한 손날이 순식간에 내 목을 치고 들어왔다. 제기랄, 역시 이런 보상은 호리키타의 인정을 절대 못 받겠군. 효과 만점일 텐데. 어쩔 수 없이 처음부터 다시 궁리해야겠다.

그때 교실에서 제일 눈에 띄는 존재가 퍼뜩 떠올랐다. 히라타와는 또 다른, 반을 대동단결시킬 힘을 지닌 인물. 바로 쿠시다 키쿄다.

외모는 물론이고, 일단 성격도 밝고 씩씩하다. 남녀 구분 없이 아무하고도 가볍게 대화를 나눌 수 있는 사교성. 실제로 이케는 쿠시다한테 푹 빠졌고, 스도를 비롯한 무리에게도 나쁜 이미지가 아니다. 게다가 시험 성적도 꽤 높은 편이었던 것 같다. 이 중차대한 역할에 딱 들어맞는 인물이다.

"저기——"

쿠시다를 우리 편으로 끌어들이지 않을래? 하고 말하려다가 그만두었다.

"뭐야?"

"아니…… 아무것도 아니야."

이 녀석은 기본적으로 남과 얽히는 것을 싫어한다. 저번에 쿠시다와 친구 되기 작전을 펼쳤을 때 호리키타는 무척 화를 냈다. 그리고 낙제점을 받지 않은 쿠시다가 스터디에 들어오는 것 자체를 인정하지 않으리라. 일단 방과 후까지 보류했다가 호리키타가 돌아간 후에 실행에 옮기자.

3

순식간에 방과 후가 찾아왔다. 호리키타는 곧장 교실을 빠져나가 기숙사로 돌아갔다. 스터디용으로 시험 범위 요약이라도 하려는 거겠지. 나는 슬슬 쿠시다를 붙잡는 계획을 실행에 옮겨볼까?

"잠깐 시간 괜찮아?"

돌아갈 준비를 하고 있는 쿠시다에게 말을 걸었다. 예상하지 못한 나의 등장에 쿠시다가 고개를 갸우뚱거렸다.

"웬일이래? 아야노코지, 네가 먼저 말을 걸다니. 나한테 무슨 볼일 있어?"

"응. 혹시 괜찮으면 나랑 얘기 좀 할래? 교실 밖으로 나가서."

"친구랑 놀기로 약속해서 시간이 별로 없는데…… 알았어."

쿠시다는 싫은 기색 하나 없이 환하게 웃으며 내 부탁에 응했다.

나를 따라 복도 구석까지 온 쿠시다는 궁금해죽겠다는 표정으로 내 입이 열리길 기다렸다.

"기뻐해, 쿠시다. 넌 이제 막 친선대사에 임명되었어. 지금부터 우리 반을 위해 있는 힘을 다해줘."

"뭐, 뭐라고? 미안해. 무슨 말인지 전혀 못 알아듣겠어."

어쩌고저쩌고, 나는 스도네 3인조를 구제하기 위한 스터디에 대해 알려주었다.

물론 공부를 가르쳐줄 사람이 호리키타라는 사실도.

"이 스터디를 통해 호리키타랑 친해질지도 모른다고 생각해서 말이야."

"친해지고는 싶은데…… 음, 너무 걱정하지 마. 곤란에 빠진 친구가 있으면 돕는 게 당연하잖아? 그러니까 나도 도울게!"

이 녀석, 사람이 너무 좋은데……. 쿠시다도 바보 3인조의 퇴학을 막고 싶다고 생각한 모양이다.

"정말 괜찮아? 싫으면 억지로 강요는 안 해."

"아, 미안. 아까 순간적으로 대답을 못 한 건 싫다는 의미가 아니야. 그냥…… 너무 기뻐서."

쿠시다는 벽에 기대서 발로 가볍게 복도를 탁탁 찼다.

"낙제점을 받으면 퇴학이라니 너무 심한 이야기잖아? 겨우 다들 친구가 됐는데 그런 일로 헤어져야 하다니, 정말 싫어. 그런 상황에서 히라타가 스터디를 하자고 말해서 정말 감동받았어. 그런데 호리키타가 나보다도 훨씬 우리 반을 유심히 보고 있었달까. 스도 같은 애들을 지켜봤다는 거니까. 호리키타도 우리 반을, 친구들을 걱정하고 있었구나 싶어서. 내가 모두에게 도움이 된다면 나도 무엇이든 할게!"

쿠시다는 내 손을 잡고 환하게 미소 지었다. 우와, 대박 귀엽다!

아니, 이렇게 정신줄을 놓고 있을 때가 아니다. 무난한 남자가 목표인 나는 폼 잡으며 아무렇지 않은 척했다.

"그럼 꼭 부탁한다. 쿠시다 네가 우리랑 함께해준다면 천군만마도 부럽지 않아."

저 미소를 보면 안 넘어갈 남자가 없을 게 분명하다. 근거는 없지만.

"아, 하지만 하나만 부탁 좀 해도 될까? 그 스터디에 나도 끼워줬으면 해."

"뭐? 그래도 돼?"

"응, 나도 다 같이 공부하고 싶어."

이쪽이야말로 바라던 바다. 쿠시다가 있으면 자칫 무거워지기 쉬운 스터디에 활력이 생기리라. 문제점이 없는 것은 아니지만 쿠시다랑은 상관없는 부분이다.

"그래서 스터디는 언제부터 해?"

"일단 내일부터 시작할 수 있도록 준비하고 있어."

호리키타가, 라고 마음속으로 덧붙였다.

"그래? 그럼 오늘 중으로 애들한테 꼭 말해야겠네. 그럼 나중에 연락해둘게."

"응. 애들 연락처 알려줄까?"

"괜찮아~. 이미 다 알고 있으니까. 내가 반에서 전화번호를 등록하지 않은 사람은 너랑 호리키타 둘뿐이야……."

몰랐다……. 나랑 호리키타의 전화번호만 모르다니.

"말 나온 김에 물어보는데, 두 사람 사귀는 거 아니야?"

"어, 어디서 나온 정보야, 그거? 호리키타랑은 친구…… 아니, 그냥 옆자리에 앉을 뿐이야."

"우리 반 여자애들 사이에서 꽤 소문이 돌던걸? 호리키타는 늘 혼자 있잖아? 그런데 유일하게 너랑은 친해 보여서. 밥도 같이 먹고 그러니까."

으음, 어느새 여자애들 사이에도 그런 소문이 돌기 시작했단 말인가.

"안타깝게도 나랑 호리키타 사이에 그런 달콤한 스토리는 전혀 없어."

"그럼 아무 문제없는 거네? 나랑 전화번호 교환하자."

"기꺼이."

이렇게 해서 나는 두 번째로 여자애의 전화번호를 손에 넣었다.

한밤중, 방에 멍하니 있는데 한 통의 문자가 도착했다. 쿠시다였다.

'야마우치, 이케한테는 승낙 받아냄!(＼・ω・´)b'

"빠, 빠르닷."

이케 이 녀석, 내가 말했을 땐 일언지하에 거절했으면서 참 빨리도 마음을 바꾸네. 역시 여자의 존재란 남자에게 크구나. 에로라든가, 무한한 파워를 발휘하게 해준다는 말도 있고.

'지금 스도랑도 연락하는데, 긍정적인 듯?(^ω^)'

문자 한 통이 더 왔다. 오~. 이 페이스라면 정말 내일 모두 다 모일지도?

예상보다 훨씬 빠른 전개에 나는 이 타이밍에 호리키타에게 이 기쁜 소식을 알려야 한다는 판단을 내렸다. 쿠시다가 도와주기로 했다는 것 그리고 이케와 야마우치가 벌써 그 효과로 모이게 되었다는 것. 또 쿠시다가 스터디에 참가하고 싶어 한다는 내용까지 담아 호리키타에게 발신했다.

"자, 그럼 목욕이나 해볼까?"

침대에서 몸을 일으키자마자 호리키타로부터 전화가 걸려왔다.

"여보세요?"

"······저기. 네가 무슨 말을 하는지 좀 이해가 안 되는데?"

"뭐야. 이해가 안 되다니. 나름 간결하게 썼구만. 잘됐잖아, 아마 스도를 포함해 세 명이 다 모일 것 같아."

"그 부분 말고. 쿠시다가 도와줬다는 얘기. 난 금시초문인데?"

"아까 정했어. 반 아이들이 신뢰하는 쿠시다가 협력해주면 내가 권유하는 것보다도 훨씬 높은 가능성으로 애들이 모일 거니까. 실제로 스도와 이케, 야마우치가 그렇게 했고. 맞지?"

"난 그런 거 허락한 기억이 없어. 그리고 쿠시다는 낙제점을 받지도 않았잖아."

"저기 말야── 내가 걔네들한테 말하는 것보다 반 애들과 잘 소통하는 쿠시다를 끌어들이는 편이 훨씬 성공률이 높다고. 단순히 확률이 높아질 수단을 선택했을 뿐이야, 난."

"······마음에 안 들어. 나한테 허락을 맡는 게 순서 아니야?"

"네가 쿠시다 같이 적극적인 애를 싫어하는 건 나도 잘 알아. 하지만 낙제점을 안 받기 위한 수단일 뿐이잖아? 아니면 지금부터 네가 일일이 다 찾아가서 낙제조를 모을래?"

"그건······."

호리키타는 분명 머리로는 쿠시다가 돕는 게 훨씬 낫다는 사실을 이해하고 있으리라.

자신의 자존심이 그 생각을 방해해서 솔직해지지 못하는

것이다.

"시험 때까지 시간도 별로 없어. 그러니까 괜찮잖아?"

이렇게 말하면 우리에게 여유가 없다는 사실을 호리키타에게 전할 수 있을 것이다. 그렇지만 마음속에서 뭔가가 여전히 발목을 잡고 있는지, 그녀는 바로 대답하지 못했다. 잠시 정적이 흘렀다.

"……알았어. 대의를 위해 희생을 감수하는 수밖에. 하지만 쿠시다의 도움을 받아들이는 건 낙제조를 다 모으는 작업까지만이야. 스터디에 걔도 참가하는 건 인정 못 해."

"……아니, 그러니까 말야? 그게 쿠시다의 도움을 받는 조건이라니까? 터무니없는 말 좀 하지 마."

"쿠시다가 스터디 자체에 관여하는 건 인정 못 해. 이건 절대 안 변해."

"그래서 그래? 전에 나랑 쿠시다가 널 속이고 불러냈기 때문에?"

"그거랑 이건 아무 상관없어. 걘 낙제생이 아니잖아. 쓸데없는 사람까지 들어오는 건 수고와 혼란만 야기할 거라고 판단했기 때문이야."

일단은 일리 있는 말이었지만, 아무래도 그 이유가 전부인 것 같지는 않다.

"왠지 노골적으로 쿠시다를 싫어하는 것 같은데?"

"넌 너를 싫어하는 사람을 옆에 두면 불쾌하지 않니?"

"뭐?"

호리키타가 한 말의 의미가 순간 이해되지 않았다.

쿠시다는 틀림없이 호리키타를 누구보다도 이해하려고 하고, 친구가 되려고 했다.

그런 쿠시다가 호리키타를 싫어한다니, 도저히 그런 생각은 들지 않는다.

"쿠시다가 안 온다고 다른 애들도 안 모이면 그땐 어떡해?"

"……미안한데 시험범위 요약, 생각보다 시간이 많이 걸리네. 아직 할 게 남아서 이제 그만 끊을게. 그럼 잘 자."

"야, 야아!"

호리키타는 일방적으로 전화를 끊어버렸다. 사람 만나기 싫어하는 것도 이 정도쯤 되면 중증이다. 하지만 A반을 목표로 한다면 어느 정도 양보하는 것도 필요하다.

전화를 끊은 후 충전기에 연결해 테이블 위에 올려놓고 침대에 누웠다.

그리고 이 학교에 입학해서 오늘에 이르기까지를 반추해보았다.

"불량품, 이라고……?"

입학식 날, 2학년 선배가 우리더러 그렇게 말했었지.

불량품을 영어로 바꾸면 Defective product.

우리 D반 학생들을 야유한 말이었구나. 언뜻 완벽해 보이는 호리키타도 결함을 안고 있을지도 모른다. 오늘 일을 계기로 왠지 그런 생각이 들게 되었다.

"어떻게 해야 하지…….”

이대로 강행할까? 하지만 그럴 경우 호리키타의 이탈이라는 최악의 전개도 배제할 수 없다.

공부를 가르칠 호리키타가 빠지면 모두 모여 봤자 아까운 시간만 흘러가리라.

무거운 마음으로 휴대폰을 들고 쿠시다의 번호를 꾹꾹 눌렀다.

"여보세요~.”

위잉 하는 거센 바람 소리와 함께 전화가 연결되었다. 그 소리는 곧 약해지더니 이윽고 들리지 않게 되었다.

"혹시 머리 말리고 있었어?”

"어머, 들렸니? 딱 끝내려던 타이밍이니까 괜찮아.”

이제 막 씻고 나왔단 말인가. ……아니다, 그런 시시한 망상을 하고 있을 여유가 없다.

"아니, 저기, 정말 꺼내기 힘든 이야긴데……. 오늘 말한 낙제조 모으는 이야기, 없었던 일로 해주면 안 될까?”

"……으음, 왜?”

잠시 침묵한 후 묻는 쿠시다. 화났다기보다는 이유를 알고 싶어 하는 눈치다.

"미안. 자세한 사정은 말할 수 없어. 하지만 좀 어렵게 됐어.”

"그래……? 역시 호리키타가 날 반대한 모양이구나.”

그런 내색은 손톱만큼도 하지 않았는데, 전화 너머의 쿠시다에게 다 들켜버렸다.

"호리키타는 아무 상관없어. 내가 실수했을 뿐이야."

"숨길 필요 없어~. 나 별로 화 안 났는데? 호리키타가 날 싫어하는 것 같으니까 거부당해도 어쩔 수 없다고 생각하거든. 예상했던 일이기도 하고."

여자의 직감이라는 건가?

"아무튼 모처럼 마음 써서 도와준다고 그랬는데 미안하다."

"아니야. 아야노코지가 사과할 일이 아니잖아. 그런데 말야……? 저기, 호리키타는 스도랑 다른 낙제생들을 모으기 힘들 것 같은데."

그 말은 부정할 수 없는 사실이었다.

"있지, 호리키타가 뭐라고 말했어? 내가 애들을 모으는 것도 반대한대? 아니면 스터디에 부르는 건 싫다고 했어?"

꼭 옆에서 호리키타와 한 통화를 전부 듣고 있었던 양 정확하고 적확한 한마디였다.

"……후자야. 기분 나쁘지? 정말 미안."

"오호호호, 역시 그렇지? 아야노코지가 사과할 일이 아니라니까. 왜, 호리키타한테는 쉽게 다가가기 힘든 기운 같은 게 있잖아? 그래서 그럴지도 모르겠다고 생각한 거야."

그렇다고 해도 정말 예리하다.

"하지만 나도 참가한다는 조건으로 애들을 설득한 거라서……. 나도 애들한테 말을 꺼낸 체면이 있으니까, 참가 못하게 된 이유를 거짓말로 둘러댈 순 없잖아? 지금 애들한테 못 한다는 문자를 보내면 아마도 호리키타, 정말로 애들한 테 미움을 살 텐데…….”

나는 쿠시다가 아주 조금 두려워졌다. 근거는 아무것도 없지만.

“이번 일, 나한테 맡겨줄 수 없을까?”

“맡겨달라고?”

“내일 애들을 모아서 호리키타한테 데려갈게. 물론 나도 가고.”

“그건——”

“괜찮을 거야. 응? 아니면 지금 네가 전부 해결할 수 있어? 나 없이 애들을 모아서 호리키타를 납득시킬 방법이라 도 있다든가?”

안타깝지만 그건 거의 불가능에 가깝다.

“……알았어. 너한테 맡길게. 그 대신 무슨 일 있어도 난 책임 못 져.”

“괜찮아. 아야노코지한테는 아무 책임 없어. 그럼 내 일 봐.”

몇 분간의 통화가 끝났다. 설마 호리키타와 대화를 나누 는 것 이상으로 피로감이 몰려올 줄이야. 녀석은 괜찮다고 했지만, 정말로 아무렇지도 않을까?

호리키타는 상대가 누구든 간에 마음에 들지 않는 일이 있으면 전투적으로 나온다. 일촉즉발의 상황이 될 것은 불보듯 뻔하다. 불안감을 느끼면서 나는 욕실로 향했다.

내일 일을 생각하면── 아, 그만두자. 그런 우울한 일을 생각하는 건.

어차피 고민해봤자 내일의 해는 뜨고 또 질 것이다. 어떻게든 되겠지 뭐.

5

호리키타는 아침부터 심기가·불편, 아니 머리끝까지 화가 나 있었다. 그 모습이 볼을 부풀리며 얼굴이 새빨개지거나, 귀엽게 남자의 가슴을 통통 때리거나 하는 형태였다면 얼마나 좋았을까.

말을 걸어도 시종일관 묵묵부답에 무표정. 마치 내 존재 따위 공기라도 되는 듯 취급하고 있다.

나도 무시해주지, 하고 등을 돌리면 컴퍼스를 꺼내는 소리가 들리니 정말 성격 한번 고약하다.

기나긴 하루가 끝나고 드디어 방과 후가 찾아왔다.

"스터디에 참가해야 될 사람은 다 모았어?"

오늘 처음으로 내뱉은 말이 스터디냐? 그리고 일부러 의미심장한 말투를 취하고 있다.

"……쿠시다가 했어. 오늘부터 참가하지 않을까?"

"쿠시다, 말이지. 걔한텐 제대로 전했어? 스터디에는 못 들어온다고."

"전했어" 하고 대답하자 호리키타는 납득했는지 도서관으로 가는 발걸음을 재촉했다. 교실을 나가면서 쿠시다에게 살짝 사인을 보내니 심하게 귀여운 윙크가 되돌아왔다.

우리는 도서관 구석에 있는 긴 책상의 한 귀퉁이에 자리를 잡고 낙제조가 오기를 기다렸다.

"데리고 왔어~!"

앉아서 기다리던 나와 호리키타 앞에 쿠시다가 나타났다. 그녀의 등 뒤로——

"쿠시다가 스터디를 한다고 들어서. 입학하자마자 퇴학당하기도 싫고. 그럼 잘 부탁한다!"

이케와 야마우치, 스도. 그런데 예상하지 못한 방문자가 하나 더 있었다. 오키타니라는 이름의 남학생이었다.

"어라? 오키타니도 낙제점을 받았었나?"

"아, 으, 으응. 그거 말인데…… 저기, 시험에서 아슬아슬하게 낙제를 면한 거라 불안해가지고…… 안 되……는 거야? 히라타네 그룹에는 좀 들어가기 힘들어서…….."

귀엽게 볼을 붉히며 나를 올려다보는 오키타니. 가냘픈 몸매에 볼륨이 들어간 파란색 짧은 단발. 여자에게 면역력이 없는 남자라면 자기도 모르게 "반해버릴지도 몰라~!" 하고 소리치리라. 이 녀석이 남자가 아니었다면 정말 위험했다.

"오키타니도 들어와도 괜찮지?"

쿠시다가 호리키타에게 확인했다. 하긴 오키타니는 39점을 받았으니 만일에 대비해 참가하고 싶은 거겠지?

"낙제 위험이 있는 애라면 상관없어. 다만 진지한 태도로 공부해야 해."

"으, 으응."

오키타니가 기쁜 표정으로 자리에 앉았다. 그 옆에 쿠시다가 앉는 모습을 놓치지 않는 호리키타.

"쿠시다. 아야노코지가 말해주지 않았니? 넌——"

"사실은 나도 낙제점을 받을 것 같아서 불안하거든."

"넌 저번 쪽지시험에서 나쁜 성적이 아니었을 텐데."

"아니 솔직히 말해 그건 우연이었어. 객관식 문제가 많았잖아? 그래서 절반은 찍었거든. 사실은 정말 아슬아슬해."

쿠시다는 에헤헤, 하며 귀엽게 집게손가락으로 볼을 긁적였다.

"오키타니랑 비슷하거나 조금 아래 수준이라고 생각해. 그래서 나도 스터디에 참가해서 반드시 낙제를 면하고 싶어. 그래도 되지?"

뻔뻔하다고 해야 하나, 예상치 못 한 쿠시다의 책략에 나는 놀라움을 숨기지 않았다. 오키타니가 스터디에 들어오는 걸 허락받자마자 들어오는 반격. 이러면 호리키타도 받아들일 수밖에 없다.

"……알았어."

"고마워."

쿠시다는 환하게 웃으며 호리키타를 향해 고개를 끄덕인

후 자리에 앉았다. 낙제점을 받지 않은 오키타니가 이 자리에 있는 것도 전부 쿠시다의 작전일지도 모른다. 자기가 참가하기 위한 대의명분을 만들어낸 것이다.

"32점 미만은 낙제라고 했지. 그럼 딱 32점도 아웃이야?"

"미만이니까 세이프지. 스도, 너 그래가지고 괜찮냐?"

이케마저 걱정시키는 스도. 하긴 아무리 심해도 이상과 미만의 차이 정도는 알았으면 좋겠다.

"어느 쪽이든 상관없어. 여기에 있는 사람 모두 50점이 목표니까."

"컥, 그럼 그만큼 힘들 거란 얘기지?"

"턱걸이로 커트라인을 통과할 만큼만 공부하는 건 아주 위험해. 낙제점을 훌쩍 뛰어넘는 정도가 되지 않으면 만일의 사태가 왔을 때 곤란한 건 바로 너희들이야."

호리키타의 올바른 지적에 마지못해 고개를 끄덕이는 낙제조와 후보생들.

"이번 중간고사에 나올 범위를 어느 정도 여기에 정리해 뒀어. 앞으로 남은 2주 동안 철저하게 파야 해. 모르는 문제가 있으면 나한테 물어."

"……야. 첫 번째 문제부터 모르겠는데."

스도는 호리키타를 반쯤 노려보며 말했다. 나도 문제를 읽어보았다.

『A, B, C 세 사람이 가진 돈의 합계는 2,150엔이며, A가 B보다 120엔 더 많이 가지고 있다. 또 C가 가진 돈의 5분의

2를 B에게 주면 B는 A보다 220엔 많아지게 된다. A가 처음에 가진 돈은 얼마인가?』

연립방정식 문제인가. 고등학생이라면 충분히 풀 수 있는 수준으로 첫 번째 문제치고는 무난한 편인 듯하다.

"머리를 좀 써봐. 처음부터 생각하기 귀찮아하니까 앞으로 나아갈 수 없는 거라고."

"하지만…… 난 공부 쪽은 정말 젬병이란 말이야."

"다들 이 학교에 어떻게 들어왔어?"

이 학교는 시험 점수만으로 입학 여부를 판단하지 않는다. 스도는 신체 능력을 높게 평가받았으리라. 그렇게 생각하면 더더욱 낙제를 받아 퇴학 당할 처지에 놓이는 것을 참을 수 없다.

"으헥, 나도 모르겠다……."

이케도 머리를 긁적이며 난감해했다.

"오키타니는 알겠어?"

"으음…… A+B+C가 2,150엔이니까…… A=B+120……이고."

오, 낙제점을 받지 않은 오키타니는 연립방정식을 쓰기 시작했다.

그 모습을 옆에서 봐주는 쿠시다.

"응, 응. 맞어. 그 다음은?"

쿠시다는 대담하달까, 참 도발적이다. 아슬아슬하게 낙제점을 면했다면서 오키타니에게 공부를 가르치고 있다.

"솔직히 말해서 이 문제는 중학교 1, 2학년도 하기에 따라 충분히 풀 수 있는 문제야. 여기서 막히면 다음으로 넘어갈 수 없어."

"그 말은 우리가 초등학생 수준이라는······?"

"하지만 호리키타의 말처럼 이 문제에서 막히면 정말 위험할지도 몰라. 쪽지시험에 나온 수학 첫 번째 문제가 이 정도 난이도였고, 마지막 문제는 어려워서 나도 모르겠더라."

"잘 들어. 이 문제는 연립방정식을 이용해서 간단히 답을 도출할 수 있어."

호리키타는 망설임 없이 펜을 놀리기 시작했다. 하지만 안타깝게도 그 식을 읽고 이해한 사람은 쿠시다와 오키타니 정도였다.

"애당초 연립방정식이 뭔데······."

"······진심으로 물어보는 거니?"

정말 공부랑은 담 쌓고 살았군. 스도가 샤프를 책상에 집어던졌다.

"안 되겠다, 난 그만둘래. 이런 거 어떻게 하냐."

공부를 시작한 지 얼마나 지났다고 탈퇴를 선언하는 낙제조.

그 한심하기 짝이 없는 모습을 지켜본 호리키타가 조용히 화를 삭였다.

"기, 기다려, 다들! 조금만 더 힘내보자. 푸는 방법만 이해하면 나머지는 응용이니까 시험 때도 써먹을 수 있고.

응? 응?"

"……뭐, 쿠시다가 그렇게 말하면 더 노력해보겠지만……. 아니, 쿠시다가 가르쳐주면 나도 더 힘내볼 텐데."

"으, 으음……."

호리키타의 눈치를 힐끔 살피는 쿠시다와 대조적으로 호리키타는 아무 말도 없었다. 예스라고도 노라고도 대답할 수 없는, 가장 곤란한 전개다. 하지만 긴 침묵이 이어지면 낙제조가 공부를 내팽개칠지도 모른다. 쿠시다는 결심을 굳히고 샤프를 손에 쥐었다.

"여긴 말이야, 호리키타가 설명했듯 연립방정식을 쓴 문제야. 그러니까 내가 아까 말했던 걸 일단 식으로 써볼게."

쿠시다는 그렇게 말하며 방정식 세 개를 늘어놓았다. 애쓰고 있는 듯 보였지만, 기본을 이해하지 못하는 낙제조에게 답이 되는 식을 써서 보여줘봤자 알아보지 못하리라. 이건 이름만 스터디지 수업의 연장선상이나 마찬가지다. 막연한 공부 방법에 대부분이 따라오지 못하고 있다.

"그래서 답은 710엔이야. 좀 이해됐니?"

본인으로서는 회심의 설명이었으리라. 쿠시다가 미소 지으며 스도를 쳐다보았다.

"……저기, 이게 답이라고? 왜 이렇게 나오지?"

"윽…….."

그리고 그 직후에 통감했으리라. 자신의 설명을 따라온 사람이 아무도 없다는 사실을.

"너희를 부정할 생각은 없는데 심하게 무지, 무능하다."

아무 말도 없이 있었던 호리키타가 결국 한마디 던졌다.

"이런 문제도 못 푸니 앞으로 어떻게 될지, 상상만 해도 소름이 돋아."

"시끄러. 너랑 무슨 상관이냐."

역시 호리키타의 발언이 신경에 거슬렸는지 스도가 책상을 쳤다.

"물론 나랑은 아무 상관없지. 너희가 아무리 괴로워해도 나한테 영향이 있는 건 아니니까. 그저 불쌍할 뿐이야. 너흰 지금까지 살면서 힘든 일이 있으면 늘 도망만 쳤겠지?"

"말이면 단 줄 아나! 공부 따위가 내 인생에 무슨 도움이 된다고!"

"공부가 인생에 도움이 안 된다고? 그거 참 흥미로운 말이구나. 근거를 알고 싶네."

"이런 문제 하나 못 풀어도 사는데 지장 없다고. 공부 따위 굳이 할 필요 없잖아? 교과서를 붙잡고 있느니 농구를 해서 프로구단을 목표로 삼는 게 내 인생에 훨씬 유익할 거다!"

"그건 아니지. 이렇게 문제를 하나하나 해결해가면서 비로소 지금까지의 생활에도 변화가 찾아오는 거야. 그러니까 공부하면 앞으로 고생하지 않을 확률이 좀 더 높아진다는 소리야. 농구도 마찬가지 원리야. 혹시 넌 지금까지 너 좋을 대로 농구를 한 건 아니니? 정말 힘든 부분은 공부처럼 회피하려고 하지 않았어? 연습도 진지하게 하는 것 같지 않고. 무엇보다도 넌 주변 분위기를 흐뜨리는 성격이잖아. 내가 농구 고문이었으면 널 주전으로 뽑지 않을 거야."

"이게!"

스도가 자리에서 벌떡 일어나 호리키타의 멱살을 잡았다.

"스도!"

내가 움직이기도 전에 쿠시다가 일어나 스도의 팔을 붙들었다.

호리키타는 스도에게 위협을 당하면서도 눈썹 하나 움찔하지 않고 스도를 싸늘한 눈으로 쳐다보았다.

"나야 너한테 일말의 관심도 없지만, 보고 있으니 네가 어떤 인간인지 대충 알 것 같아. 농구로 프로구단을 노리겠다고? 그런 유치한 꿈이, 그리 쉽게 이루어지는 세상이라고 생각하니? 너처럼 조금 하다가 금세 다 던져버리는 애매모호한 인간은 절대로 프로가 될 수 없어. 그런 비현실적인 직업을 지망하는 시점에서 이미 넌 멍청이야."

"말 다 했냐……!"

스도는 이성의 끈이 끊어지기 일보 직전처럼 보였다. 만약 주먹이라도 휘두른다면 나도 뛰어가 스도를 말려야 한다.

"지금 당장 공부를 아니, 학교를 그만둬줄래? 그리고 농구 프로구단같이 말도 안 되는 꿈일랑 버리고, 아르바이트나 하면서 비참하게 살아가렴."

"뭐?…… 바라던 바야. 그만둬주지, 이딴 거. 그냥 힘들기만 할 뿐이잖아. 일부러 동아리까지 쉬고 왔구만, 완전 시간 낭비였다. 그럼 잘들 계셔!"

"이상한 말 하는구나? 공부는 원래 힘든 거야."

더욱 시비조로 나오는 호리키타. 쿠시다가 없었다면 어쩌면 스도는 정말 호리키타를 때렸을지도 모른다. 그는 화를 숨기지 않고 가방 안에 교과서를 쑤셔넣기 시작했다.

"야, 괜찮아?"

"상관없어. 의욕 없는…… 이 정도로 공부 못하는 애한테 신경써봤자 시간만 지나갈 뿐이야. 퇴학이 걸려 있다고 하는데도. 학교에 끈질기게 남으려는 마음 따위 눈곱만큼도 없잖아, 쟤는."

"너 같이 친구 하나 없는 녀석이 스터디 따위를 연다니 뭔가 이상하다고 생각했다. 어차피 우리를 바보 취급 하려고 불러낸 거 아니야? 네가 여자만 아니었어도 때려눕혀줬을 텐데."

"때릴 용기가 없는 것뿐이겠지. 그걸 성별 탓으로 돌리지 마."

이제 막 시작한 스터디는 벌써 엉망진창, 무너지고 있었다.

"나도 그만둘래. 공부도 못 따라가겠고…… 솔직히 열 받아. 호리키타, 네가 머리가 좋은지는 몰라도 그렇게 우리를 깔보는 식으로 나오면 같이 하기 싫다고."

참지 못했는지 이케도 포기 의사를 밝혔다.

"퇴학 당해도 상관없다면 마음대로 해."

"뭐, 그때 가서 밤샘하면 되지."

"재미있네. 혼자 공부할 수 없어서 지금 이 자리에 있는 거 아니야?"

"윽……."

평소에는 늘 익살맞은 이케까지도 호리키타의 가시 돋친 말투에 표정이 험악해졌다. 그리고 야마우치마저 교과서를 가방에 도로 넣기 시작했다. 끝까지 고민하던 오키타니도 흐름을 거스르지 못하고 자리에서 일어났다.

"다, 다들…… 정말 이래도 괜찮겠어?"

"가자, 오키타니."

이케는 쭈뼛거리는 오키타니와 함께 도서관을 나가버렸다.

이제 남은 사람은 나와 쿠시다 뿐. 쿠시다조차 한계에 달한 듯했다.

"……호리키타, 그렇게 하면 아무도 공부하러 안 올 거야……."

"내가 잘못하긴 했어. 만약 이번에 쟤네들한테 공부를 가르쳐줘서 당장은 낙제를 면했다고 해도 쟤들은 또 다시 궁지에 몰리게 될 거야. 그럼 또 이런 일을 되풀이해야 하겠지. 그러다 결국에는 좌절할 테고. 이게 정말 비생산적인 일이고, 쓸데없는 일이란 걸 깨달았어."

"그 말은 무슨 뜻……?"

"거치적거리는 애들은 차라리 지금 그냥 탈락하는 게 낫겠다 이 말이야."

이것이 호리키타가 내린 결론이었다. 낙제조가 사라지면 가르쳐야 하는 수고도 덜 수 있고, 결과적으로 반 평균도 올라간다. 그렇게 결론을 내렸다는 것.

"어떻게 그럴 수…… 저, 저기 아야노코지? 뭐라고 말 좀 해봐."

"호리키타가 그렇게 결론을 내렸다면 그걸로 된 거 아닐까?"

"아, 아야노코지마저 그렇게 말할 거야?"

"뭐, 그 녀석들을 내치고 싶다는 생각까지는 하지 않지만, 나도 누굴 가르쳐줄 수 있는 입장이 아니고, 어쩔 도리가 없으니까. 결국은 호리키타와 비슷한 의견이지."

"……그래. 알겠어."

쿠시다는 그늘진 얼굴로 가방을 챙겨 자리에서 일어났다.

"난 어떻게든 할 거야. 해 보이겠어. 이렇게 빨리 친구들이랑 헤어지는 건 정말 싫으니까."

"쿠시다. 진심으로 그렇게 생각하니?"

"……그럼 안 돼? 스도랑 이케, 야마우치를 내버려둘 수 없다고 생각하면?"

"네가 진심으로 그렇게 말한다면 나도 관여하지 않을게. 하지만 난 네가 진심으로 걔네를 도와주고 싶어 하는 것처럼은 보이지 않는데."

"그게 무슨 소리야? 도대체 의미를 모르겠어. 어째서 너는 적을 만드는 말을 아무렇지도 않게 내뱉을 수 있지? 정말이지…… 너무 슬프다."

쿠시다는 고개를 푹 숙였지만 계속 그러고 있을 수는 없었는지 금세 다시 고개를 들었다.

"……그럼 둘 다, 내일 보자."

짧은 인사만을 남기고 쿠시다까지 도서관을 나가버렸다. 이렇게 해서 순식간에 우리는 처음처럼 둘만 남았다. 도서관은 어느새 정적에 휩싸였다.

"고생 많았어. 스터디는 이걸로 끝이야."

"그런 것 같네."

도서관은 불편할 정도로 고요했다.

"아야노코지, 너만은 날 이해하는구나. 넌 저런 시시한 인간들보다는 좀 성실하다는 거겠지. 만약에 공부해야 한다면 내가 특별히 가르쳐줄 수 있어."

"고려해볼게."

"돌아갈 거니?"

"애들한테 가보려고. 그냥 별 얘긴 안 할 거지만."

"머지않아 퇴학 당할지도 모르는 애들하고 친하게 지내서 무슨 덕을 본다고 그러니?"

"난 그냥 친구랑 있는 거 별로 싫어하지 않아."

"너도 참 어지간히 제멋대로구나? 친구라고 말하면서 친구가 퇴학 당하는 걸 방관하다니. 내가 보기엔 그게 제일 잔

혹한 것 같아."

하긴, 그건 부정할 수 없는 부분이리라. 호리키타의 말은 하나도 틀리지 않았다.

결국 공부라는 부분은 개인이 얼마나 노력하느냐, 그것 하나에 달렸다.

"네 생각을 부정하지는 않겠어. 공부하기 싫어하는 스도를 바보 취급하고 싶은 마음도 모르는 바 아니고. 하지만 호리키타. 조금쯤은 스도의 뒤에 있는 배경을 생각해보는 것도 중요하지 않을까? 프로구단을 노리는 게 전부라면 이 학교는 스도한테 메리트가 적어. 스도가 왜 이 학교를 선택했는지 거기까지 생각해야 그제야 스도의 본질이 보이는 건 아닐까?"

"······흥미 없어."

호리키타는 내 말에 귀를 기울이지 않고 혼자 교과서만 볼 뿐이었다.

6

노서관을 나선 나는 쿠시다의 뒤를 쫓았다. 스터디를 위해 힘써준 것에 대한 보답과 사과를 하고 싶었다. 그리고 귀여운 여자애랑은 어떻게 해서든 계속 친하게 지내고 싶은 법 아니겠는가?

이 기세를 몰아 휴대폰을 쥐고 주소록에서 쿠시다의 이름을 찾아냈다. 두 번째라고는 하지만 여자애한테 전화를 거는 것은 역시 조금 긴장된다. 두 번, 세 번 통화연결음이 들렸다.

하지만 전화를 받을 기색이 전혀 없었다. 전화 온 줄 모르는 걸까, 아니면 받을 생각이 없는 걸까.

쿠시다를 찾아 잰걸음으로 구내를 정처 없이 돌아다니다가, 학교 교정으로 걸어가는 쿠시다 같은 여자애의 뒷모습을 발견했다. 벌써 여섯 시가 다 되어가니 동아리 활동으로 남아 있는 학생들 이외에는 학교에 아무도 남아 있지 않을 터였다. 뭐, 쿠시다라면 동아리에 가서 친한 친구를 만날 가능성도 있지만.

일단 뒤쫓아가보고, 누군가와 합류한다면 후일을 기약하자. 그렇게 생각하고 나도 교정으로 향했다.

신발장에서 실내화를 꺼내 신고 복도로 향했지만 쿠시다의 모습은 보이지 않았다. 놓쳤나? 그렇게 생각했는데, 희미하게 터벅터벅 걸어가는 소리가 들렸다.

아무래도 2층으로 이어진 계단을 올라간 것 같다. 뒤따라가자. 발소리는 점점 위로 향해 3층도 지났다. 더 위는 옥상인데? 낮에는 점심 먹으라고 열어두지만 방과 후에는 문을 잠그기 때문에 옥상으로 나가지 못할 것이다. 이상하다고 여기면서 나도 계단을 올랐다. 누군가와 몰래 만나는 것일지도 모르니 조심조심 기척을 숨기고. 그리고 나는 옥상으로 이어진 계단의 중간 즈음에서 걸음을 멈췄다.

바로 위에서 인기척이 들렸다.

난간 부근에서 옥상 문이 보이는 쪽으로 얼굴을 몰래 내밀어보았다. 그곳에는 옥상 문쪽을 향해 등을 돌린 채 서있는 쿠시다가 있었다. 그녀 말고는 아무도 없다. 그 말은 역시 누군가와 만나기 위해 여기에?

이렇게 인적 드문 장소에서 만난다는 것은…… 설마 쿠시다에게 남자 친구가 있고, 몰래 밀회를? 그렇다면 여기 더 있다가는 그 남자 친구와 맞닥뜨릴 가능성이 있다. 돌아갈까 말까 고민하고 있는데 쿠시다가 가방을 천천히 바닥에 내려놓았다.

그리고는——

"아———— 무지 짜증 나."

내가 아는 그 쿠시다가 내뱉었다고는 도저히 상상할 수 없는 낮고 무거운 목소리였다.

"완전 짜증 나, 아오 열 받아. 콱 죽어버리지 그냥……."

주문을, 저주를 외듯 중얼중얼 거친 말을 쏟아내는 쿠시다.

"지가 귀여운 줄 알고 남을 깔보기나 하고. 어차피 닳고 닳은 주제에. 그런 성격으로 공부 따위 가르칠 수 있을 리 없잖아?"

쿠시다가 열 받는다고 말하는 상대는…… 호리키타인가.

"아, 최악이야. 정말 최악, 최악, 최악! 호리키타, 왕 짜증이야. 호리키타, 왕 짜증! 정말 짜증 나!"

우리 반 제일의 인기인이자 친구를 적극적으로 돕는 친절한 소녀의 또 다른 얼굴을 발견한 느낌이 들었다. 그녀가 누구에게도 들키고 싶지 않은 모습이리라. 여기에 있으면 위험하다고 뇌에서 마구 신호를 보냈다.

하지만 여기서 기묘한 의문이 생겨났다. 그녀에게 숨겨진 얼굴이 있었다는 부분은 그렇다고 쳐도, 호리키타를 이토록 혐오하는데 어째서 그녀를 돕기로 마음먹었을까? 쿠시다라면 호리키타의 성격과 언동이 어떤지 충분히 파악하고도 남았을 것이다. 그러니 처음부터 도움을 거절하든가 아니면 스터디 자체를 호리키타에게 맡기든가, 취할 수 있는 방법은 숱하게 있었을 텐데.

강행해서 무리해가며 스터디에 참가한 이유는 과연 무엇이었을까? 호리키타와 친해지고 싶어서? 아니면 참가자 중 누군가와 친해지고 싶어서?

이리저리 머리를 굴려보았지만 어느 것 하나 확 와 닿는 것이 없었다. 스트레스를 받으면서까지 스터디에 참가한 다른 이유가 있는 게 아니라면 설명할 길이 없다.

아니다…… 이 징후는 어쩌면 의외로 처음부터 나타났던 건지도 모른다.

그동안은 별로 깊게 생각하지 않았었는데, 쿠시다의 이런 모습을 보니 퍼즐 조각 하나가 맞춰진 기분이 든다. 어쩌면 쿠시다와 호리키타는——

어쨌든 지금은 여기에서 벗어나야 한다. 쿠시다도 폭언을 쏟은 자신의 모습을 남에게 들키고 싶지는 않을 것이다. 발소리를 죽인 채 조심조심 그 자리를 떠나기로 했다.

쿵!

해 질 무렵의 학교에서 발로 문을 차는 소리는 상상 이상으로 더 크게 울려 퍼졌다. 생각지도 못한 커다란 소리. 쿠시다도 조금 지나쳤다고 여겼는지, 순간 굳어지며 숨을 삼켰다. 그런데 그것이 화를 불렀다. 누가 들었나 싶어 뒤돌아본 쿠시다의 시선에 내 모습이 살짝 비쳤던 것이다.

"……여기서…… 뭐 해."

잠시 침묵이 흐른 후 쿠시다의 냉랭한 목소리가 들렸다.

"그게, 길을 잃어가지고. 아, 미안 미안. 지금 당장 내려갈게."

나는 다 티 나는 거짓말을 하며 쿠시다의 눈을 쳐다보았다. 지금껏 본 적 없는 강렬한 눈빛이었다.

"다 들었어……?"

"안 들었다고 하면 믿어줄 거야?"

"그렇구나…….."

성큼성큼, 쿠시다가 계단을 내려왔다. 그리고 왼팔 아래를 내 목에 대고 그대로 벽으로 밀어붙였다. 말투도 행동도 전부 내가 알던 쿠시다가 아니었다.

지금의 쿠시다는 호리키타와 비교도 안 될 정도로 무시무시한 얼굴이었다.

"지금 들은 거…… 누구한테 말하면, 알지?"

정말이지, 협박이라고는 여겨지지 않을 만큼 차가운 감정이 담긴 말.

"만약 말한다면?"

"지금 여기서 너한테 성폭행당할 뻔했다고 떠벌리고 다닐 거야."

"그건 모함이잖아."

"아니야. 모함이 아니야."

내게 선택권이 없다는 듯 박력이 느껴지는 말이었다.

쿠시다는 이번에는 내 왼쪽 손목을 움켜쥐고 천천히 손가락을 펴게 했다. 그리고 나머지 손으로 내 손등을 잡더니 그대로 자기 가슴으로 가져갔다.

보드라운 감촉이 손바닥 전체를 통해 전해졌다.

"……너, 지금 이게 무슨 짓이야!"

예상하지 못한 행동에 급히 손을 빼려고 했지만, 손등 위로 강한 압력이 가해졌다.

"네 지문 엄청 묻었겠지? 자, 이제 증거도 있어. 난 진심이야. 알겠니?"

"……알았어. 알았으니까 손 놔줘."

"이 교복은 이대로 안 씻고 방에 둘 거야. 만약 배신하면 경찰한테 바로 찌를 거니까."

얼마간 손을 계속 붙들린 채 쿠시다의 따가운 시선을 받앗다.

"약속했다?"

거듭 다짐을 받은 후에야 쿠시다가 내게서 떨어졌다.

머리털 나고 처음 만진 여자 가슴. 그 감촉 따위 이미 기억도 안 난다.

"저기, 쿠시다. 어느 쪽이 진짜 너야?"

"……그런 거 너랑 상관없잖아?"

"그래……. 그래도 지금 네 모습을 보니까 너무 궁금해서 말이야. 호리키타가 싫으면 굳이 먼저 다가갈 필요 없을 것 같은데."

사실 그런 걸 물어볼 생각은 없었다. 그런 질문을 받으면 쿠시다가 싫어하리라는 것도 잘 알았다. 하지만 무엇이 쿠시다를 그렇게 만드는지, 궁금해서 견딜 수 없었다.

"모든 이에게 호감을 사려고 노력하는 게 나쁘니? 그게 얼마나 힘들고 어려운 일인지 네가 알아? 알 리 없지."

"난 친구가 별로 없어서 잘 몰라."

쿠시다는 입학 첫날부터 소극적인 아이에게 말 걸어주는 것은 물론 전화번호를 교환해서 놀러 가자고 권하기도 했다. 그게 얼마나 힘들고 수고스러운 일인지는 상상하지 않아도 누구나 알 수 있다.

"아무리 호리키타…… 호리키타 같은 사람이라도 난 겉으로 친하게 지내고 싶어."

"네가 스트레스를 받으면서까지?"

"그래. 그게 내가 원하는 삶이야. 내 존재의의를 느낄 수 있으니까."

망설임 없는 대답이다. 쿠시다에게는 쿠시다만의 생각과 규칙이 있다. 그런 소린가.

"이 기회에 말해두겠는데, 난 사실 너같이 어두침침하고 촌스러운 남자는 정말 싫어."

지금까지 가지고 있던 귀여운 쿠시다에 대한 환상은 확 깨지고 말았지만, 지금 충격 받고 있을 때가 아니다. 사람은 많든 적든 누구나 진심과 가식을 구분해서 사용하는 법이니까.

하지만 쿠시다의 대답이 왠지 진심이기도, 가식이기도 한 듯한 느낌이 들었다.

"이건 그냥 내 감인데, 너 호리키타랑 원래 알던 사이 아니야? 이 학교에 오기 전부터."

그렇게 말한 순간 아주 미세하게 쿠시다의 어깨가 움찔하는 것을 확인했다.

"뭐야, 그게…… 무슨 말인지 모르겠네. 호리키타가 나에 대해 무슨 말이라도 했어?"

"아니, 너랑 똑같이 초면이라는 인상을 풍겼어. 그런데 좀 이상해서."

"……이상해?"

나는 쿠시다가 처음 말 걸었을 때의 일을 떠올렸다.

"입학식 날, 너 자기소개 듣고 내 이름을 알았지?"

그게 뭐 어쨌는데, 하고 쿠시다가 무표정으로 반문했다.

"그럼 호리키타의 이름은 어떻게 알았어? 녀석은 그때까지 아무한테도 자기 이름을 말하지 않았는데. 유일하게 알았다고 하면 스도 정도지만, 너와 스도는 접점이 없었던 게 분명하고."

요컨대 호리키타의 이름을 알 기회가 없었다는 것이다.

"그리고 나한테 접근한 것도 실은 속을 떠보려고 그랬던 거 아냐?"

"됐어, 더 말하지 마. 너랑 조금만 더 말 섞었다가는 화가 치밀어 오를 것 같으니까. 내가 말하고 싶은 건 단 한 가지야. 지금 여기서 네가 본 거, 아무한테도 말하지 않겠다고 맹세할 수 있는지."

"약속할게. 그리고 설령 내가 너에 대해 말한대도 아무도 안 믿어줄걸. 그렇지 않아?"

쿠시다는 그 정도로 반 아이들에게 신망이 두터웠다. 나와는 하늘과 땅 차이다.

"……알았어. 아야노코지 널 믿어볼게."

표정은 흐트러지지 않았지만 쿠시다는 눈을 한 번 감은 후 천천히 한숨을 토했다.

"그런데 나를 믿을 만한 요소가 있어?"

내가 생각해도 정말 쓸데없는 참견이다. 하지만 이미 입 밖으로 꺼냈으니 어쩔 수 없다.

"호리키타는 좀 독특하지?"

"뭐, 조금이 아니라 아주 많이 독특하지."

"아무와도 관계를 형성하려 하지 않고, 오히려 남을 멀리하지. 나와는 정반대로."

하긴, 호리키타와 쿠시다는 극과 극에 서 있을지도 모른다.

"그런 호리키타가 아야노코지, 너한테만은 마음을 허락했으니까."

"잠깐만. 그 부분은 정정해줘. 절대 마음을 허락하지 않았어. 절대로."

"……그럴지도. 하지만 적어도 우리 반의 그 누구보다도 널신뢰하고 있을 거야. 경계심이 그토록 심한 호리키타가 신뢰하는 것도 그렇고. 그리고 무엇보다도 난 1학년 중에서 제일많은 사람과 접점을 가졌다는 자부심이 있어. 시시한 인간에서부터 믿을 수 없을 만큼 친절한 인간까지 말이야."

"그 말은 너한테 사람 보는 눈이 있다는 소린가?"

"내가 널 믿겠다고 말한 이유. 넌 기본적으로 남한테 무관심하잖아?"

그런 태도를 보인 기억은 없는데 쿠시다는 확신을 가진 말투였다.

"그렇게 놀랄 것 없어. 버스에서 넌 노인에게 자리를 양보하려는 기색이 전혀 안 보였거든."

과연 그랬군. 이 녀석은 그 상황에서 우리를 열심히 파악하고 있었던 것이다. 자리를 양보하는지 하지 않는지, 어떤생각을 하는지까지도.

"그래서 쓸데없이 입 놀리고 다니진 않겠다고 생각했으니까."

"그렇게 자신 있으면 굳이 강제로 네 가슴을 만지게 할 건 없었잖아?"

"그건── 너무 당황했달까. 순간 패닉 상태가 돼서⋯⋯."

굳은 표정이 살짝 흐트러지더니 초조함으로 바뀌었다.

"어쨌든 너는 남자에게 아무렇지도 않게 가슴을 내어주는 음탕한 여자라고 결론지어도 될까?"

그 말을 하자마자 허벅지를 보기 좋게 뻥 차이고 말았다. 몸이 밀려난 나는 계단 난간을 간신히 붙들었다.

"위험하잖아! 떨어지면 다친다고!"

"네가 바보 같은 소릴 하니까 그렇지!"

쿠시다는 얼굴이 새빨개져서(수치심이 아닌 분노) 당장이라도 물어뜯을 듯한 기세로 화를 냈다.

"어쨌든 잠깐만 기다려."

화난 얼굴 그대로 그렇게 말하니 나는 순순히 고개를 끄덕일 수밖에 없었다.

계단을 올라간 쿠시다는 얼른 가방을 들고 내려왔다. 무슨 일이 있었냐는 듯 만면에 미소를 띠고.

"그럼 같이 돌아갈까?"

"으, 으응."

나쁜 꿈이라도 꿨나 착각이 들 만큼 쿠시다의 태도가 돌변했다. 평소의 쿠시다다.

도대체 어느 쪽이 진짜 쿠시다의 모습인지, 지금 나로서는 도무지 판단이 서질 않았다.

7

내일부터 D반은 어떻게 되려나. 반쯤은 남 일처럼 생각하면서 나는 허무한 감정으로 버라이어티 방송을 보고 있었다. 그때 휴대폰에서 그룹채팅 알림이 떴다.

사토가 그룹에 참가했다는 문자. 사토는 우리 반에서 잘나가는 여자애들 중 하나다.

『야호! 다른 데서 이케랑 이야기하다가 여기로 초대받았어.』

나는 아무런 대꾸 없이 그냥 멍하니 아이들이 주고받는 대화를 바라보았다.

『오늘 있었던 일 전해 들었어. 호리키타, 걔 정말 짜증 나지 않아?』

『오늘은 나도 열 받더라. 스도는 진짜 폭발할 뻔했고. 때리는 줄~.』

『내일 만나면 진짜 때릴지도. 그만큼 오늘 열 받았다고.』

『푸하하하. 때리면 난리 날걸ㅋ. 아무리 해도 그건 좀 심함.』

『저기, 너희랑 상의할 게 좀 있는데. 내일부터 호리키타, 철저하게 무시하지 않을래?』

『아니, 항상 우리가 무시당하는데 뭘 새삼스레(웃음).』

『뭔가 대갚음하지 않으면 성에 안 찰 것 같아. 아예 눈물 쏙 빠지게 괴롭혀줄까? 실내화를 숨긴다든가.』

『어린애냐ㅋㅋㅋ. 하지만 당황하는 얼굴을 좀 보고 싶긴 함.』

사토를 초대한 우리의 그룹채팅은 호리키타 이야기로 끝없이 달렸다.

『저기, 아야노코지도 안 할래? 호리키타 괴롭히기ㅋ』

『아야노코지는 호리키타한테 푹 빠져서 무리일걸?』

『야. 아야노코지! 너, 우리랑 호리키타 중에 누구 편이야?』

모두가 호리키타에게 화가 나버린 것은 어쩔 수 없는 일이다. 누구라도 그런 대접을 받으면 싫을 것이다. 하지만 때리는 건 심하다면서 무시하거나 물건을 감추는 건 괜찮다는 발상은 도저히 이해할 수 없다. 전자든 후자든 사람을 괴롭힌다는 점에서는 선악의 차이가 없지 않은가?

『읽은 걸로 표시되는데? 너 다 보고있지? 야, 아야노코지! 넌 누구 편이냐고.』

『난 누구 편도 아니야. 너희가 호리키타를 괴롭혀도 별로 막을 생각은 없어.』

『나왔다, 중립. 제일 야비한 패턴ㅋ.』

『어떻게 받아들여도 좋은데, 그런 식으로 녀석이랑 얽혀서 좋을 건 없어. 왕따 문제가 학교에 알려지면 꽤 골치 아플 거라고. 그것만은 조심해.』

『이렇게 호리키타를 감싸는 거임?ㅎ』

채팅은 상대방의 얼굴이 보이지 않아서 그런지 평소보다 거친 태도로 나오기 쉽다. 만약 얼굴을 보고 얘기했다면 이케도 저렇게 내 말에 트집 잡지는 않았으리라.

다만 다들 호리키타를 먹잇감으로 삼고, 거기서 생긴 연대감과 안심감을 느끼고 싶은 것일 뿐.

더 이상 쓸데없이 대화해봤자 시간 낭비다. 얼른 대화를 끝내버릴까.

『쿠시다가 이 이야기를 들으면 너희 싫어하게 될 걸?ㅎ』

그렇게 보낸 후 휴대폰을 닫았다. 바로 채팅 알람음이 울렸지만 내버려두었다. 이제 남자애들은 경솔한 짓을 하지 않으리라. 사토도 이케와 다른 애들의 맞장구 없이는 부주의한 행동은 안 할 테고.

방의 창문을 조금 열었다. 밖에 심어진 나무들 사이로 벌레 우는 소리가 들려왔다. 찌르르 찌르르—— 하고 우는 것은 좀매부리인가? 살랑살랑 불어오는 밤바람이 창문을 살짝 흔들었다.

입학식 날, 호리키타를 만나 우연히 같은 반에 옆자리가 되었다. 어느새 스도와 이케랑도 친구가 되었다. 덤으로 학교가 놓은 덫에도 보기 좋게 걸려들어 밑바닥까지 내동댕이쳐졌고. 그걸 구제하기 위해 움직이기 시작한 호리키타는 성격 때문에 화를 자초해 점점 더 고립되어, 지금은 다른 아이들끼리 몰래 호리키타를 왕따시키려고 불타오르고 있다.

그런 상황을 누구보다 가까이에서 지켜보고 있었으면서도, 난 어딘지 붕 뜬 기분을 느꼈다.

아니다, 붕 뜬 기분은 잘못된 표현이다. 결코 긍정적인 느낌이 아니니까. 그저 막연히 우주에 떠 있는 듯한 감각. 스도를 비롯한 아이들이 퇴학 위기를 피부로 느끼지 못하듯 나 역시 지금 주위에서 일어나고 있는 일을 아직 남 일처럼 생각했고 확 와 닿지 않았다.

『힘이 있으면서도 그걸 쓰지 못하는 것은 바보나 하는 짓이다.』

떠올리고 싶지 않았건만, 녀석의 말이 뇌리를 스치고 지나갔다.

"바보……구나, 난 역시."

창문을 닫자 텔레비전에서 흘러나오는 웃음소리가 유난히 귀에 거슬렸다

8

아무래도 잠이 올 것 같지 않았던 나는 몸을 일으켜 방을 나섰다.

기숙사 로비에 있는 자판기에서 적당한 주스를 하나 고른 후 다시 엘리베이터 앞으로 돌아왔다.

"엥?"

1층에 있었던 엘리베이터가 7층에 멈춰 있었다. 그냥저냥

신경 쓰인 나는 엘리베이터 내부 영상이 비치는 모니터를 쳐다보았다. 교복 차림의 호리키타가 보였다.

"……꼭 숨을 필요는 없는데."

그래도 마주치면 괴로울 것 같았던 나는 자판기 뒤에 몸을 숨겼다. 호리키타는 1층까지 내려왔다.

그리고 주변을 경계하면서 기숙사 밖으로 나갔다. 캄캄한 어둠 속으로 모습이 사라지는 것을 확인한 나는 그녀의 뒤를 쫓았다. 그러다 기숙사 뒤편으로 꺾이는 부분에서 재빨리 몸을 감추었다.

호리키타가 걸음을 멈췄던 것이다. 그리고 그곳에는 또 하나의 그림자가 있었다.

"스즈네. 여기까지 쫓아오다니."

이런 밤늦은 시간에 어딜 가나 했더니, 남자랑 만날 예정이었나?

"이제는 오빠가 알던 때의 바보 같던 내가 아니에요. 따라잡으려고 온 거라고요."

"따라잡으려고, 말이지?"

오빠? 어두워서 얼굴은 잘 안 보이는데, 호리키타와 대화를 나누는 상대는 설마 호리키타의 오빠인가?

"D반에 들어갔다고 들었는데, 3년 전이랑 달라진 게 하나도 없군. 넌 그저 내 등만 쳐다봤을 뿐 여전히 네 결점이 뭔지 깨닫지 못했어. 이 학교를 선택한 건 실패 같구나."

"그건── 뭔가 착오가 생긴 게 틀림없어요. 곧 A반으로 올라갈 거예요. 그렇게 되면——"

"무리야. 넌 A반에 못 가. 오히려 지금 있는 반도 붕괴되고 말걸. 이 학교는 네가 생각하는 것만큼 그리 호락호락한 곳이 아니거든."

"반드시, 반드시 A반에 들어갈 거예요……."

"무리라고 하잖아. 정말 말귀를 못 알아듣는 여동생이군."

호리키타의 오빠가 한 걸음 거리를 좁혔다. 어둠 속에서 서서히 그 모습이 드러났다.

그는 학생회 회장이라고 자신을 소개했던 바로 그 호리키타였다.

그의 표정에는 조금의 감정도 실려 있지 않았고, 그저 흥미 없는 존재를 내려다보는 눈동자였다.

호리키타의 오빠는 저항하지 못하는 동생의 손목을 낚아채더니 거칠게 벽으로 밀어붙였다.

"아무리 피하려고 노력해도 네가 내 동생이라는 사실은 변하지 않아. 네 존재가 알려지면 창피를 당하는 쪽은 바로 이 몸이라고. 그러니 당장 학교에서 나가."

"나, 나갈 수 없어요……. 전 반드시 A반에 올라갈 거예요……."

"멍청하네, 정말. 옛날처럼 매운맛 좀 보여줄까?"

"오빠—— 저는——"

"너는 위로 올라갈 힘도 자격도 없어. 그걸 알아야지."

호리키타의 몸이 앞으로 잡아끌리면서 공중에 붕 떴다.

나는 직감적으로 위험하다고 판단했다.

나는 호리키타에게 혼날 각오로 어둠 속에서 뛰어나가 호리키타의 오빠를 덮쳤다.

그리고 미처 내가 누구인지 알아차리기도 전에, 그의 오른팔을 붙들어 행동을 막았다.

"──뭐야, 넌?"

호리키타의 오빠는 붙잡힌 자신의 팔을 쳐다본 후 천천히 내게 날카로운 눈빛을 보냈다.

"아, 아야노코지?!"

"당신, 지금 호리키타를 던져버리려고 했지? 여기 콘크리트 바닥인 거 알아 몰라? 남매 사이라도 해도 될 일이 있고 안 될 일이 있어."

"엿듣다니 정말 어이가 없네."

"됐으니까 얼른 그 손 놔."

그와 나는 서로를 노려보았고, 얼마간 침묵이 찾아왔다.

"그만둬, 아야노코지……."

호리키타의 쥐어 짜낸 듯한 목소리. 지금껏 단 한 번도 보지 못한 모습이었다.

나는 마지못해 서서히 그의 팔을 놓아주었다. 그 순간 엄청난 속도로 주먹의 손등이 내 얼굴을 향해 날아왔다. 위험을 직감한 나는 몸을 반쯤 젖히면서 주먹을 피했다. 몸은 왜소한데 꽤 지독한 공격이다. 뒤이어 급소를 노린 예리한 발차기가 날아들었다.

"위험하잖아!"

맞는 즉시 의식을 잃어버릴 만큼 위력적이라는 것을 알았다. 호리키타의 오빠는 살짝 의문스러운 표정을 지으면서 숨을 고른 후 오른손을 그대로 쭉 뻗어 왔다.

잡히면 땅에 내동댕이쳐지겠지. 그렇게 느낀 나는 들어오는 공격을 왼 손바닥으로 쳐냈다.

"움직임이 좋은데? 연속으로 내 공격을 피할 줄은 몰랐다. 너 뭘 배운 거지?"

드디어 공격이 멈춘 대신 질문이 날아왔다.

"피아노랑 서예라면 배웠는데. 초등학생 때 전국 음악 콩쿠르에서 우승한 적도 있지."

"너도 D반이냐? 꽤 유니크한 놈이군. 안 그래, 스즈네?"

그는 호리키타의 팔을 놔준 후 천천히 내 쪽으로 몸을 돌렸다.

"호리키타와 달리 난 무능해서."

"스즈네. 너한테 친구가 있다니. 솔직히 좀 놀랐다."

"얘는…… 친구 같은 거 아니에요. 그냥 같은 반이에요."

호리키타는 부정하며 오빠를 올려다보았다.

"여전히 고고와 고독을 분간하지 못하는 것 같네. 그리고 너. 이름이 아야노코지라고 했나? 네가 있으면 조금은 재미있어질지도 모르겠다."

그는 그대로 내 옆을 스쳐 어둠 속으로 걸어갔다. 동아리 설명회에서 어딘지 색다른 분위기를 풍겼던 학생회장. 그때 호리키타의 상태가 좀 이상했던 것은 오빠를 목격했기 때문이었겠지.

"윗반으로 올라가고 싶으면 죽을 각오로 노력해. 그 수밖에 없어."

마지막 말을 남긴 호리키타의 오빠가 모습을 감추자 그곳은 밤의 정적에 휩싸였다. 호리키타는 벽에 기대 쪼그려 앉은 채 고개를 푹 숙였다. 내가 쓸데없는 짓을 저질렀나. 아무 말 없이 기숙사로 돌아가려는데 호리키타가 나를 불러 세웠다.

"처음부터 다 들었니……? 아니면 우연?"

"음, 뭐라고 말해야 하나, 반쯤 우연이었어. 자판기에서 주스를 뽑고 돌아가려는데 밖으로 나가는 네가 보였거든. 좀 신경 쓰여서 따라나섰던 거야. 끼어들 생각은 없었어. 정말이야."

호리키타는 또 다시 침묵했다.

"너희 오빠, 꽤 세지? 살기 같은 게 장난 아니던데."

"카라테…… 5단, 합기도 4단이니까."

헉, 엄청 세다. 내가 안 끼어들었으면 대참사가 벌어졌을 것이다.

"그런데 아야노코지, 너도 뭐 배웠지? 그것도 상당한 유단자 같던데."

"말했잖아? 피아노랑 다도만 했다고."

"아까는 서예라면서?"

"······서예도 했지."

"시험 점수를 의도적으로 맞추고, 피아노랑 서예만 했다고 하고. 너란 아이, 잘 모르겠어."

"점수는 우연히 그렇게 됐을 뿐이고, 피아노랑 다도랑 서예도 진짜 했다니까 그러네."

이 자리에 피아노가 있으면 《엘리제를 위하여》라도 쳐야 할 판국이다.

"아무튼 너한테 이상한 모습을 보여버렸네."

"오히려 너도 평범한 여자애라는 걸 알아서 좋았── 모, 못 들은 걸로 해주십시오."

호리키타가 있는 힘껏 노려보았다.

"이제 그만 돌아가자. 우리 이러고 있는 거 누가 보기라도 하면 오해할지도 모르니까."

하긴 그렇다. 이 야심한 밤에 남녀가 단둘이 있다니, 틀림없이 이상한 소문이 돌 것이다.

게다가 나와 호리키타는 가뜩이나 그런 의심을 사고 있는 상태고.

천천히 일어선 호리키타는 기숙사 입구를 향해 발걸음을 옮기기 시작했다.

"저기 말야······ 너, 정말로 이제 스터디는 안 할 거야?"

이야기를 꺼내려면 지금밖에 없다고 생각한 내가 큰 맘 먹고 말해보기로 했다.

"왜 그런 걸 물어? 원래도 내가 하겠다고 했던 스터디이야. 썩 내키지 않아 했던 네가 신경 쓸 문제는 아니지. 내 말이 틀렸니?"

"뭔가 뒷맛이 개운하지 않잖아. 반 애들하고 사이도 좀 나빠졌고."

"신경 안 써. 이런 건 익숙하니까. 그리고 낙제조 대부분은 히라타가 도와주기로 했잖아. 걔도 공부 잘하고, 사교적인 성격이니까 나랑 달리 친절하게 잘 가르쳐주겠지. 하지만 난 낙제조 애들한테 시간을 할애하는 게 낭비라고 판단했어. 졸업 때까지 시험은 계속 반복될 거야. 그때마다 낙제점을 받지 않도록 도와주는 건 너무 어리석은 짓이야."

"걔들은 히라타한테 거리를 두고 있어. 분명 스터디에 참가하지 않을 텐데."

"그건 걔네가 알아서 판단할 문제고, 나랑은 상관없어. 그리고 정말 퇴학 당할 것 같으면 이러쿵저러쿵 말 못 하겠지. 그래도 히라타의 도움을 안 받겠다면 퇴학 당하는 거지, 뭐. 물론 나는 D반을 A반으로 끌어올리는 걸 목표로 삼았어. 하지만 그건 나를 위해서지 누군가를 위해서가 아니야. 누가 어떻게 되든 상관없어. 오히려 이번 중간고사로 낙제조가 사라지면 걔들보다 나은, 필사적인 애들만 남을 거잖아? 그럼 윗반을 노리기도 더 쉬워질 테니. 그거야말로 바라는 바야."

호리키타가 틀렸다고는 생각하지 않는다. 퇴학 위기는 애초에 낙제를 받은 학생이 자초한 것이다. 하지만 나는 평소

답지 않게 말을 길게 늘어놓는 호리키타를 향해 계속 말하지 않고서는 견딜 수 없었다.

"호리키타, 그 생각은 틀린 거 아닌가?"

"틀렸다고? 어느 부분이? 설마 반 아이들을 못 본 척하는 인간에게는 미래가 없다, 뭐 그딴 잠꼬대 같은 소리라도 할 셈이니?"

"안심해. 너한테 그런 말이 통하지 않을 거라는 것 정도는 이미 잘 알고 있으니까."

"그럼 어째서? 낙제조를 구제하면 생기는 이점 따위, 하나도 없잖아."

"물론 이점은 없을지도 몰라. 하지만 결점을 막을 수는 있지."

"⋯⋯결점?"

"네가 지금 하는 생각을 학교 측은 못 했을 것 같냐? 지각이랑 수업 중에 딴짓하는 것 하나로 마이너스 포인트를 매기는 족속들이라고. 그런데 반에서 퇴학자가 쉽게 생긴다고 해 봐. 과연 얼마나 큰 마이너스 포인트를 매길 것 같아?"

"그건——"

"물론 정보가 개시되지 않은 이상 아무런 근거는 없어. 하지만 충분히 가능성이 있다고 생각하지 않아? 1백? 1천? 혹은 1만, 10만이나 마이너스가 될 가능성도 있어. 그렇게 되면 너, 정말로 A반에 올라가기 힘들어지지 않을까?"

"지각이나 잡담 등은 이제 해도 0 이하로 내려가지 않아.

포인트가 0 상태인 지금이야말로 공부 못하는 애들을 배제하는 편이 나아. 타격은 거의 없는 거나 마찬가지라고."

"그럴 거라는 보장은 어디에도 없어. 눈에 보이지 않는 마이너스가 남아 있을 가능성은 얼마든지 있어. 그런 위험을 방치해도 좋다고 생각해, 진심으로? 뭐…… 머리 좋은 네가 거기까지 생각이 미치지 않았을 리는 없겠지. 그게 아니면 애초에 스터디를 열겠다고 말하지도 않았을 테니까. 낙제조 따위 처음부터 못 본 척 내버려두면 될 일이잖아?"

나는 조금 고양되었다고 할까, 왠지 흥분되는 것을 느꼈다. 아마도 그건 이 녀석을 친구라고, 내 멋대로 생각했기 때문인지도 모른다. 그렇기 때문에 너무 쉽게 결정 내려 나중에 후회하지 않기 바란다고, 그렇게 생각했던 것이다.

"설사 보이지 않는 마이너스가 있다고 쳐도, 낙제조를 버리는 쪽이 장차 우리 반을 위한 길이야. 앞으로 언젠가 포인트가 늘어났을 때, 걔네를 포기하지 않았던 걸 후회하는 건 싫잖아? 지금 이 타이밍에 위험 요소를 제거해야 해."

"진심으로 그렇게 생각해?"

"그래, 진심이야. 필사적으로 그 아이들을 구하려는 네 생각, 이해하기 힘들어."

나는 입구에서 엘리베이터에 오르려는 호리키타의 손목을 붙잡았다.

"뭐야? 아직 반론할 게 남았니? 이 문제는 우리 둘이서 해결할 수 있는 게 아니야. 결국 답을 아는 건 학교뿐이니까. 입

씨름밖에 안 된다고. 네가 좋을 대로 해석해도 되는 것처럼 나 역시 내 마음대로 해석하는 거. 그것밖에 안 되잖아?"

"정말 말 많이 한다. 네가 이렇게 말 많은 애인 줄 몰랐다."

"그거야…… 네가 하도 집요하게 구니까 그렇지."

평소의 호리키타라면 내 반론 따위 절대 들어주지 않았으리라.

그리고 이렇게 강제로 잡아 세우면 날카로운 일격을 가해도 전혀 이상하지 않다. 하지만 호리키타가 그렇게 하지 않는 것은 그녀 역시 이대로는 안 된다고 느낀다는 증거다. 그래서 내 손을 뿌리치지 않는다. 물론 본인에게는 그런 자각이 없을지도 모르지만.

"나랑 처음 만난 날. 버스에서 있었던 일, 기억나냐?"

"노인에게 자리를 양보해주지 않았던 일 말이지?"

"그래. 그때 난 노인에게 자리를 양보하는 일의 의미를 생각했어. 자리를 양보한다, 양보하지 않는다. 어느 쪽이 정답인지."

"처음에 그렇게 말했잖아. 난 의미가 없다고 생각해서 양보하지 않았어. 노인에게 자리를 양보한다고 돌아오는 이익이 있는 것도 아니고, 그냥 고생만 하고 시간만 낭비하는 거니까."

"이익? 그럼 넌 어디까지나 손익으로 행동한다는 거네?"

"그럼 안 돼? 사람은 많든 적든 누구나 타산적인 생물체야. 상품을 팔면 돈을 받고, 생색을 내면 보답이 돌아오지. 자리를 양보함으로써 사회공헌을 했다는 유열(愉悅)을 느껴. 내 말 틀렸니?"

"아니, 틀리지 않았어. 그게 인간이라고, 나 역시 그렇게 생각해."

"그럼——"

"네가 그 신념을 계속 가지고 있다면 부디 눈 똑바로 뜨고, 넓은 시야로 보길 바란다. 지금 넌 분노와 불만 때문에 앞을 하나도 보지 못하고 있어."

"네가 뭐 대단한 사람이라도 돼? 나한테 이러쿵저러쿵 해 댈 만큼의 실력이 너한테 있기라도 해?"

"내 실력이 어떻든 간에 너한테 안 보이는 것 중 하나는 똑똑히 보여. 바로 호리키타 스즈네라는, 언뜻 보기에는 완벽해 보이는 인간의 결점이지."

내 말에 호리키타가 코웃음 쳤다. 자신에게 결점이 있다면 어디 한번 말해보라는 식의 반응이었다.

"네 결점을 가르쳐주지. 넌 남을 성가신 존재로 단정하고, 처음부터 거리를 두고 관계를 맺으려 하지 않는다는 거야. 남을 깔보는 그 사고방식이야말로, 네가 D반에 배정된 결정타 아닐까?"

"……그 말은 꼭 스도 같은 애들이 나랑 동급이라는 소리로 들리는데?"

"그럼 넌 개네들과 동급이 아니라고 생각하냐?"

"그거야 시험 점수를 보면 바로 답이 나오잖아. 그게 바로 우리 반의 짐이라는 증거야."

"물론 공부라는 의미에서 보면 바보 3인조는 너보다 훨씬 뒤처졌어. 아무리 열심히 공부한다고 해도 너보다 잘하긴 어렵겠지. 하지만 그건 어디까지나 책상 위에서의 이야기 아닌가? 학교 측이 보는 건 공부가 다가 아니야. 만약 이번에 학교에서 낸 시험이 스포츠와 관련된 거였다면 이런 결과가 되진 않았을 거야. 내 말이 틀렸어?"

"그건——"

"물론 너도 운동은 잘하지. 수영도 보니까 여자애들 중 상위권이더라. 훌륭했어. 하지만 스도의 신체 능력이 월등하다는 건 그 자리에 있었던 너도 잘 알 거야. 이케도 너에게는 없는 커뮤니케이션 능력이 있지. 만약 이번 시험이 대화를 바탕으로 하는 방식이었다면 이케한테 분명 유리했을 거야. 오히려 네가 우리 반의 발목을 잡았을지도 모르지. 자, 그럼 넌 무능한 건가? 아니잖아. 사람은 저마다 잘하는 게 있고 못하는 게 있기 마련이야. 그게 바로 인간이야."

호리키타는 반격하려고 했지만 목구멍까지 올라온 말이 내뱉어지는 일은 없었다.

"……근거가 부족해. 네 얘기는 전부 탁상공론에 지나지 않아."

"근거가 부족하다면 지금 있는 재료로 결과를 예측할 필요가 있어. 차바시라 선생님이 하신 말씀을 떠올려봐. 지도실로 불려갔을 때 차바시라 선생님이 이렇게 말씀하셨지, '학력이 우수한 학생이 반드시 우수한 반에 들어간다고 누가 그래?'라고. 이 말로 도출할 수 있는 결과는 학력 이외에 요구되는 것이 있다는 사실이야."

이런저런 논리를 전개해가며 빠져나가려는 호리키타의 뒤를 나도 바짝 쫓아, 먼저 돌아들어가는 식으로 막아섰다. 그렇게 하지 않으면 멀리 도망가버리고 말리라.

"넌 낙제조를 내치는 게 더 후회 없을 거라고 말했지만 그 반대도 마찬가지야. 스도를 비롯한 낙제생들을 잃고 후회하는 날이 올 가능성도 충분히 있다고."

호리키타와 눈이 마주쳤다. 내가 실제로 호리키타의 손을 붙잡고 있는 것처럼 정신적으로도 우리는 이어져 있었다. 분명 그런 느낌이 들었다.

"너야말로 꽤 말이 많네. 아무리 봐도 무사안일주의자의 발언으로는 여겨지지 않는걸?"

"그럴지도 모르지."

"네 얘기, 분하지만 대체로 다 옳아. 그렇게 생각이 들 만큼 설득력이 있었어. 그런 점은 인정할게. 하지만 아직 석연찮은 부분이 여전히 남아 있어. 바로 네 진의야. 너한테 이 학교가 뭔데? 무엇 때문에 그리 필사적으로 날 설득하려드는 거야?"

"……그렇군. 그렇게 나온단 말이지."

"남을 설득하는 당사자에게 설득력이 없으면 간교한 이론도 파탄 나."

그녀는 지금 내가 필사적으로 자신을 설득하고 낙제생들이 퇴학 당하지 않도록 움직이는 이유를 묻고 있다.

"지금까지의 가식적인 얼굴 말고 진짜 이유를 알고 싶은 거야. 포인트 때문에? 하나라도 더 높은 반에 올라가려고? 아니면 그저 친구를 구하기 위해서?"

"난 알고 싶으니까. 진정한 실력이라는 게 뭔지. 평등이 뭔지."

"실력과 평등……."

"난 그 대답을 찾으려고 이 학교에 들어왔어."

머릿속에서는 잘 정리되지 않았는데 입에서 술술 흘러나온 말이었다.

"손, 놓아줄래?"

"아아, 미안."

살짝 힘이 실린 손을 놓자 호리키타는 뒤돌아서서 나를 정면으로 바라보았다.

"설마 아야노코지한테 설득당할 줄이야."

그렇게 말한 호리키타는 내게 손을 내밀었다.

"난 나를 위해 낙제생들을 도울 거야. 걔네를 남겨둬서 앞으로 유리해지길 기대하는 타산적인 생각으로. 그래도 괜찮아?"

"안심해. 네가 그 이상으로 움직일 거라고 생각도 안 하니까. 그 편이 훨씬 너다운걸."

"그럼 계약 성립이야."

나는 호리키타의 손을 잡았다.

이 계약이 악마와 맺은 계약임을 안 것은 훗날의 일이었다.

○재결집·낙제조

신차(新茶) 향이 감도는 계절이 찾아왔습니다. 날로 번영하심을 실로 기쁘게 생각합니다.

고등학교에 입학한 지도 어언 한 달하고 보름. 저는 그럭저럭 무난한 나날을 보내고 있습니다.

"잠깐, 너 사람 말 듣고 있는 거야? 머리 괜찮아?"

호리키타는 무례하게도 남의 이마에 손바닥을 얹었다가 이번에는 자신의 이마로 손을 가져갔다.

"열은 없는 것 같은데."

"없다고! 좀 길게 회상에 잠겨 있었구만."

나는 지금까지의 과정을 떠올리며 깊디깊은 한숨을 내쉬었다. 호리키타에게 협력하겠다고 대답해버린 게 후회막급이다.

"그럼 책사님. 이 몸이 무얼 어찌 하면 되겠사옵니까?"

"으음…… 당연히 다시 한 번 스도를 비롯한 애들을 설득해서 스터디에 참가시킬 필요가 있겠지. 그러려면 네가 땅에 이마를 비벼가며 부탁하는 수밖에."

"어째서 일이 그렇게 되는 건데……. 애초에 네가 애들이랑 싸운 게 원인이잖아."

"걔네가 성실히 공부에 임하려고 안 한 게 원인이야. 초점을 틀리지 말아줘."

이 녀석……. 진짜로 낙제조를 도와줄 생각은 있는 건가…….

"쿠시다의 도움 없이 스도랑 다른 애들을 다시 모으는 건 불가능해. 그건 너도 잘 알잖아?"

"――알아. 대를 위해 희생을 감수해야겠지."

쿠시다가 관여하는 게 도대체 얼마나 싫은 거야. 호리키타는 매우 불만스러워 보였지만, 그래도 승낙했다.

쿠시다가 다가오는 것을 받아들이지 못했던 호리키타의, 최대한의 노력이라고 해두자.

"말 나온 김에 너 쿠시다한테 부탁하고 올래?"

"내가?"

"당연하지. 넌 나랑 계약했으니까. A반에 올라갈 때까지 마차를 끄는 말처럼 내 명령에 따라 일하기로 말이야."

그런 계약을 한 기억은 전혀 없는데.

"봐, 여기 계약서도 있지?"

우왓, 진짜다. 내 이름이 써져 있고, 도장까지 찍혀 있네.

"사문서위조죄로 잡혀 들어가, 이거."

나는 계약서를 그 자리에서 갈기갈기 찢어버렸다. 호리키타는 책상을 정리하던 쿠시다에게로 다가갔다.

"쿠시다. 하고 싶은 얘기가 있어. 괜찮으면 점심 같이 먹지 않을래?"

"점심? 네가 먼저 그런 말을 하다니 별일이 다 있네? 그래, 난 좋아."

또 다른 얼굴을 봐버린 내가 옆에 있어도 쿠시다는 평소대로 동요하지 않았다. 그리고 그녀는 호리키타의 제안을 흔쾌히 받아들였다. 쿠시다와 함께 향한 곳은 학교에서 최고의 인기를 자랑하는 카페 팔레트.

지난번에 나와 쿠시다가 거짓말로 호리키타를 불러냈다가 된통 혼났던 장소다.

호리키타가 한 턱 쏜다면서 쿠시다의 음료를 주문했다. 물론 내 것은 내가 샀다.

미소 지으며 음료를 받아 들고 자리에 앉는 쿠시다. 우리도 쿠시다 앞에 나란히 앉았다.

"잘 마실게. 그런데 나한테 할 얘기란 게 뭐야?"

"스도랑 그 일당이 낙제점을 받지 않기 위한 스터디. 다시 한 번 도와줄 수 있을까?"

"그건 누굴 위해선데? 낙제생들을 위해?"

쿠시다 역시 직접적인 호리키타의 부탁을 단순한 선의로는 받아들이지 않았다.

"아니, 날 위해서야."

"그래? 호리키타는 역시 호리키타네."

"네 친구를 위해 노력하는 게 아닌 인간이랑은 손을 안 잡는다는 거니?"

"호리키타가 어떤 사고방식을 가지고 있든 자유라고 난 생각해. 하지만 서툰 거짓말은 싫은데, 솔직하게 대답해주니 좀 기쁘네. 알았어. 도와줄게. 우린 같은 반 친구잖아. 그렇지, 아야노코지?"

"그, 그래. 그래주면 고맙지."

"호리키타한테 묻고 싶은 게 있는데 말이야. 호리키타는 친구를 위해서도 아니고 포인트를 위해서도 아니고, A반에 올라가기 위해 그러는 거지?"

"맞아."

"그거, 믿을 수 없달까…… 무리 아냐? 아, 딱히 네가 바보 같다거나 그런 건 아니야. 그냥 뭐라고 해야 하나…… 반 애들 대부분 포기하고 있다고 할까."

"지금 A반과 포인트 차이가 심하게 나서?"

"응…… 솔직히 쫓아갈 엄두도 안 나. 당장 다음 달에도 포인트를 받을지 어떨지 모르는 상황이고. 의욕이 상실된 느낌?"

쿠시다가 테이블 위에 축 늘어졌다.

"난 할 거야. 반드시."

"아야노코지도 A반을 목표로 해?"

"그래. 내 조수로 함께 A반을 노리고 있어."

네 멋대로 날 조수로 만들지 말라고.

"음……알았어. 그럼 나도 끼워줘."

"물론이야, 그러니까 이렇게 도와달라고 부탁하는 거고."

"그게 아니라 A반을 목표로 한 활동에 나도 넣어달란 소리야. 스터디 말고도 앞으로 많은 일을 해나갈 거란 소리지?"

"으, 으응. 그건 그렇긴 한데……."

"나는 끼워주기 싫어?"

호리키타의 표정을 살피듯 쿠시다가 커다란 눈망울로 빤히 쳐다보았다.

"알았어. 이번 스터디가 성공하면 정식으로 도움을 요청할게."

호리키타가 그렇게 대답했다. 쿠시다의 존재에 대해 평소에 가진 생각도 있을 테지만, 그래도 호리키타가 이 제안을 받아들일 수밖에 없었던 것은 쿠시다가 자신에게 없는 인덕을 가지고 있다고 이해했기 때문이리라.

대쪽 같은 호리키타로부터 승낙을 얻어낸 쿠시다는 몸을 벌떡 일으켜세웠다.

"정말?! 해냈다!"

진심으로 기쁜지 그 자리에서 만세를 외치며 솔직하게 표현하는 쿠시다. 그런 모습도 하나같이 귀엽다.

"다시 한 번 앞으로 잘해보자, 호리키타! 아야노코지!"

쿠시다는 양손을 동시에 우리에게 내밀었다.

살짝 망설이면서도 나와 호리키타는 각자 쿠시다의 손을 잡고 악수했다.

"이제 남은 건 스도를 비롯한 애들이 순순히 응해줄까 하는 문제네."

"그래. 지금 상태로는 좀 어려울지도 몰라."

"나한테 한 번만 더 맡겨줄래? 같은 편에 끼워줬는데 이 정도는 성공해 보여야지, 응?"

호리키타도 쿠시다의 마이페이스 같은 전개에 휘말려 살짝 기가 눌리고 있었다.

쿠시다는 지금 당장이라도 행동에 옮길 셈인지, 휴대폰을 손에 들었다. 그로부터 얼마 후 쿠시다의 연락을 받고 잔뜩 들뜬 이케와 야마우치가 찾아왔다. 하지만 호리키타와 내 얼굴을 보자마자 내게 '혹시 채팅 내용 말했냐?!' 하는 식의 눈빛을 마구 쏘았다. 좋은 기회니 잠자코 있어야지. 두 사람이 느끼는 죄악감이 이 자리에서는 오히려 우리에게 유리하게 작용할지도 모르니까 말이다.

"불러내서 미안해, 두 사람 다. 할 말이 있달까, 정확하게는 호리키타가 할 얘기가 있대서."

"뭐, 뭐, 뭐, 뭘까, 그게? 우리가 무, 무슨 짓이라도 했어?!"

너무 과장된 반응이다……. 잔뜩 쫄아서 자세가 위축되어 있다.

"두 사람은 히라타네 스터디에 참가할 계획은 없어?"

"뭐? 스, 스터디? 아니, 공부 따위 지루하고 인기 많은 히라타가 짜증 나기도 하고……. 시험 전날 바싹 하면 어떻게든 되겠지, 뭐. 중학교 때도 그렇게 해서 어찌어찌 넘겼으니까."

이케의 말에 야마우치도 두세 번 고개를 끄덕였다. 야마우치 역시 하룻밤 벼락치기로 넘기려는 모양이었다.

"역시 너희다운 생각이야. 하지만 이대로라면 퇴학 당할 가능성이 커."

"여전히 자기가 뭐라도 되는 듯 말하네, 너."

스도가 호리키타를 무섭게 노려보며 등장했다. 아무래도 스도까지 쿠시다의 달콤한 덫에 걸린 듯하다.

"제일 걱정인 사람은 바로 너야, 스도. 퇴학에 대한 위기 감이 없어도 너무 없어."

"네 알 바 아닌데? 적당히 해, 날려버리기 전에. 난 지금 농구 때문에 바빠. 공부 따위 시험 전날 하면 그만이야."

"지, 진정해, 스도. 응?"

채팅 일이 알려지는 것을 바라지 않는지 이케가 스도를 살살 달랬다.

"저기, 스도. 한 번만 더 우리랑 공부하지 않을래? 물론 벼락치기로 퇴학을 면할 수 있을지도 몰라. 하지만 만약 실패하면 네가 제일 좋아하는 농구도 못 하게 되잖아?"

"그건…… 하지만 난 이 계집애가 마치 은혜라도 베풀어 주는 것 마냥 나오는 걸 받아들일 생각이 전혀 없어. 저번 에 재가 나한테 내뱉은 말을 잊지 않았다고. 나한테 그렇게 제안하기 전에 사과부터 하는 게 먼저다. 진심을 담아서 말 이야."

호리키타에게 적의밖에 없는 듯한 스도가 그렇게 말했다. 스스로 공부하지 않으면 위험하다는 것을 잘 알고 있으면서 도 농구를 모욕한 걸 도저히 용서할 수 없는 모양이다.

하지만 호리키타는 당연히 간단하게 사과의 말을 입에 담 지 않았다. 자신은 절대 틀린 말을 하지 않는 사람이라고 자부하기 때문이었다.

"난 네가 싫어, 스도."

"뭐라고?!"

사과는커녕 불에 기름이라도 끼얹듯 스도에게 호된 말을 던지는 호리키타.

"하지만 이 상황에서 서로를 무턱대고 싫어하는 건 그리 중요한 일이 아니지 않아? 난 나를 위해 너희의 공부를 도와주고. 넌 너를 위해 열심히 공부하면 되고. 그러면 되지. 내 말이 틀렸니?"

"그렇게 A반에 올라가고 싶냐? 싫어하는 나를 끌어들이면서까지?"

"응, 그래. 아니면 누가 좋다고 너희 일에 상관하겠니?"

심하게 직설적인 호리키타의 한 마디 한 마디에 스도는 노골적으로 점점 짜증을 드러냈다.

"난 농구 때문에 바쁘다고. 시험 기간에도 다른 애들은 연습을 쉴 것 같지 않고. 나만 재미도 없는 공부에 매달렸다가 걔들한테 뒤처질 순 없지."

호리키타는 또다시 스도가 그렇게 말할 줄 알았다는 듯 노트 한 권을 꺼내 펼쳐 보였다. 그곳에는 시험일까지의 계획이 빼곡하게 기록되어 있었다.

"지난번 스터디 때 그런 식으로 공부하면 안 된다는 걸 깨달았어. 너희는 기초가 없으니까. 비유하자면 망망대해에 내던져진 한 마리 고래. 어디를 향해 헤엄쳐야 할지조차도 모르는 상태지. 또 스도가 말한 것처럼 취미활동 시간을 줄여야 하는 게 스트레스인 것도 잘 알게 됐어. 그러다가 문제를 해결할 묘안이 떠올랐지."

"어떤 마법이야, 그건? 있으면 좀 알려주라."

시험공부와 동아리 활동을 병행할 수 있다. 그런 방법이 있을 리 있냐며 스도가 비웃었다.

"지금부터 2주 동안 받는 수업을 죽을 각오로 따라가."

순간 호리키타가 무슨 말을 하는지 알 수 없었다. 그건 다른 사람들도 마찬가지였다.

"평소에 너희 셋, 수업시간에 집중 안 하지?"

"단정 짓지 말아줬으면 좋겠는데."

이케가 반론했다.

"그럼 성실하게 듣니?"

"……그건 아니야. 수업이 어서 끝나기만을 멍하게 앉아서 기다리지."

"그렇지? 요컨대 너희는 하루에 6시간을 쓸데없이 보내고 있어. 굳이 방과 후에 한, 두 시간 확보해서 공부하는 것보다도 훨씬 막대하고 귀중한 시간을 잃어버리고 있다는 얘기지. 이 시간을 유효하게 활용해야만 해."

"과연…… 이론적으로는 그렇게 되지만…… 너무 무리 아닐까?"

쿠시다가 불안해하는 것도 당연하다. 평소에 공부를 못 따라가니까 시간을 그저 흘려보내고 마는 것이다.

수업 중에 잡담도 못 하니, 혼자 힘으로 문제를 완전히 이해할 수 있으리라고는 도저히 생각할 수 없다.

"수업 내용을 전혀 따라갈 수 없단 말이지."

"그건 나도 알아. 그래서 쉬는 시간에도 짧게 스터디를 할 거야."

호리키타는 그렇게 말하며 노트의 다음 장을 넘겼다. 그리고 어떤 방식으로 스터디를 진행할지 써 내려갔다.

요약하자면 이렇다. 1교시가 끝나면 바로 모두 모여서 수업 시간에 몰랐던 부분을 보고한다. 그리고 쉬는 시간 10분 동안 호리키타가 설명해주는 것이다.

그리고 또 다음 수업으로 이어지는 패턴이다. 물론 말처럼 그리 쉬운 일은 아니다.

수업에 따라가지 못하는 낙제생들이 10분이라는 짧은 시간에 학습할 수 있다는 보장은 어디에도 없으니까.

"자, 잠깐만. 갑자기 머리가 복잡해졌다. 정말 잘되겠냐?"

이케와 아이들도 이 계획이 무척 힘들 거라는 걸 곧바로 알아차렸다.

"그러게. 쉬는 시간 10분만으로는 모르는 부분을 설명하는 게 좀 무리 아닐까?"

"걱정할 필요 없어. 수업시간에 내가 모든 문제에다가 이해하기 쉽게 풀이를 달 거니까. 그걸로 나랑 아야노코지랑 쿠시다가 분담해서 일대일로 가르쳐주면 돼."

그렇게 한다면 10분이라는 시간을 효율적으로 쓰는 것이 가능하다.

"두 사람 다 정답 해설 정도는 할 수 있지?"

"하지만…… 시간을 맞출 수 있을까? 고등학교 과목은 내용이 어렵잖아. 이해도 안 되고."

"한 시간 동안 배우는 내용은 의외로 적어. 노트에 옮기면 한 바닥, 많아야 두 바닥 정도지. 거기서 시험에 나올 것 같은 내용만 간추리면 반바닥 분량의 지식을 담으면 끝이야. 시간이 도저히 부족한 경우에는 점심시간을 이용하자. 문제를 반드시 이해하라고는 말하지 않을게. 머릿속에 그대로 집어넣기만 바랄 뿐이야. 중요한 건 수업시간에 선생님의 목소리랑 칠판에 적힌 글자에만 집중하는 거야. 노트에 옮기는 작업은 일단 잊어버려."

"필기하지 말라는 소리?"

"쓰면서 문제랑 답을 기억하기가 생각보다 어렵거든."

과연 그럴지도 모른다. 필기에 집중하다보면 그저 기계적으로 베끼다가 귀중한 시간을 날려버리고 마는 것이다.

여하튼 호리키타는 방과 후의 시간을 이용해서 공부할 생각은 없는 것 같았다.

"일단 시도해보자. 부정하기 전에 직접 해보면 될 일이지."

"……의욕이 안 생기는데. 시간을 투자한다고 해도 난 너 같은 공부벌레랑 다르단 말이야. 그렇게 간단하게, 꼭 속임수같이 해서 공부가 늘 것 같지 않다고."

호리키타가 나름대로 세 사람을 배려해서 생각해낸 계획이었지만 스도는 고개를 쉽사리 끄덕여주지 않았다.

  "근본적인 걸 착각하는 것 같은데. 공부에 지름길이나 속임수가 있다고 생각하니? 아니, 꾸준히 시간을 들여서 기억하는 수밖에 없어. 그건 공부뿐만이 아니라 다른 모든 일도 마찬가지 아닐까? 네가 열정을 쏟는 농구에는 지름길이나 속임수가 있니?"

  "그런 게 있을 리 있냐? 몇 번이고 몇 번이고 연습해야 비로소 실력이 느는 거지."

  스도는 자기 입으로 말하다가 뜨끔했는지 숨을 삼켰다.

  "집중력, 진지하게 몰두할 힘이 없는 사람은 절대 무리야. 하지만 넌 농구를 위해서라면 전력을 쏟아내는 애지. 그 힘을 조금이라도 좋으니까 공부에 보태줄 순 없을까? 네가 이 학교에서 농구를 계속할 수 있도록. 자신의 가능성을 버리지 않기 위해서."

  그건 아주 미미했지만, 틀림없이 호리키타가 스도에게 한 걸음 다가간 것이었다. 드디어 스도가 망설이기 시작했다.

  하지만 그의 작은 자존심이 방해했다. 도저히 하겠다는 말이 목구멍 밖으로 나오지 않는 듯했다.

  "……역시 난 참가 안 해. 호리키타가 하는 대로 따라야 하는 게 마음에 안 들거든."

  스도는 그대로 자리에 앉지도 않고 나가려고 했다. 호리키타는 그를 막지 않았다.

이 기회를 놓치면 이제 두 번 다시는 함께 공부할 수 없으리라. 평소 같으면 방관하겠지만, 지금은 나도 나설 수밖에 없나.

"저기, 쿠시다. 혹시 남자 친구 생겼어?"

"뭐? 뭐라고? 아직 없는데, 아니 그것보다도 왜 이 시점에서 갑자기?!"

"만약에 내가 50점 받으면 나랑 데이트해줘."

나는 슬그머니 손을 내밀었다.

"뭐어?! 지금 무슨 소리 하는 거냐, 아야노코지! 쿠시다, 나랑 데이트 해줘! 난 51점 받을게!"

"아니야, 아니야! 나야! 나랑 데이트를! 52점 받을 테니까!"

재빠르게 반응한 것은 이케였다. 그리고 야마우치. 쿠시다는 내 진의를 곧바로 깨달았다.

"고, 곤란하게 됐네⋯⋯. 난 시험점수 같은 걸로 사람을 판단하지 않는데?"

"하지만 열심히 한 만큼의 대가도 받고 싶다고. 이케랑 야마우치도 그런 것 같은데? 스터디에 보상 같은 게 있으면 의욕이 더 생기지 않을까?"

"그럼, 그럼 이렇게 할까? 시험에서 제일 높은 점수를 받은 사람이랑, 그, 그러니까 데이트하는 걸로 좋다면⋯⋯. 나, 하기 싫은 일도 열심히 노력하는 사람한테 끌리니까."

"우와아아아아아! 할래! 하자, 하자! 저 하겠습니다!"

별로 낚이지 않아도 될 이케와 야마우치가 거친 콧바람을 뿜으며 소리쳤다. 나는 스도에게 말을 걸기로 했다.

"스도. 넌 어쩔래? 이게 기회일지도 모르는데."

그 말은 쿠시다와 데이트하고 싶지? 하는 의미와 조금 달랐다.

스도의 성격은 대충 파악하고 있다. 이런 상황에서 솔직하게 참가하고 싶다고 말하기 어려워한다는 것쯤은 왠지 예상이 된다. 그렇다면 이쪽에서 먼저 덫을 놓을 수밖에.

"……데이트? 나쁘지 않지. 정말이지, 어쩔 수 없군…… 그럼 나도 참가해볼까."

스도는 뒤돌아보지 않고 조용히 대답했다. 그 말에 쿠시다가 가슴을 쓸어내렸다.

"기억해둘게. 남자란 상상 이상으로 단순하고 시시한 생명체라는 걸."

호리키타도 그 사실을 알아차렸는지, 굳이 그렇게 말함으로써 자연스레 스도를 멤버로 받아들였다.

1

낙제조 스터디가 다시 시작되어 이래저래 순조롭게 진행되었다.

물론 누구 한 사람도 공부의 즐거움에 눈 떴다거나 기쁨을 느끼지는 않았지만, 퇴학 당하지 않기 위해 그리고 친구들과 쌓아가는 나날을 지키기 위해 싫어도 피하지 않고 공부와 마주하고 있었다. 바보 3인조는 자신과 어울리지 않는다고 느끼면서도 필사적으로 칠판에 적힌 문제를 반복해서 살피며 이해해보려고 몇 번이나 고개를 갸우뚱거렸다. 스도는 이따금 의식이 몽롱해지는지 고개가 앞뒤로 꾸벅꾸벅 넘어갔지만, 그래도 끝내 정신을 붙들고 있는 것은 역시 자신의 목표인 프로농구 선수를 꿈꾸고 있기 때문이리라. 남이 들으면 비웃을 무모한 꿈을, 한결같이 좇는다. 중학교를 졸업하고 이제 막 고등학교에 들어온 우리 1학년은 대부분 아직 꿈다운 꿈이 없다. 그저 막연하게, 앞으로 뭔가 되면 되겠지, 생활이 쪼들리지만 않게 된다면 하고만 생각하는 아이들이 대다수다. 그러니까 꿈을 위해 연습에 전념하는 스도는 아주 멋진 아이다.

그나저나 이 학교는 어떤 기준으로 실력의 정의를 내리는 것일까?

적어도 학력만으로 학생의 합격 여부를 가리지는 않았다.

내가 입학한 것이나 이케, 스도, 야마우치를 보더라도 틀림없는 사실이리라.

공부 이외의, 다양한 학생의 재능을 내다보고 입학시켰다고 한다면 낙제점을 한 번 받았다고 해서 퇴학시키는 제도는 절대로 말이 안 된다. 적어도 나는 그렇게 생각한다.

그 제도 자체가 거짓이 아니라면 도출할 수 있는 답의 범위는 확 줄어든다.

어쩌면 이케든 스도든, 반드시 극복할 수 있는 문제가 설정되어 있는 것이 아닐까?

갑자기 그런 의문이 일었다. 하지만 뭐, 그리 단순한 일은 아닌 것 같다. 지금 하는 수업이나 쪽지시험도 낙제생들에게는 충분히 수준 높은 문제다.

오전 수업이 끝나자 호리키타는 만족스러운 표정으로 혼자서 살짝 고개를 끄덕인 후 노트를 내려다보았다. 자기 나름대로 정리가 잘되었나 보다.

호리키타의 입장에서는 가르쳐야 할 상대가 바보 3인조라고 해도, 최대한 고득점을 받게 하고 싶은 것이 틀림없다. 그래야 반 전체도 평가받을 수 있고 학생 개개인의 능력도 향상될 테니 당연한 얘기다.

하지만 100점을 받게 하는 것은 너무 터무니없는 일로, 처음부터 노릴 생각은 없다. 이케에게 가르쳐줄 수 있는 것은 낙제점을 면하기 위한 방법, 단지 그것뿐이다.

점심시간 종이 울림과 동시에 바보 3인조는 식당으로 쏜살같이 달려갔다. 점심시간은 전부 합쳐 45분. 점심을 먹은 후 모두 도서관에 집합해서 20분간 공부하기로 약속되어 있었다.

이동하는 수고까지 고려해서 처음에는 교실에서 하자는 제안이 있었지만, 집중력을 높이기 위해서 소란스러운 교실 말고 도서관을 이용하기로 결정했다.

하지만 호리키타가 도서관을 선택한 진짜 이유는 히라타

를 피하고 싶어서라고 나는 생각한다. 히라타네 스터디 그룹은 점심시간에 모여 방과 후 공부에 대해 대화를 나누곤 하니까. 그 옆에서 우리가 복습을 하고 있으면 우리에게 말 걸 가능성이 적지 않다. 호리키타는 그게 싫은 것 아닐까?

"호리키타, 점심 어떻게 할래?"

"그게——"

"아야노코~지. 점심 같이 먹을래? 오늘 약속 없거든."

빼꼼 얼굴을 내민 사람은 쿠시다.

"아아, 그래. 그럼 쿠시다도 같이——"

"그럼 난 예정이 있어서 먼저 가볼게."

호리키타는 자리에서 일어나 혼자 교실을 빠져나가버렸다.

"미안해, 아야노코지. 저기, 혹시 나…… 방해됐니?"

"아니, 그런 거 아닌데."

쿠시다는 멀어지는 호리키타의 등을 바라보면서 바이바이, 하고 손을 살짝 흔들었다.

설마 확신범(確信犯)? 아무래도 그날 쿠시다의 비밀을 목격해버린 이후로 쿠시다가 내게 접근하는 기회가 노골적으로 늘어난 듯한 느낌이 든다. 믿고 있다고 입으로는 말하면서도, 누군가에게 폭로하지 않는지 의심하고 있는지도 모른다.

결국 쿠시다와 나는 카페에서 같이 밥을 먹기로 했다. 둘이 함께 카페에 들어가자 나는 압도적인 여자애들의 숫자에 기가 눌렸다.

"뭐야, 여자애들 왜 이렇게 많아⋯⋯."

카페 손님의 8할 이상이 여자다.

"남자가 먹는 밥, 같은 느낌이 아니니까."

메뉴는 파스타, 팬케이크 등 그야말로 여자애가 좋아할 만한 것들뿐이어서 운동 마니아 스도라면 양이 너무 부족하다고 불평하리라. 카페 안에 있는 몇 명 안 되는 남자애도 리얼충이라고 표현해야 하나, 좀 놀게 보이는 애들뿐이었다. 대체로 여자 친구와 단둘이 왔거나 아니면 여자애들에게 둘러싸여 있다.

"역시 학식 안 먹을래? 여기는 왠지 불편한데."

"익숙해지면 괜찮아져. 코엔지도 매일같이 여기 온다던데? 저봐, 저기."

그렇게 말하며 쿠시다가 구석의 다인용 테이블 자리를 손가락으로 가리켰다. 그곳에는 여자애들에게 둘러싸인 코엔지가 있었다. 평소와 다름없이 위풍당당한 얼굴이다.

점심시간에 안 보인다 했더니 이런 데 드나들고 있었단 말인가.

"인기 폭발이네. 주위에 있는 여자들은 3학년이야."

쿠시다도 깜짝 놀랐다. 우리는 코엔지와 선배들이 나누는 대화에 귀를 기울였다.

"코엔지. 자, 아~ 해봐."

"하하하! 역시 여자는 연상이 최고지~."

코엔지는 3학년을 상대로 전혀 주눅 들지 않고 오히려 몸을 밀착해가며 식사하고 있었다.

"역시 굉장한 녀석이군······."

"여기저기 퍼진 모양이더라고. 코엔지의 이름."

과연, 저 여자들은 돈이 목적이라는 소리인가.

"참 이상한 세상이다."

"여자는 현실주의자니까. 꿈만 가지고는 밥 먹고 살 수 없다는 거지."

"쿠시다, 너도 그래?"

"난 아주 조금쯤은 꿈도 꾸고 싶달까. 백마 탄 왕자님 같은?"

"백마 탄 왕자 말이지."

우리는 최대한 코엔지로부터 멀리 떨어진 자리에 가서 앉았다.

"아야노코지는? 역시 호리키타 같은 애가 좋아?"

"어째서 갑자기 호리키타가 튀어나오는 거야?"

"항상 같이 있으니까. 게다가 귀엽잖아."

하기야 호리키타가 귀엽긴 하다. 외모만이지만.

"그거 알아? 아야노코지, 너 사실은 여자애들한테 좀 주목받고 있다는 거? 1학년 여자애들이 만든 랭킹에도 올랐어."

"주목? 내가? 그리고 그건 도대체 무슨 랭킹인데······."

모르는 사이에 우리 남자들을 두고 등급을 매기고 있는 모양이다.

전에 남자애들이 여자애들 가슴 크기로 순위를 매겼던 것이랑 똑같은 것인가.

"종류야 무지 많아. 미남 랭킹도 있지? 부자 랭킹도 있지? 비호감 랭킹도 있지? 또——"

"……이제 그만 됐어. 왠지 듣고 싶지 않아졌어."

"괜찮아. 너는 미남 랭킹 5위에 올랐으니까. 축하해! 참고로 1위는 A반의 사토나카라는 애야. 2위가 히라타고 3, 4위는 A반 남자애들. 히라타는 외모랑 성격이 높은 포인트로 이어졌지."

과연 D반의 기대주. C반 이상의 여자애들로부터도 주목받는 눈치다.

"그럼 나, 기뻐해야 하는 건가?"

"물론이지. 아, 다만 성격이 어두운 애 랭킹에도 상위권에 들긴 했지만."

"그렇군……."

쿠시다가 휴대폰을 보여주었다. 거기에 무수한 남자애의 순위가 들어 있는 모양이었다.

그중에는 죽었으면 좋겠는 남자 랭킹 같은 위험한 글자도. 못 본 걸로 치자.

"별로 기뻐 보이지 않네? 5위나 했는데."

"인기 있다는 실감이 나면 모르겠는데 별로 그런 느낌도 없고."

실제로 신발장 안에 하트 스티커가 붙은 편지 한 장 들어 있는 꼴을 못 봤다.

"그거, 모든 여자애가 다 참여한 거 아니지?"

"응. 꽤 많은 인원이 참여한 것 같긴 하지만, 투표수 같은 건 비공개로 되어 있어. 댓글 다는 애들도 다 익명이고~."

요컨대 모르는 것투성이로, 투표 결과에 신빙성이 없다는 소리다.

"아마도 아야노코지는 손해 보고 있어. 내가 봐도 넌 충분히 잘생겼지만 히라타 같은 매력이 없달까, 눈에 띄는 구석이 없으니까. 머리가 좋다거나 운동신경이 뛰어나다거나 말주변이 좋다거나 그렇게 어필할 부분이 빠진 느낌?"

"그 말 꽤 비수로 꽂히는데……."

말하자면 인간적으로 내면에서 나오는 매력이 전혀 없다는 뜻 아닌가.

"미, 미안해. 좀 둘러서 말하는 게 좋았을지도."

자기가 생각하기에도 말이 좀 심했다 싶었는지, 반성하는 쿠시다.

"그런데 아야노코지는 중학교 때 여자 친구 같은 거 없었어?"

"없는 게 잘못됐냐?"

"……없었구나. 아하하, 딱히 잘못은 아니지만."

"랭킹 말인데. 만약 남자애들이 그런 거 했으면 여자애들은 어떻게 나왔을까?"

"경멸했겠지?"

히죽 웃었지만 눈은 웃지 않았다. 응, 그렇겠지. 뒤에서 귀여운 여자나 못생긴 여자로 등급을 매기면 격렬한 항의가 들어올 것이 틀림없다. 여기서도 또 한 번, 남녀 차별이 싹 트고 있다. 그나저나 쿠시다는 정말로 예전과 다름없는 태도로 나를 대하고 있다.

그렇게 속을 다 들켰으면 자기도 생각하는 바가 좀 있을 텐데 말이지.

"저기 말이야. 만약 싫은데 억지로 나한테 이러는 거면 무리 안 해도 돼."

"어머, 뭐래? 싫다고 생각 안 해. 나, 아야노코지랑 얘기하면 즐거운걸?"

"저번에 나 싫다고 말해놓고 무슨 소리야?"

"오호호, 그럴지도. 미안, 미안. 하지만 그건 진심이었어."

……아니, 진심이니까 상처 받았다고, 이쪽은. 이렇게 방글방글 웃으면서 속으로는 나를 싫어한다니. 정말 최악이다.

"사실은 오늘 점심 같이 먹자고 한 거, 너한테 좀 확인하고 싶은 게 있어서야. 이건 만약의 이야기인데, 나랑 호리키타 중에 한쪽 편을 들어야 한다면 넌 누굴 고를 거야? 나를 선택해줄래?"

"난 누구의 편도 아닌데. 중립이야."

"살다 보면 적당히 중립에 설 정도로 단순하지 않은 일도 있다고 생각해. 전쟁 반대를 외치는 건 훌륭하지만, 언제 소용돌이에 휘말릴지 알 수 없기도 하잖아? 만약 나랑 호리키타가 대립하게 됐을 때, 네가 내 편이 돼준다면 좀 든든할 것 같아."

"네가 그렇게 말해도 말이지……."

"그냥 기억해줬으면 좋겠어. 내가 너한테 기대를 걸고 있다는 것."

"기대, 말이지. 도움을 요청할 때는 우선 자초지종부터 설명하는 게 순서라고 생각하는데."

쿠시다는 시종일관 미소를 무너뜨리지 않은 채, 그러면서도 강한 의지를 담아 고개를 가로저으며 내 말을 거부했다.

"그보다 먼저 서로 신뢰 가능한 관계가 돼야겠지."

"그건 그래."

나도 쿠시다도, 아직 서로를 잘 이해하지 못한다는 게 진실이다.

앞으로 언젠가 신뢰가 쌓였을 때, 그때는 조금 더 쿠시다에 대해 알게 될지도 모른다.

2

우리는 약속 시간보다 1분 정도 늦게 도서관에 도착했다.

아이들은 이미 전부 모여 노트를 펼치고 기다리고 있었다. 도서관에는 우리뿐 아니라 많은 학생이 와서 열심히 공부하고 있었다. 1학년부터 3학년까지 구분 없이 모두 운명을 걸고 싸움을 강요받고 있다. 그것이 하루 만에 알게 된 광경이었다.

"늦었네."

"미안, 가게가 붐벼서 시간이 좀 걸렸어."

"설마 둘이서 밥 먹은 건 아니겠지?"

나와 쿠시다가 같이 온 것을 수상하게 여긴 이케가 의심의 눈초리를 보냈다.

실제로 둘이서 밥을 먹긴 했지만, 여기서는 쓸데없는 소리를 안 하는 편이 낫겠지.

"응, 맞아. 둘이서 점심 먹었어."

그 말은 안 해도 되잖아. 예상대로 바보 3인조는 노골적으로 불만스러운 표정을 지으며 나를 노려보았다. 마치 부모의 원수라도 보는 듯한 눈빛이다. 호리키타는 이쪽으로 시선도 주지 않고 한마디 던졌다.

"늦지 마."

"……네."

호리키타의 싸늘한 충고를 받은 나는 조용히 자리에 앉아 노트를 꺼냈다.

"수업 들으면서 생각한 건데 말이야, 지리라는 거 생각보다 간단하더군."

"화학도 의외로 안 어렵더라고."

이케와 야마우치가 그렇게 말했다.

"기본적으로 암기 문제가 많아서 아닐까? 영어나 수학은 기초가 없으면 못 푸는 문제가 많은데.”

 “방심은 금물이야. 시사 문제도 충분히 나올 수 있어.”

 “뭐? 무슨…… 문제라고?”

 “시사 문제! 최근에 있었던 정치, 경제 현상에 대한 거지. 교과서에 실린 문제만 시험에 출제된다고 단언할 수 없어.”

 “헉, 그럼 반칙이지! 시험 범위라는 의미가 없잖아!”

 “그것까지 포함하는 게 공부야.”

 “지리가 급 싫어졌다…….”

 물론 시사 문제가 나올 가능성은 배제할 수 없지만 이번에는 그냥 다루지 않고 넘어가도 되리라.

 나올지 안 나올지도 모르는 부분을 너무 신경 쓰다가 맞춰야 할 것을 놓치면 그것이야말로 손해니까.

 “서두르는 게 좋지 않을까?”

 이런저런 이야기를 나누는 동안에도 시간은 쉬지 않고 흘러간다.

 “맞아. 누구 씨가 늦는 바람에 귀중한 시간을 허비해버렸으니까.”

 “……아직도 혼낼 거냐.”

 “그럼 내가 모두에게 문제를 내볼게. 귀납법을 생각해낸 인물의 이름은?”

 “으음…… 아까 수업 때 나온 녀석이었지? 뭐더라…….”

 고개를 가우뚱거리며 이케가 손가락으로 샤프를 돌렸다.

 “아아, 그! 완전 배고파지는 이름이었던 것 같은데.”

"프란시스코 사비에르! ……랑 비슷한 이름 아닌가?"

스도도 답이 떠오르지 않았는지 살짝 아쉬워했다.

"아, 생각났다. 프란시스 베이컨이다!"

"정답."

"예스! 이걸로 100점은 따놓은 당상!"

"그건 아닐 텐데……."

하지만 앞으로 일주일간 필사적으로 공부에 매달리면 어떻게든 모두 낙제를 면할 수 있으리라.

"모두들, 무엇보다도 건강관리를 잘 해야 해. 아프면 공부할 시간도 줄어드니까."

쿠시다도 이제 여유가 없음을 아는지, 그렇게 말했다.

"괜찮을 거야. 이 세 사람이라면."

"과연 호리키타! 우리를 신뢰한다는 느낌?!"

그건 아마도 '바보는 감기에 걸리지 않는다'랑 같은 뉘앙스로 한 말 같은데.

"야. 좀 조용히 해. 거참 시끄럽네."

옆에서 공부하던 학생들 중 하나가 고개를 들었다.

"미안, 미안. 우리가 너무 시끄러웠지? 문제를 풀어서 너무 기쁜 나머지~. 귀납법을 생각해낸 인물은 프란시스 베이컨이다? 기억해서 손해 볼 일은 없을 거야~."

이케가 낄낄거리며 말했다.

"뭐? ……너희, 혹시 D반?"

옆자리에 있던 남자애들이 일제히 고개 들어 우리를 쳐다보았다. 그 모습이 심기를 건드렸는지 스도가 살짝 발끈해서 거칠게 입을 열었다.

"뭔데, 너희는? 우리가 D반인 게 뭐? 불만이라도 있냐?"

"아니, 아니. 별로 불만 없어. 난 C반 야마와키야. 잘 부탁한다."

생글생글 웃으며 우리를 둘러보는 야마와키.

"그냥 뭐라고 해야 하나, 이 학교가 실력으로 반을 나눠서 참 다행이다 싶어. 너희 같은 밑바닥들이랑 같이 공부하면 못 견딜 것 같으니까 말이지."

"너 방금 뭐라 그랬냐!"

말이 끝나기가 무섭게 버럭 화를 내며 자리에서 일어난 사람은 말할 것도 없이 스도였다.

"사실을 말한 건데 너무 화내지 마. 만약에 교내에서 폭력 행위가 일어나면 포인트 조정에 얼마나 영향을 미치겠냐? 아, 맞다. 너희는 더 잃을 포인트도 없지? 그 말은 바로 퇴학?"

"그러라 그래! 자, 어서 덤벼!"

스도가 소리칠 때마다 조용한 도서관 안의 수많은 시선을 싫어도 받게 된다.

이대로 사태가 심각해지면 선생님의 귀에도 들어가고 말겠지.

"쟤 말이 맞아. 여기서 소동을 일으키면 어떻게 될지 장담할 수 없어. 최악의 경우 퇴학이 될 수도 있다고 생각하는 게 좋아. 그리고 너. 우리에 대해 안 좋게 말하는 건 상관없

는데, 너희도 C반이잖아? 솔직히 그렇게 자만해도 될 위치
는 아닌 것 같은데."

"C반에서 A반까지야 오차 범위 안이지. 너희 D반만 차원
이 다르다고."

"굉장히 부적절한 기준을 가지고 있구나? 내가 봤을 때 A
반 이외에는 다 그 나물에 그 밥이야."

생글거리던 야마와키가 호리키타를 살짝 노려보았다.

"1포인트도 없는 불량품 주제에 건방진 소리 하지 마. 얼굴
이 좀 반반하다고 해서 뭐든지 다 용서되는 건 아니니까."

"아무 맥락도 없는 이야기, 고마워. 지금까지 내 외모에
대해 별로 걱정한 적 없었는데, 너한테 칭찬받으니까 갑자
기 불쾌해졌어."

"윽!"

야마와키가 책상을 치며 일어섰다.

"야, 야아. 그만둬. 우리가 먼저 싸움을 걸었다고 소문이
라도 퍼지면 큰일이라고."

야마와키와 같이 있던 C반 아이가 당황하며 소매를 붙잡
아 말렸다.

"이번 중간고사, 낙제 받으면 퇴학이라는 얘기는 이미 알고
있겠지? 너희 중에 퇴학자가 얼마나 나올지 기대되는군."

"미안하지만 D반에서 퇴학자는 안 나올 거야. 그리고 우
릴 걱정하기 전에 너희 반이나 걱정하는 게 어떨까? 우쭐대
다가 우리한테 발목 잡히지 말고."

"큭, 크크큭. 너희한테 발목 잡힌다고? 농담도 참."

"우린 낙제를 면하려고 공부하는 게 아니야. 더 좋은 점수를 받기 위해 공부하는 거지. 너희랑 동급 취급 하지 마. 아니 너희들, 프란시스 베이컨이다 뭐다 하면서 좋아하는데, 제정신이냐? 시험 범위에 없는 걸 공부해서 얻다 쓰려고?"

"뭐?"

"설마 시험 범위도 모르냐? 이래서 불량품들이란."

"적당히 해라?!"

스도가 터지기 일보 직전인지 아니면 이미 터졌는지 야마와키의 멱살을 움켜쥐었다.

"어, 어이, 폭력이라도 휘두르려고? 그러다가 마이너스 먹는다? 그래도 좋냐?"

"더 깎일 포인트도 없거든!"

스도가 팔을 자기 쪽으로 당겼다. 큰일 났다. 이 녀석 정말로 때릴 기세다.

이쯤 되면 말려야 한다. 내가 의자를 뒤로 밀고 일어서려는데——

"자, 자. 스톱! 스토오옵!"

그렇게 말한 사람은 도서관에서 공부하고 있었던 듯한 여학생이었다.

"뭐야, 넌? 제삼자는 빠져."

"제삼자? 이 도서관을 이용하는 학생 중 한 사람으로서 이 소동을 두고 볼 순 없지. 만약 꼭 폭력을 휘둘러야겠다

면 밖에 나가서 해줄래?"

담담하게 논리정연한 말을 늘어놓는, 연분홍빛이 감도는 금발 미녀의 모습에 스도는 야마와키를 잡고 있던 손을 풀었다.

"그리고 너희도 너무 지나친 도발 아니니? 더 계속하면 학교 측에 자세한 사정을 알릴 수밖에 없는데 그래도 괜찮아?"

"미, 미안. 그러려던 건 아니었어, 이치노세."

이치노세, 라고 야마와키가 부른 소녀와 전에 한 번 마주친 적이 있었음을 깨달았다.

호시노미야 선생님과 얘기를 나눴던 B반 학생이다.

"야, 가자. 이런 데서 공부하면 멍청한 게 옮는다."

"그, 그렇지."

야마와키와 그의 친구들은 말을 툭 내뱉은 후 그 자리를 떴다.

"너희도 여기서 계속 공부할 거면 얌전히 해. 이상이야."

당당한 태도로 멀어지는 그녀의 모습을 눈으로 배웅한 후 나는 감탄해서 고개를 끄덕였다.

"호리키타랑 달리 이 자리를 야무지게 정리하고 갔네."

"난 문제를 일으키려던 게 아니야. 그냥 사실대로 말했을 뿐이지."

바로 그게 일이 터질 뻔한 계기인 것을……

"있지…… 아까 시험 범위가 아니라고…… 말한 거, 분명 맞지?"

"……이게 어떻게 된 거야?"

우리는 서로 얼굴을 마주보았다.

차바시라 선생님으로부터 들은 시험 범위에는 대항해시대가 들어 있다.

그건 나도 호리키타도 분명 메모해두었기 때문에 틀림없다.

"반마다 시험이 다르다, 그 소린가?"

"그렇게 생각하긴 힘들어…… 학년마다 통일되어 있을 거야."

호리키타의 말처럼, 다섯 과목을 치는 중간고사와 기말고사는 기본적으로 학년 전체에서 똑같은 문제가 출제될 터였다. 그렇지 않으면 포인트 제도에 반영하는 것도 기준이 모호해지고 마니까.

그렇다면 C반에게만 시험 범위의 변경을 빨리 알렸다는 것일까?

아니면 우리 D반에게만 아직 전하지 않았다……?

생각하지도 못한 정보에 우리는 혼란스러워질 수밖에 없었다.

만약 정말로 사회 시험 범위가 우리가 아는 것과 다르다면.

……아니……. 사회만 그렇다면 최악이라도 어떻게든 되리라.

하지만 만약 모든 시험 범위가 그렇다면?

일주일간 했던 모든 공부가 헛수고로 돌아가버리고 말 것이다.

3

점심시간이 끝날 때까지 앞으로 10분 남았다.

우리 스터디 멤버들은 하던 공부를 마무리 짓고 얼른 교무실로 향했다.

어쨌든 시험 범위가 맞는지 확인해두지 않으면 진도를 나갈 수가 없다.

"선생님. 급하게 확인할 게 있습니다."

"분위기가 왜 이렇게 살벌해? 다른 선생님들이 깜짝 놀라시잖아."

"요란하게 밀고 들어온 것은 사과드립니다."

"그건 됐는데, 일하던 중이니까 간략하게 부탁한다."

교사에게는 교사로서 해야 할 일이 있는지 차바시라 선생님은 노트에 뭔가를 가득 쓰고 있었다.

"지난주에 선생님께서 말씀해주신 중간고사 범위 말인데요. 혹시 잘못 가르쳐주신 건 아닌가요? 아까 C반 애한테서 시험 범위가 다르다는 얘기를 들었거든요."

차바시라 선생님은 눈썹 하나 꿈틀대지 않고 호리키타의 이야기에 귀를 기울였다. 그리고 잠자코 듣고 있던 차바시라 선생님의, 펜을 놀리던 손이 멈췄다.

"……아, 맞다. 중간고사 범위가 지난주 금요일에 변경되었어. 미안, 너희한테 알려준다는 걸 깜박했네."

"뭐라고요——?!"

선생님은 노트에 다섯 과목의 시험 범위로 보이는 부분을 사각사각 쓴 다음 찢어서 호리키타에게 건넸다. 거기에 적힌 교과서 범위는 수업시간에 이미 배우긴 했지만, 스터디를 시작하기 전에 한 것이 대부분이어서 바보 3인조가 공부하지 않은 부분이었다.

"호리키타, 네 덕에 까먹은 걸 알아차렸네. 다른 애들도 고맙다. 그럼 이상."

"자, 잠깐만요, 사에 쌤! 너무 늦게 가르쳐주셨잖아요!"

"그렇지 않아. 아직 일주일이나 남았으니까, 앞으로 공부하면 거뜬하지, 뭘?"

미안해하는 기색도 전혀 없이 차바시라 선생님은 그 말만 남기고 우리를 교무실 밖으로 내보내려고 했다. 하지만 그대로 따르는 학생은 한 사람도 없었다.

"계속 이렇게 버티고 있다 해서 상황이 바뀌는 건 아니야. 그 정도는 알고 있잖아?"

"……얘들아, 가자."

"하, 하지만 호리키타! 이런 건 도저히 받아들일 수 없어!"

"선생님 말씀처럼 우리가 이러고 있어봤자 아까운 시간만 흘러가. 그보다는 새로운 시험 범위 공부를 하루라도 빨리 시작하는 게 나아."

"하지만!"

호리키타는 발걸음을 돌려 교무실 밖으로 나갔다. 스도와 나머지 아이들도 마지못해 그 뒤를 따랐다. 차바시라 선생님은 단 한 번도 우리에게 눈길을 주지 않았다. 그 모습에는 학생에 대한 미안한 마음도, 실수를 한 것에 대한 초조함도 없었다. 무엇보다 지금 이 상황이 일부 교사들의 귀에다 들렸으리라.

어찌 보면 담임으로서 아주 치명적인 실수인데도 그들은 아무런 반응도 보이지 않았다. 그 순간, 차바시라 선생님의 맞은편 자리에 앉은 호시노미야 선생님과 내 눈이 마주쳤다. 그녀는 희미한 미소를 지으며 나를 향해 손을 팔랑팔랑 흔들었다.

이거, 뭔가 있는데. 그저 단순히 새로운 시험 범위를 까먹고 전달하지 않은 건 아닌 듯하다.

복도로 나오자 벌써 오후 수업의 시작을 알리는 예비종이 울렸다.

"쿠시다. 부탁이 좀 있어."

"응? 뭔데?"

"새 시험 범위를 반 애들한테 알려줬으면 좋겠어."

그렇게 말한 호리키타가 선생님에게서 받은 종이를 쿠시다에게 건넸다.

"그건 괜찮은데…… 내가 해도 괜찮아?"

"이 중에서 네가 제일 적임자라는 건 의논할 필요도 없잖아. 시험 범위를 모른 채 시험을 칠 수는 없지."

"응, 알았어. 내가 책임지고 히라타랑 다른 애들한테 전달할게."

"난 내일 이후에 대비해서 새 시험 범위를 다시 정리해놓을게."

호리키타는 애써 평정을 가장했지만, 살짝 초조해한다는 것을 알았다. 필사적으로 한 공부는 다 헛수고가 되었고 우리는 다시 원점으로 돌아왔다. 시간도 고작 일주일밖에 남지 않았다.

무엇보다 걱정인 것은 바보 3인조의 동기부여이리라.

"호리키타. 네가 고생이네. 잘 부탁한다."

스도는 고개를 숙이며 호리키타에게 그렇게 말했다.

"나…… 내일부터 일주일 동안 동아리 쉴 거다. 그렇게 하면 어떻게든 될까?"

"……그럼……."

남은 일주일이라는 시간을 생각하면 필수불가결한 일이지만, 그래도 냉정한 판단이다.

기대도 하지 않았던 스도의 의지에 깜짝 놀란 호리키타였지만, 너무 갑작스러워서 바로 받아들이기 힘든 듯했다.

"정말 그래도 괜찮아? 굉장히 힘들 거야."

"공부는 원래 힘든 거라며?"

씩 웃으며 스도가 호리키타의 어깨를 두드렸다.

"스도, 진심이냐?"

"어. 지금 완전 열 받았거든. 담임한테도, C반 놈들한테도."

불행 중 다행이라고 해야 할까. 벼랑 끝에 내몰리자 스도가 비로소 공부에 긍정적인 자세를 보였다. 하지 않으면 시험을 통과할 수 없다. 그렇게 피부로 느낀 것이겠지. 그리고 스도를 본 이케와 야마우치도 덩달아 자극을 받은 듯했다.

"어쩔 수 없네. 우리도 한다!"

"알았어. 너희가 그런 각오로 나온다면 당연히 도와야지. 하지만 스도——"

호리키타는 자신의 어깨에 놓인 손을 무자비하게 탁 때렸다.

"내 몸에 손대지 마. 다음에 또 그러면 용서 안 할 거니까."

"……귀여운 데라고는 하나도 없는 계집애……."

"반드시 복수해줄 테다!"

"나도!"

쿠시다도 갑자기 의욕이 샘솟았는지 꽉 쥔 주먹을 앞으로 뻗었다.

"아야노코지도 함께 힘내자!"

"응? 아니, 나는——"

"설마…… 이제 공부할 마음이 사라졌다든가?"

"……좀 생각해볼까……."

"너는 나한테 협력하기로 약속했지. 내 말 틀렸니?"

내 속마음을 읽었는지 호리키타가 매섭게 째려보았다.

"난 남한테 뭘 가르쳐주는 건 잘 못해. 원래 다들 맞는 게 있고 안 맞는 게 있잖아?"

솔직히 공부를 가르쳐준다는 의미에서는 나보다 호리키

타나 쿠시다가 훨씬 적합하다.

누군가에게 가르쳐줄 만큼 내가 '된' 인간은 아니다.

"그러고 보니 아야노코지는 시험 점수, 별로 안 좋았지?"

"시간도 없으니까 맨투맨으로 가르치는 것보다 호리키타 랑 쿠시다 둘이 힘을 모아서 세 사람을 가르치는 게 훨씬 효 율적일 거야. 그리고 좀 신경 쓰이는 일도 있고."

"신경 쓰이는 일?"

교무실에서 목격했던 일련의 흐름은 그대로 지나칠 수 없 는 너무도 큰 요소였던 것이다.

4

점심시간이 되자마자 나는 자리에서 일어섰다. 어떤 목적 을 위해. 그래서 식당으로 향한다.

"어디 가?"

허둥지둥 D반을 뒤로하는 내 모습이 신경 쓰였는지 쿠시 다가 뒤따라왔다. 느닷없이 내 앞을 가로막고는 몸을 쑥 내 밀어 나를 올려다보았다.

"점심시간이니까 밥 먹으러 가."

"흐음? 나도 같이 가도 돼?"

"별로 상관은 없는데. 쿠시다 너라면 나 말고도 밥 먹을 사람 많잖아?"

"같이 밥 먹을 친구야 줄을 섰지만, 아야노코지 넌 단 하나쁜이잖아? 그리고 평소 같으면 너, 호리키타한테 말 걸 텐데 오늘은 웬일로 그러질 않아서. 어제 말이야, 신경 쓰이는 일이 있다고 교무실에서 말했었지? 그게 뭔데?"

여전히 주위에서 들리는 이야기를 귀담아 듣는달까 유심히 관찰한달까. 솔직히 누가 옆에 있으면 하기 힘들 것 같다고 생각해지만, 쿠시다라면 괜찮을지도 모른다. 나는 이 녀석의 비밀을 우연히 알아버렸으니까. 허튼 짓은 하지 않겠지.

"가르쳐줄 순 있지만. 아무한테도 말 안하겠다고 약속할 수 있어?"

"비밀 지키는 거 하나는 자신 있지."

나는 쿠시다와 함께 식당에 가기로 했다. 이윽고 식당에 도착해 학생들로 북적거리는 식권 판매기 앞에 다다랐다. 줄을 서서 두 사람 분의 식권을 구입한 나는 곧장 카운터로 가지 않고 그 자리에서 옆으로 물러나 메뉴를 고르는 학생들의 손가락 끝을 유심히 살폈다.

"왜 그래?"

돌연 관찰을 시작한 내 모습이 이상하다는 듯 고개를 갸우뚱거리는 쿠시다.

"내가 신경 쓰인다는 일에 대답이 될 가능성이 있어서."

나는 식권 판매기에서 정식을 사는 학생들을 계속해서 관찰했다. 그리고 스무 명 정도 지나간 후 드디어 나의 타깃이 등장했다. 어떤 정식을 구입한 다음 무거운 발걸음을 이

끌고 카운터로 향하는 학생.

"됐다. 우리도 가자."

"뭐? 응."

재빨리 카운터에서 식권과 정식을 교환한 나는 발걸음이 무거운 학생 앞에 자리를 잡았다.

"저어, 실례합니다. 선배……시죠?"

"……응? 누군데, 넌?"

조용히 고개를 든 학생은 흥미롭다는 듯 나를 올려다보았다.

"2학년이세요? 아니면 3학년?"

"3학년인데 왜? 넌 1학년이냐?"

"네. D반 아야노코지라고 합니다. 선배도 D반이시죠?"

"……그게 너랑 무슨 상관이 있어?"

어떻게 알았어? 하는 식으로 쿠시다가 눈을 동그랗게 떴다.

"무료로 먹을 수 있는 정식은 한정적이잖아요. 정말 맛없죠, 그거."

선배가 먹고 있는 것은 산채정식이었다.

"지금 뭐 하는 거야, 귀찮게시리."

선배가 트레이를 들고 일어서려고 해서 막아 세웠다.

"선배한테 상담하고 싶은 이야기가 있어요. 들어주시면 답례도 해드릴게요."

"……답례?"

식당 안은 시끌벅적해서 내 작은 목소리가 주위의 소음에 묻혀 금세 사라졌다.

가까이 있는 학생들도 다행히 친구와 담소를 나누느라 정신이 없었다.

"재작년 1학기 중간고사 문제, 혹시 가지고 계세요? 만약 선배나 아니면 다른 D반 선배님 중에서 옛날 1학년 문제를 가지고 계신 분이 있으면 저한테 주시면 좋겠어요."

"너, 네가 지금 무슨 소릴 하는지 알기나 하냐?"

"잘못된 일은 아니잖아요. 옛날 문제를 잘 활용하는 건 딱히 학교 규칙에 위배되는 사항도 아니라고 생각하는데요."

"왜 하필 나한테 그런 부탁을 하는 거야?"

"그건 아주 간단해요. 포인트가 부족해서 곤란해하는 사람이라면 제 제안에 응할 확률이 높다고 생각해서죠. 실제로 선배는 이렇게 맛없는 산채정식을 먹고 있고. 물론 산채정식이 좋아서 먹는다고 하면 이야기는 달라지지만. 자, 어떻게 하실래요?"

"……얼마나 줄 건데?"

"1만 포인트. 그게 상한선이에요."

"난 그런 거 안 가지고 있어. 하지만 …… 가지고 있을 것 같은 녀석이 있긴 하지. 그 녀석한테 도와달라고 부탁하려면 적어도 3만 포인트는 필요해. 그 정도 주면 준비해주지."

"아무리 그래도 3만 포인트는 무리예요. 그렇게 큰 포인트는 없다고요."

"지금 얼마 남았는데?"

"……2만이요."

"그럼 2만…… 아니, 1만 5천에 해줄게. 그 이하는 무리다."

"1만 5천이요……?"

"일면식도 없는 나한테 옛날 문제를 부탁하는 걸 보면 꽤애가 탄탄 거겠지. 이 학교는 낙제점을 받은 학생에게 바로 퇴학 처분이 내려져. 우리 반 애들도 몇 명이나 없어졌어."

"그렇죠. ……그럼 알겠습니다. 1만 5천 포인트를 드릴게요."

"그럼 교섭은 성립한 거다. 물론 포인트를 주는 게 먼저야."

"그건 상관없는데요, 만약에 저희를 배신하기라도 한다면 아무리 선배라도 용서하지 않을 거예요? 퇴학 당할 각오로 모든 수단과 방법을 동원해서 보복할 겁니다."

"……세게 나오네. 알았어, 포인트를 양도 받으면 싫어도 기록이 남으니까. 후배 등쳐먹었다는 소문이 퍼지기라도 하면 나 역시 무사하진 않겠지."

"그리고 선배. 1만 5천 포인트를 드릴 테니 덤으로 하나만 더 부탁 들어주시면 안 돼요? 입학 직후에 쳤던 쪽지시험. 그 답지가 보고 싶은데요."

"알았어, 그것도 같이 줄게. 뭐, 네 생각은 쓸데없는 걱정같지만 말이지."

아무래도 선배는 내가 노리는 것과 생각까지 전부 이해하고 있는 눈치였다.

"감사합니다."

교섭을 성공 짓자 선배는 재빨리 자리에서 일어났다. 남의 눈에 띄고 싶지 않아서일까.

"저기, 아야노코지……. 방금 그거…… 그래도 정말 괜찮을까?"

"문제될 것 없어. 포인트 양도는 학교 규칙 안에 있고. 교칙 위반이 아니니까."

"그건 그럴지도 모르지만. 옛날 시험 문제를 받는 건 비겁한 방법 아닐까?"

"비겁? 난 그렇게 생각 안 해. 만약에 학교에서 그걸 인정해주지 않는다면 당연히 처음부터 그렇게 설명했을 거야. 그리고 오늘 3학년 선배를 보고 확신이 들었어. 이런 식으로 학생들끼리 거래하는 게 드문 일이 아니라는 사실을 말이야."

"뭐……?"

"특별히 내 말에 놀란 기색도 없고 내 존재를 의외로 빨리 받아들었어. 아마도 이런 교섭이 처음이 아닐 거야. 1학년 때의 중간고사 답안지뿐만이 아니라 입학 직후의 쪽지시험 답안지도 보존하고 있다는 걸 봐도 거의 틀림없지."

쿠시다가 놀라 눈이 휘둥그레졌다.

"아야노코지, 너 의외로 과감한 면이 있네. 깜짝 놀랐어."

"스도랑 애들 퇴학을 막기 위한 보험 정도로 해두자."

"하지만 만약 헛다리짚은 거면 어떡해? 옛날 문제는 그냥 옛날 문제잖아? 올해 시험이랑 전혀 관계없을지도 모른다고."

"완전히 똑같은 문제는 안 나올지 몰라도 전혀 다른 문제일 거라고도 생각하지 않아. 이번 쪽지시험이 그 힌트야."

"힌트?"

"간단한 문제 사이에 굉장히 어려운 문제도 일부 섞여 있었던 거 알지?"

"응. 마지막 문제 말이지? 난 문제가 무슨 뜻인지조차 몰랐어."

"나중에 알아보니까 그건 고등학교 2, 3학년 때 배우는 범위에 든 문제였어. 요컨대 1학년들 대부분은 못 풀 문제였다는 거지. 학교 측이 그렇게 풀 수도 없는 문제를 굳이 집어넣을 필요는 없잖아? 그러니까 그 시험에는 학력을 알아보는 것 이외에 다른 목적이 있었던 건지도 몰라. 만약 과거 쪽지시험에 이번과 완전히 똑같은 문제가 출제되었다면, 어쩔래?"

"……옛날 문제를 보면 모든 문제를 맞힐 수 있다는 거네."

그러니 중간고사도 똑같이 응용할 수 있으리라.

잠시 후 내 휴대폰으로 3학년 선배의 첨부파일이 전송되었다. 옛날 문제였다.

우선은 쪽지시험부터 확인했다. 중요한 것은 마지막 세 문제가 똑같은가 아닌가이다.

쿠시다도 신경 쓰이는지 가까이 다가와 내 휴대폰을 들여다보았다.

"어때? 어때?"

"똑같아. 글자 한 자, 토씨 하나까지 똑같아. 재작년 시험이랑 우리가 쳤던 시험은 완전히 똑같은 내용이었어."

"대단해, 대단해! 그럼 이 중간고사 문제를 애들한테 보여주면 이번 시험도 거뜬하게 치겠네! 스도랑 야마우치, 이케한테만 말고 다른 반 애들한테도 빨리 보여주자!"

"아니, 그렇게는 하지 말자. 아무에게도 아직 이 문제지를 보여주면 안 돼."

"어, 어째서? 모처럼 많은 포인트를 내주고 얻은 건데."

"이게 정말 유효한 문제들이라는 걸 알게 되면 긴장이 풀릴 거고, 모처럼 공부할 의욕에 불타올랐는데 찬물을 끼얹게 될 거야. 무엇보다도 이걸 너무 믿는 것도 문제야. 중간고사도 쪽지시험이랑 똑같으리라는 보장은 없으니까. 올해만 달라질 가능성도 있잖아?"

어디까지나 이 과거 문제는 보험이라는 사실을 머릿속에 입력해두어야 한다.

"그럼 이건 어떻게 쓸 건데?"

"시험 전날 이게 옛날 문제라는 걸 모두에게 알리는 거야. 그리고 재작년 시험 문제랑 올해 쪽지시험 문제가 똑같았다는 것도 같이 알려주는 거지. 그럼 애들은 어떻게 할까?"

"밤새도록 필사적으로 문제를 암기하겠지!"

"바로 그거야."

요령이 부족한 학생은 모든 문제를 하루 만에 못 외울지도 모른다. 하지만 사전에 문제를 파악하는 건 어렵지 않다. 이번 시험은 만점을 받는 것이 목표가 아니다. 어디까지나 낙제를 면하는 것이 중요하다. 지나치게 욕심부리다가는 제 무덤을 팔 가능성이 있다.

하지만 어쩌면 이걸로 D반 아이들 전원이 시험을 통과할 수 있을지도 모른다.

"있지…… 언제부터 옛날 문제를 구하려고 마음먹은 거야?"

"구하고 싶다는 생각이 든 건 시험 범위가 틀렸다는 걸 알았을 때야. 그리고 옛날 문제가 유효할 가능성이 있다는 건 중간고사 이야기가 나왔을 때부터 살짝 예상했지."

"뭐?! 그, 그렇게 전부터?"

"중간고사에 대해 얘기했을 때 차바시라 선생님의 말투가 묘하게 독특했거든. 담임으로서 스도를 비롯한 낙제생들의 성적과 학습 태도를 제대로 파악하고 있으면서도 퇴학자 없이 넘어갈 방법이 있다는 식으로 확신을 가지고 말했어. 그러니까 반드시 구할 수 있는 확실한 방법이 있다는 걸 은연중에 알린 게 아닌가 싶어서."

"그게…… 이 과거 문제의 존재?"

공부를 잘하지 못하는 스도나 이케 등이 이 학교에 입학할 수 있었던 것도 이와 관련이 있을지도 모른다. 정공법으로는 점수를 취할 수 없지만 퇴학을 당하지 않기 위한 돌파구랄까, 수단이 뿌려져 있는 게 아닐까. 이번에 과거 문제를 입수함으로써 누구나 만점에 가까운 점수를 받을 수 있는 것처럼. 그렇게 생각하면 자연스레 납득이 간다.

"……아야노코지, 너 은근히 능력자다?"

"내 악취미가 가동된 것뿐이야. 내심, 나도 중간고사를 통과할 자신도 없었고. 그래서 어떻게 잘 넘길 방법이 없나 찾아본 거지, 뭐."

"흐음."

뭔가 생각할 것이 있는지 쿠시다가 의미심장한 미소를 지었다.

"한 가지 부탁이 있는데, 이 과거 시험 쿠시다 네가 입수한 걸로 해주면 안 될까? 너랑 사이좋은 3학년 선배가 알려줬다고 했으면 좋겠는데."

"그건 상관없는데…… 하지만 넌 그래도 괜찮아?"

"난 무사안일주의자라서. 불필요하게 주목받고 싶지도 않고, 쿠시다는 반 애들이 신뢰하니까. 내가 전해주는 것보다 훨씬 낫지."

"……알았어. 네가 그렇게 말한다면."

"고맙다. 쓸데없이 나서서 주목받는 건 피하고 싶어."

"그럼 이건 우리 둘만의 비밀인 거지?"

"뭐, 그렇게 되는 거지."

"비밀을 공유한 사이라니, 묘한 인연이랄까 신뢰관계가

형성된 것 같지 않니?"

　"글쎄, 어떨까? 그럼 좋겠는데."

　"고마워."

　쿠시다는 그저 짧게 대답했다. 그 고맙다는 말의 의미는
전하지 않은 채.

○중간고사

수업이 끝나고 목요일 방과 후가 찾아왔다. 드디어 내일은 중간고사다.

종례를 마친 차바시라 선생님이 교실을 나간 후 쿠시다는 곧바로 행동개시에 들어갔다.

내가 입수한 옛날 문제를 편의점에서 복사한 종이다발을 들고 교단 위로 올라갔다.

"모두들, 미안. 돌아가기 전에 내 이야기를 좀 들어줄 수 있을까?"

스도도 쿠시다의 말에 움직임을 멈추고 귀를 기울였다.

이 역할은 나나 호리키타가 따라할 수 없는, 그녀만 가능한 임무다.

"내일 중간고사에 대비해서 지금까지 열심히 공부했으리라고 생각해. 그런 너희들에게 좀 도움이 될 만한 게 있어서 가지고 왔어. 지금부터 이 프린트를 나눠 줄게."

쿠시다는 제일 앞줄에 앉은 아이들에게 머릿수만큼의 문제지와 답안지를 분배했다.

"시험…… 문제? 설마 쿠시다, 네가 만든 거야?"

호리키타도 당연히 처음 듣는 이야기라, 깜짝 놀란 모습을 보였다.

"사실 이거, 옛날 문제야. 어젯밤에 3학년 선배한테 받았어."

"옛날 문제? 뭐, 뭐라고?! 이거, 혹시 꽤 쓸 만한 문젠가?"

"응. 사실 재작년 중간고사 말인데, 이거랑 문제가 거의 비슷하대. 그래서 이걸 가지고 공부하면 분명 실전에 큰 도움이 될 것 같아."

"우와아아! 진짜냐?! 쿠시다, 땡큐~!"

감격해서 시험용지를 껴안는 이케. 다른 아이들도 모두 갑작스레 찾아온 행복에 흥분을 감추지 않았다.

"뭐야, 이런 게 있었으면 그렇게 열심히 공부할 필요도 없었잖아."

히죽히죽 웃으며 야마우치가 툴툴거렸다. 역시 전날 주는 게 정답이었다.

"스도도 오늘은 이걸로 공부해."

"응. 고맙다."

스도도 기쁜 표정으로 문제지를 받았다.

"이건 다른 반 녀석들한테 절대 비밀이다! 다 함께 고득점을 받아서 쫄게 해주자!"

이케가 우쭐해져서 소리쳤는데, 그 의견에는 대찬성이다. 굳이 다른 반을 도와줄 필요는 없다. 그로부터 잠시 후 반 아이들은 의기양양하게 하교하기 시작했다.

"쿠시다. 큰 공을 세웠네."

웬일로 호리키타가 솔직하게 칭찬했다.

"에헤헤, 그래?"

"난 옛날 시험지를 이용하려는 생각을 미처 못 했거든. 그게 유리하다는 걸 알아봐준 것도 정말 고마워."

늘 혼자고, 친구가 없는 호리키타로서는 상상 밖의 일이었던 모양이다.

"친구를 위해서니까. 이 정도야 뭐."

"그리고 오늘 방과 후에 알려준 것도 정답이었다고 생각해. 조심성 없이 옛날 문제의 존재를 얘기하거나 했다면 공부에 집중하기 어려웠을 가능성도 있으니까."

"문제를 늦게 입수한 것일 뿐이지만 말이지. 이제 남은 건 내일 시험에서 같은 문제가 엄청나게 나와만 준다면…… 다들 굉장한 점수를 받을지도 몰라."

"그래. 그리고 2주일간의 노력도 쓸모없지 않았을 거야."

낙제조에게는 영원처럼 긴 2주일이었겠지만 공부하는 집중력과 습관이 조금은 몸에 배게 되었으리라.

"힘들었지만 즐거웠어."

"그 바보 3인조는 하나도 안 즐거웠겠지만."

할 수 있는 일은 다 했다. 이제 세 사람의 노력 여하에 달렸다.

"시험지를 받아 들었을 때 부디 머릿속이 새하얘지지 않기를 빌 뿐이야."

그 부분만큼은 우리가 도와줄 수 없다. 아무리 충분히 가르쳐서 스터디 때는 잘했다고 해도 실전에서 실력대로 문제를 푼다는 법은 없다. 중요한 옛날 문제지도 어떻게 활용하느냐에 따라 그 효과가 달라진다.

"그럼 우리도 돌아가볼까."

가방에 노트와 교과서를 넣는 쿠시다를 가만히 바라보는 호리키타.

"쿠시다."

"응?"

"지금까지 정말 고마웠어. 네가 없었으면 스터디도 못 했어."

"너무 신경 쓰지 마. 난 반 친구들이랑 같이 하나라도 더 높은 반으로 올라가고 싶어. 난 그렇게 생각하니까. 그래서 이 스터디에 참여한 거야. 또 언제든지 힘을 보탤게."

그리고 환하게 웃으며 가방을 손에 드는 쿠시다.

"잠깐만. 하나만 너한테 확인하고 싶은 게 있어."

"확인하고 싶은 거?"

"앞으로도 우리 반을 위해 날 도와준다고 말한다면, 꼭 확인해둬야만 하는 일이야."

호리키타가 빤히, 미소가 눈부신 쿠시다를 바라보며 말했다.

"너 나 싫어하지?"

"야, 야……."

뭘 확인하나 했더니 또 어처구니없는 말을.

"왜 그렇게 생각해?"

"그렇게 느끼니까, 라고밖에 그 질문에 대답할 수 없는데…… 내 느낌이 틀렸니?"

"……아하하, 이거 곤란하네."

손에 든 가방을 천천히 도로 내려놓았다. 그리고 변함없는 미소로 호리키타를 보았다.

"그래. 완전 싫어."

그리고 확실히 그렇게 전했다. 감추지 않고 솔직하게.

"이유, 말하는 편이 좋을까?"

"……아니. 필요 없어. 사실만 알면 충분해. 앞으로는 거리낌 없이 너랑 잘 지낼 수 있을 것 같아."

제일 싫다고 직접적으로 들었는데도 불구하고 호리키타는 쿠시다에게 그렇게 대답했다.

1

"결석 없음. 모두 늦지 않게 잘 왔네."

아침 시간, 차바시라 선생님은 어울리지 않는 미소를 지으며 교실로 들어왔다.

"너희 떨거지들에게 첫 관문이 찾아왔는데, 뭐 질문 있나?"

"저희는 지난 몇 주 동안 정말 열심히 공부했어요. 우리 반에서 낙제점을 받을 애는 없을 거예요."

"꽤나 자신만만하네, 히라타."

다른 아이들의 표정에도 자신감이 넘쳐흘렀다. 선생님은

시험지 다발을 탁탁 쳐서 정리한 다음 아이들에게 나눠주기 시작했다. 1교시 시험 과목은 사회. 공부한 것 중에서는 그나마 쉬운 과목이라고 할 수 있다.

여기서 막히면 솔직히 남은 과목은 아주 힘든 싸움이 될 것이다.

"만약 이번 중간고사랑 7월에 실시될 기말고사에서 단 한 사람도 낙제자가 나오지 않는다면 여름방학 때 너희 모두 바캉스에 데려가주지."

"바캉스, 라고요?"

"그래. 그렇지…… 푸른 바다로 둘러싸인 섬에서 꿈같은 생활을 보내게 해주마."

여름 바다라는 것은…… 당연히 여자애들의 수영복을 볼 수 있다는 소리…….

"뭐, 뭐지. 이 묘한 부담감은…….."

차바시라 선생님은 학생(주로 남자)들이 뿜어내는 힘찬 기백에 자기도 모르게 한 걸음 뒤로 물러났다.

"얘들아…… 해치워버리자!"

"우오오오오오오오오!"

이케의 한마디에 남자애들의 포효가 이어졌다. 나 역시 이 소란에 묻어가듯 함께 소리를 질렀다.

"변태."

호리키타가 쏘아보자 그 목소리는 금세 쏙 들어갔지만.

이윽고 모두에게 시험지가 배부되었다. 그리고 선생님의

신호와 함께 일제히 시험지를 폈다.

나는 문제를 풀기에 앞서 모든 문제를 스르륵 훑어보았다. 바보 3인조에게 가르쳐줬던 범위로 낙제를 면할 수 있는가 없는가. 무엇보다 옛날 문제랑 똑같거나, 유사한 문제가 얼마나 나왔는지. 그것을 확인해야만 한다.

──좋았어.

나는 몰래 주먹을 불끈 쥐었다. 무서울 정도로 옛날 문제와 똑같은 문제가 나열되어 있었다. 적어도 언뜻 보기에는 차이점이 발견되지 않을 정도다.

통째로 암기했다면 만점에 가까운 점수가 나올 것이 명백했다.

몰래 주위를 둘러봤지만 초조해하거나 난감해하는 표정의 아이들은 보이지 않았다. 대부분 하룻밤동안 문제를 다 파악한 것이리라.

나도 천천히 답을 채우기 시작했다.

2교시, 3교시 동안 국어와 화학 시험이 이어졌다. 그나저나, 하고 나는 문제를 풀며 다른 곳에서 감동을 받았다. 이렇게 다시금 시험 문제를 들여다보니 호리키타가 가르쳐준 범위가 꽤 적중했기 때문이다. 그 정도로 적확하게 수업을 파악하고 문제를 예상했다는 이야기다. 옆에서 묵묵히 답을 적어내려가고 있는 소녀는 상상 이상으로 우수하다.

그리고 4교시. 수학. 수준만 봐서는 쪽지시험보다도 훨씬 난이도 있는 문제가 쭉 늘어서 있었지만, 이것도 옛날 문제와 다르지 않은 내용이다. 스도를 비롯한 아이들은 일부 문제의 의미조차 이해하지 못했을지도 모르지만, 그래도 답만 기억하고 있으면 맞힐 수 있다.

그리고 찾아온 휴식 시간.

스터디 멤버인 이케와 야마우치, 쿠시다가 호리키타의 주위로 몰려들었다.

"대박 쉬웠어! 중간고사 따위!"

"나 한 120점은 받을 것 같아."

제일 처음 목소리는 여유 만만한 이케의 것이었다. 야마우치도 느낌이 좋은지 환한 미소를 지었다.

두 사람은 웃으면서도 마지막 복습을 위해 손에 옛 문제를 들고 있었다.

"스도는 어땠어?"

혼자 책상에 앉아 옛날 문제를 응시하고 있는 스도에게 말을 거는 쿠시다.

하지만 스도는 어두운 표정으로 그저 문제만 집어삼킬 듯 보고 있었다.

"스도?"

"……어? 아, 미안. 좀 바빠서."

말하면서도 보고 있는 문제는 영어 파트였다. 스도의 이마에 땀이 송골송골 맺혔다.

"스도. 너 혹시…… 옛날 문제 공부 안 했어?"

"영어 말고는 다 했는데. 하다가 깜박 잠드는 바람에."

살짝 초조해하면서 스도가 말했다. 그러니까 말하자면 지금 처음으로 문제를 보고 있다는 얘기다.

"뭐어어?!"

요컨대 스도에게 남겨진 시간은 채 10분도 안 되는 쉬는 시간뿐.

"제기랄. 왠지 답이 머리에 하나도 안 들어온다."

영어는 지금까지의 시험과 달리 암기도 쉽지 않다. 10분 만에 모든 답을 다 기억하기란 무리이리라.

"스도, 점수 배점이 높은 문제랑 답이 짧은 것부터 외워."

호리키타가 재빨리 자리에서 일어나 스도 옆에 붙었다.

"으, 으응."

그리고 배점이 낮은 문제는 제쳐두고 고득점, 이해하기 쉬운 부분만 파나갔다.

"괘, 괜찮으려나."

방해가 되면 안 된다며 쿠시다가 불안한 표정으로 지켜보았다.

"일본어랑 달리 영어는 기초가 없으면 꼭 무슨 주문처럼 보이니까. 그걸 외우려면 시간이 좀 걸려."

"그, 그렇지? 나도 영어는 애 좀 먹었지……."

10분간의 휴식 시간은 순식간에 지나가버리고 무정한 종소리가 울려 퍼졌다.

"할 만큼 했어. 이제 까먹기 전에 기억나는 문제부터 풀어."

"응……."

그리고 시작된 영어 시험. 다른 학생들은 편안한 마음으로 풀어나갔지만, 스도는 힘들게 문제와 씨름했다. 이따금 스도가 책상에 머리를 콩콩 박으면서 펜을 쥔 손을 멈추곤 했다. 하지만 그 누구도 스도를 도와줄 수 없다. 이제는 스도가 스스로 극복하는 수밖에.

2

마지막 시험까지 끝난 후 우리는 다시 스도의 주위에 모였다.

"야, 어땠어? 괜찮았어?"

이케가 불안한 목소리로 말을 걸었다. 스도는 약간 냉정을 잃은 듯 보였다.

"몰라…… 할 수 있는 건 다 했어, 나. 차마 못 매길 것 같다……."

"괜찮아. 살면서 제일 열심히 공부한 거니까 분명 잘될 거야."

"젠장. 왜 자버려가지고."

자신에게 화를 내며 다리를 덜덜 떨었다. 그런 스도 앞에 호리키타도 모습을 드러냈다.

"스도."

"……뭐야. 또 설교할 셈이냐?"

"옛날 문제를 안 본 건 네 실수야. 하지만 시험 칠 때까지 공부한 기간 동안 넌 너 나름대로 최선을 다했어. 대충 하지 않았다는 거, 잘 알아. 있는 힘을 다 짜냈다면 가슴을 당당히 펴도 된다고 생각해."

"뭐야. 지금 나 위로하는 거냐?"

"위로? 난 그냥 사실을 말한 거야. 지금까지의 스도를 보면 얼마나 공부하기 힘들었는지 잘 알 수 있는걸."

호리키타가 솔직하게 스도를 칭찬하고 있다. 우리는 그 광경이 차마 믿어지지 않아 서로 얼굴을 마주 보았다.

"결과를 기다리자."

"응…… 그래."

"그리고…… 하나만 더. 너한테 정정해야 할 말이 있어."

"정정?"

"내가 저번에 너한테 프로 구단을 노리는 건 바보나 하는 짓이라고 말했었지?"

"그딴 거 지금 기억하게 할래?"

"그날 이후로 농구에 대해서, 그 세계에서 프로가 되는 게 어떤 것인지 나 나름대로 조사해봤어. 그리고 역시 험한 가시밭길이라는 걸 알았지."

"그래서 나더러 포기하라는 거냐? 무모한 꿈이라고?"

"그렇지 않아. 넌 농구에 열정을 쏟고 있어. 그런 네가 프로가 되는 일의 어려움을, 살아가는 것의 어려움을 모를 리가 없지."

태도는 평소와 다름없었지만 그건 틀림없는 호리키타의 어설픈 사과였다.

"일본인 중에도 프로의 세계에서 싸우는 사람들이 엄청 많아. 그리고 그중에는 세계를 무대로 싸우려 하는 일본인도 있고. 넌 그 세계를 꿈꾸는 거겠지."

"그래. 아무리 바보 취급당해도 난 프로 선수를 노릴 거다. 그게 아르바이트로 힘들게 연명해야 하는 가난한 생활로 이어진다고 해도 난 해내 보이고 말겠어."

"난 나랑 상관없는 일을 이해할 필요는 없다고 생각했었어. 그래서 처음에 네가 프로농구 선수를 꿈꾼다고 했을 때 모욕적인 발언을 했던 거야. 하지만 지금은 많이 후회해. 농구의 어려움, 힘듦을 모르는 사람이 그 꿈을 바보 취급할 권리 따위 없는데 말이야. 스도, 스터디에서 쏟았던 땀과 노력을 잊지 말고 농구도 그렇게 해. 그러면 넌 프로 선수가 될지도 몰라. 적어도 난 그렇게 느꼈어."

호리키타의 표정은 평소와 조금도 다르지 않았지만 천천히 고개를 숙였다.

"그땐 정말 미안했어. ……내가 하고 싶은 말은 이게 다야. 그럼 난 이만 가볼게."

그렇게 사과의 말을 남기고 호리키타가 교실을 뒤로 했다.

"야, 야아. 방금 봤냐? 그 호리키타가 사과를 했다고! 그것도 완전 정중하게!"

"이게 꿈이냐 생시냐……!"

이케와 야마우치가 놀라는 것도 무리는 아니다. 나조차 조금 놀랐으니까. 쿠시다도 그래 보였다.

그 정도로 스도가 열심히 했다는 사실을, 호리키타가 인정했다는 증거이기도 하리라.

스도는 의자에 앉은 채 망연하게 호리키타가 사라진 교실 문을 바라보았다.

잠시 후 당황한 듯 자신의 심장에 오른손을 대더니 초조한 모습으로 우리 쪽으로 뒤돌아보았다.

"크, 큰일났다…… 나…… 호리키타한테 반한 것 같다……."

○시작

교실로 발을 들인 순간 차바시라 선생님은 깜짝 놀란 듯 학생들을 둘러보았다. 학생들이 마른침을 삼키며 중간고사 결과 발표를 기다리느라 교실 안은 심상찮은 분위기가 만연했다.

"선생님. 오늘 채점 결과가 발표된다고 하셨는데, 언제 해요?"

"넌 그런 것까지 신경 쓸 필요 없잖아, 히라타. 그 정도 수준의 시험은 여유롭게 쳤을 텐데."

"……언제 해요?"

"기뻐해도 돼. 바로 지금부터니까. 방과 후에 하면 여러 가지로 절차 밟기가 빠듯할지도 모르니."

절차, 라는 단어에 일부 학생이 민감하게 반응했다.

"그 말씀은…… 무슨 의미죠?"

"당황하지 마. 지금부터 발표한다."

여느 때와 마찬가지로 이 학교는 상세한 내용을 정리해서 고지하는 형식을 취하리라.

차바시라 선생님은 학생의 이름과 점수 일람이 실린 커다란 종이를 칠판에 붙였다.

"솔직히 좀 감탄했어. 너희가 이 정도로 높은 점수를 받을 줄은 몰랐거든. 수학이랑 국어, 게다가 사회는 공동 1등, 즉 만점이 열 명이 넘어."

100이라는 숫자가 나열되자 학생들로부터 기쁨의 환호성이 터져 나왔다. 하지만 일부 학생들의 얼굴에서는 웃음을 찾아볼 수 없었다. 중요한 것은 스도의 영어 점수, 단지 그것뿐이다.

그리고——

나온 종이…… 거기에 적힌 스도의 시험 결과는 다섯 과목 중 네 과목이 60점 전후로 꽤 높은 점수였다. 제일 중요한 영어 점수는, 39점.

"예~스!!"

스도가 순간적으로 자리에서 벌떡 일어나며 소리쳤다. 이케와 야마우치도 동시에 일어나서 기뻐했다.

낙제 커트라인을 표시한 선도 보이지 않았다. 나는 쿠시다와 눈이 마주치자 일단 마음이 놓였다. 호리키타는 ……그 얼굴에 미소나 기쁨은 보이지 않았지만, 내심 안도한 모습이기도 했다.

"보셨죠, 선생님?! 우리도 한다면 한다고요!"

이케가 우쭐한 표정을 지었다.

"아아, 인정할게. 너희가 열심히 했다는 건. 하지만——"

차바시라 선생님이 빨간 펜을 손에 쥐었다.

"앗……?"

그 순간 스도의 입에서 맥 빠진 목소리가 흘러나왔다.

스도의 이름 위에 빨간 줄이 그어졌기 때문이다.

"뭐, 뭐죠? 어떻게 된 거에요?!"

"넌 낙제야, 스도."

"네엣?! 거짓말이죠? 겁주지 마세요, 왜 내가 낙제예요?!"

차바시라 선생님의 통보에 반발한 것은 물론 스도였다.

기쁨을 만끽하던 교실은 스도의 낙제 소식에 일순 어수선해졌다.

"스도. 넌 영어에서 낙제점을 받았어. 여기까지란 소리다."

"웃기지 마세요. 낙제점은 32점이잖아요! 32점을 넘겼는데!"

"누가 언제 32점이 낙제랬지?"

"아니, 선생님이 말씀하셨잖아요! 그렇지, 애들아?!"

이케도 스도를 도와 소리쳤다.

"너희가 뭐라도 말하든 다 소용없다. 이건 틀림없는 사실이니까. 이번 중간고사에서 낙제 커트라인은 40점 미만이다. 즉 스도는 1점이 부족하다는 얘기지. 아까워라."

"4, 40점?! 그런 소리 못 들었어요! 받아들일 수 없다고요!"

"그럼 너희에게 이 학교의 낙제 판단 기준을 가르쳐 주지."

차바시라 선생님은 칠판에 간단한 수식을 썼다.

칠판에 적힌 것은 $79.6 \div 2 = 39.8$이라는 숫자였다.

"저번 그리고 이번의 낙제 기준은 각 반마다 다르게 설정되어 있다. 그리고 구하는 방법은 평균 점수 나누기 2. 이렇게 해서 나온 숫자보다 높은 점수를 받아야 하는 거지."

요컨대 39.8점 이하는 낙제라는 것이다.

"이걸로 네가 낙제라는 게 증명되었지? 그럼 이상."

"거짓말이죠…… 난…… 내가, 퇴학, 이라고요?"

"얼마 안 되는 시간이었지만 수고 많았다. 방과 후에 퇴학서를 제출해주었으면 하는데, 그때는 보호자도 동반해야 하거든. 부모님께는 이 시간 후에 내가 연락드려 놓으마."

담담하게, 마치 아무것도 아닌 보고처럼 술술 말을 늘어놓는 선생님의 모습에 학생들은 그제야 진짜라는 것을 실감했다.

"남은 학생들은 잘했다. 토 달 필요 없이 합격이야. 다음 기말고사에서도 낙제를 받지 않도록 열심히 하도록. 그럼, 다음은――"

"서, 선생님. 정말 스도가 퇴학이란 말씀이세요? 구제 조치는 없는 겁니까?"

스도를 제일 먼저 걱정한 사람은 히라타였다.

스도로부터 미움을 사고, 반쯤 폭언에 가까운 말을 들었는데도 말이다.

"사실이야. 낙제점을 받으면 그것으로 끝. 스도는 퇴학이다."

"……스도의 답안지를 보여주시면 안 될까요?"

"본다고 뭐가 달라지겠니? 채점 실수는 없었다. 뭐, 항의가 들어올 줄은 알았어."

스도의 영어 답안지만 챙겨 왔는지, 선생님이 히라타에게 답안지를 건넸다.

곧바로 답안지를 훑어본 히라타의 낯빛이 흐려졌다.

"채점 실수는…… 없어."

"납득이 갔으면 이걸로 조례를 마치겠다."

동정도 기회도 주지 않고 차바시라 선생님은 무정하게도 퇴학이라고 말했다. 이케와 야마우치는 위로의 한마디가 오히려 역효과라는 것을 잘 알았기에 아무 말도 하지 못했다. 그것은 히라타와 그 친구들도 마찬가지였다. 그리고 슬프지만 일부 학생은 내심 안도하기도 했다. 반에 걸림돌이 되는 스도가 사라지게 되었다는 사실에 대한 기쁨일까?

"스도. 방과 후에 교무실로 와. 이상이다."

"……차바시라 선생님. 잠시만 괜찮으세요?"

지금까지 침묵을 지키고 있던 호리키타가 가느다란 팔을 스윽 들어올렸다.

이제까지 해온 학교생활 중 자발적으로 호리키타가 발언한 적은 단 한 번도 없었다.

그 이상한 광경에 차바시라 선생님을 비롯한 모든 이가 깜짝 놀라 목소리를 높였다.

"웬일이니, 호리키타. 네가 손을 다 들고. 무슨 일이지?"

"방금 선생님은 지난 쪽지시험에서 32점 미만이 낙제라고 말씀하셨죠. 그리고 그건 칠판에 쓰신 계산식으로 나온 숫자고요. 그런데 지난 쪽지시험의 산출 방법에 문제가 있지 않나요?"

"그래, 문제 따윈 없다."

"그럼 한 가지 의문이 생기는데요. 지난 쪽지시험의 평균 점을 제가 계산해보니 64.4가 나왔어요. 그걸 2로 나누면 32.2가 됩니다. 요컨대 32점을 넘어간 거죠. 그런데도 불구 하고 낙제점은 32점 미만이었어요. 말하자면 소수점을 버 리는 방식이란 거예요. 이번 산출 방식과 모순돼요."

"그, 그러네. 지난번 방식대로라면 중간고사는 39점 미만 이 낙제야!"

요컨대 39점인 스도는 종이 한 장 차이로 낙제를 면한다 는 소리다.

"그렇구나. 넌 스도의 점수가 아슬아슬할 거라는 걸 예 상한 모양이구나. 그래서 영어 점수만 극단적으로 낮았던 거니?"

"호리키타, 너……."

스도가 뭔가를 알아차렸다. 그리고 다른 학생들도 퍼뜩 정 신이 들어 칠판에 붙은 종이로 시선을 옮겼다. 호리키타는 다섯 과목 중 네 과목이 전부 만점이었는데도 불구하고 영어 점수만은 51점이었던 것이다. 명백하게 이질적이었다.

"너, 설마──"

스도도 내막을 알아차린 모양이다.

아마도, 아니 틀림없다. 호리키타는 영어 평균점을 조금 이라도 내리기 위해 자신의 시험 점수를 최대한으로 낮춘 것이다.

"만약 제 생각이 틀렸다면 지난 시험과 이번 시험의 계산 방법이 다른 이유를 설명해주세요."

비쳐 들어오는 한 줄기 빛. 최후의 희망.

"그래. 그럼 좀 더 자세히 설명해주지. 미안하지만 네 계산 방법은 한 가지가 잘못되었어. 낙제점을 계산할 때 기준점의 소수점은 반올림으로 계산된단다. 그러니까 지난 시험의 낙제점은 32점이고 이번 시험은 40점이지. 그게 정답이다."

"윽……."

"넌 사실 소수점 이하가 반올림된다는 걸 알아차렸을 거야. 가능성에 걸고 이렇게 말한 거겠지만…… 안타깝네. 자, 이제 슬슬 1교시가 시작되니까 난 가볼게."

호리키타는 추격할 방법을 잃고 그대로 침묵했다. 차바시라 선생님의 말에는 모순이 없다. 최후의 방법도 소용없어졌다. 삐걱 하고 문이 닫히자 교실은 정적에 휩싸였다.

스도는 퇴학이라는 사실에 곤혹스러워하면서도 자신의 점수를 내려가며 감싸주려고 했던 호리키타를 빤히 바라보았다. 어떻게든 스도의 퇴학을 저지하려고, 자신의 점수를 아슬아슬하게 내린 호리키타를.

"……미안해. 내가 좀 더 점수를 적게 받았어야 했는데."

짧은 한마디를 남기고 호리키타가 천천히 자리에 앉았다.

하지만 51점은 호리키타의 입장에서 봤을 때 정말 많이 떨어진 점수였다.

여기에서 40점대까지 더 떨어뜨리면 최악의 경우 자신이 퇴학 당할 위험도 있는 것이다.

"어째서…… 너, 날 싫어한다고 했잖아."

"난 나를 위해 행동했을 뿐이야. 착각하지 말아줘. 그 노력도 다 헛수고가 되어버렸지만."

나는 슬그머니 자리에서 일어났다.

"어, 어디 가냐, 아야노코지!"

"화장실."

그렇게 말한 나는 교실을 빠져나와 잰걸음으로 교무실로 향했다. 차바시라 선생님은 벌써 교무실까지 가버린 것일까. 그렇게 생각하면서도 1층으로 내려가 보니, 복도 창가에서 가만히 서서 바깥을 바라보고 있는 차바시라 선생님이 있었다. 마치 누군가를 기다리고 있는 듯.

"아야노코지? 왜 그러니? 이제 곧 수업 시작하는데."

"선생님. 질문 하나만 드려도 될까요?"

"……질문? 그것 때문에 일부러 날 따라 온 거니."

"꼭 가르쳐주셨으면 하는 게 있어서요."

"호리키타에 이어 너까지 나한테 질문이라니. 도대체 뭔데?"

"지금의 일본은, 이 사회는 평등하다고 생각하세요?"

"꽤 생뚱맞은 질문이구나. 갑자기 뭐야. 내가 그 질문에 대답하는 게 무슨 의미가 있니?"

"중요한 겁니다. 대답해주세요."

"내 나름대로의 견해를 말하자면, 당연히 이 세상은 평등하지 않아. 손톱만큼도."

"네. 저도 그렇게 생각해요. 평등이란 단어 따위 다 가짜라고요."

"그걸 물으려고 날 따라왔단 말이야? 그게 다라면 난 이만 간다."

"일주일 전에 선생님은 저희 앞에서 시험 범위가 달랐다는 사실을 알리시면서 이렇게 말씀하셨죠. 전하는 걸 까먹었다고. 그건 사실이고, 실제로 다른 반보다 일주일이나 늦게 고지되었어요."

"교무실에서 그렇게 말했지. 그게 왜?"

"문제도 똑같고, 포인트 반영도 똑같고, 퇴학이 걸려 있다는 사실도 똑같은데도 불구하고 D반만 불평등한 조건 속에서 시험 치길 강요받았다는 것입니다."

"그걸 납득할 수 없다는 거니? 하지만 좋은 예구나. 그거야말로 불평등한 사회의 축도(縮圖)라고 할 수 있지."

"물론 이 사회는 아무리 좋게 보려고 해도 절대 평등하지 않아요. 하지만 우리 인간은 생각할 수 있는 생물이죠."

"하고 싶은 말이 뭐지?"

"적어도 평등하게 보이려고 노력은 해야 한다, 이 얘기입니다."

"……그렇군."

"일주일 차이가 우연인지 의도적인지는 제게는 아무래도

좋은 문제입니다. 하지만 이 불평등이 지금 한 학생을 퇴학으로 내몰고 있어요. 그건 사실입니다."

"그래서 나보고 어쩌라고?"

"그걸 여쭤보러 온 겁니다. 불평등을 초래한 학교 측에, 적절한 대응을 희망합니다."

"싫다고 말한다면?"

"그게 올바른 판정인지, 적절한 곳에 확인을 요구할 수밖에요."

"안타깝네. 네 말은 물론 틀리지 않았지만 그 요구는 받아줄 수 없구나. 스도는 퇴학이야. 현 단계에서는 번복할 수 없는 얘기다. 포기해."

이쪽이 이치에 맞게 준비한 말을 차바시라 선생님은 한 귀로 흘려보냈다. 하지만 거기에 논리가 없는 것은 아니었다.

역시 이 사람은 항상 말 속에 어떤 의미를 담아서 말하고 있다.

"현 단계에서는 번복할 수 없다? 그 말씀은 방법이 있다는 거네요?"

"아야노코지, 난 개인적으로 널 높이 사. 네 능력은 이번 시험 일로 빨리도 드러났지. 옛날 문제를 입수하는 방법은 정답 중 하나야. 하지만 그것 자체는 일반적으로 조금만 머리를 굴려도 누구나 생각해낼 수 있는 정도의 발상, 상식 범위 내에 지나지 않지. 그런데 그 문제를 모든 반 아이들과 공유해서 시험 평균점을 극단적으로 높인 건 네가 처음이야. 그런 결과를 이끌어내기까지의 논리에야말로 가치가 있다고 난 생각한다. 솔직하게 정말 잘했다고 칭찬해주지."

"옛날 시험 문제를 손에 넣은 것도, 애들이랑 공유한 것도 전부 쿠시다이지, 전 아무것도 안 했는데요."

"네가 앞에 나서서 소란을 피우는 걸 좋아하지 않는 이유는 잘 알겠지만, 상급생에게는 상급생의 과제가 있어. 네가 3학년한테 접촉한 것 역시 미안하지만 전부 파악이 끝났지."

아무래도 나의 행동은 생각보다 훨씬 더 잘 새어 나가는 듯하다.

"하지만 신뢰성 있는 옛 문제를 구했음에도 불구하고 결국 마무리 짓질 못했어. 그게 패인이야. 좀 더 철저하게 암기를 시켰더라면 스도도 다른 과목과 마찬가지로 낙제점을 받지 않았을 거야. 이번에는 순순히 인정하고 스도를 내치는 게 어떠니? 그 편이 앞으로 훨씬 더 편할지도 모른단다?"

"그거야…… 그럴지도 모르지만요. 이번에는 도와주기로 결심했기 때문에. 아직 포기하기에는 이르달까. 아직 해볼 수 있는 방법도 남아있고요."

나는 주머니에서 학생증을 꺼냈다.

"무슨 속셈이야?"

"스도의 영어 시험 점수, 1점만 저한테 파세요."

"…………."

차바시라 선생님이 눈을 동그랗게 뜨고 나를 보더니 웃음을 터뜨렸다.

"푸하하하하! 재미있는 소리 하네, 너. 역시 독특한 녀석이야. 설마 점수를 팔라고 말할 줄이야. 정말 생각지도 못했다."

"선생님이 입학식 날 그러셨잖아요? 이 학교에서 포인트로 못 사는 건 없다고. 중간고사도 학교 안에 있는 것 중 하나고요."

"과연, 그렇구나. 그래. 그렇게 생각하는 것도 가능하겠어. 하지만 네가 가진 포인트로 살 수 있는 금액이라는 보장이 어디 있지?"

"얼만데요? 1점의 가치가?"

"그거 꽤 어려운 질문이구나. 난 지금까지 점수를 판 적이 단 한 번도 없어서 말이야. 그래…… 특별히 지금, 이 자리에서 10만 포인트를 지불한다면 팔아줄게."

"정말 심술궂으시네요, 선생님은."

입학하고 한 달 동안 포인트를 하나도 쓰지 않은 학생은 아무도 없으리라.

즉, 실질적으로 혼자 10만 포인트나 가진 학생은 존재하지 않는 셈이다.

"──저도 낼게요."

등 뒤로 들리는 목소리. 뒤돌아보자 호리키타가 서 있었다.

"호리키타……."

"큭큭큭. 역시 너희는 재미있는 애들이야."

차바시라 선생님은 내게서 학생증을 거둬들였다. 그리고 호리키타의 것도.

"괜찮네. 스도에게 1점을 팔라는 이야기, 받아들이겠다. 너희에게서 총 10만 포인트를 받아가마. 스도에게는 퇴학이 취소되었다고 전해주렴."

"정말 괜찮죠?"

"10만에 팔겠다고 약속했으니 어쩌겠니."

어이없어하면서도 어딘지 즐거운 듯 차바시라 선생님이 말했다.

"호리키타, 너도 조금은 알게 되지 않았나? 아야노코지의 능력?"

"……글쎄요. 제 눈에는 미운 짓만 골라서 하는 애로밖에 보이지 않는데요?"

"뭐야, 미운 짓만 골라서 하는 애라니……."

"시험에서 좋은 점수를 낼 수 있는데도 일부러 낮게 받고, 옛날 문제를 입수하자는 아이디어를 생각해냈으면서도 그걸 쿠시다의 공으로 돌리고. 점수를 산다는 무모한 생각이나 하고 있고. 도대체가 상식에서 벗어난 것밖에 생각하지 않는, 미운 짓만 골라서 하는 애요."

아무래도 옛날 시험 문제 대목까지 그녀의 귀에 들어간 모양이다.

"너희가 있으면 어쩌면. 정말로 윗반으로 올라갈지도 모르겠구나."

"쟤는 모르겠지만 전 윗반에 올라갈 거예요."

"여태껏 단 한 번도 D반이 윗반으로 올라간 적은 없어. 왜냐하면 너희는 학교 측이 떼어낸 불량품이니까. 그런 너희가 어떻게 윗반을 노리겠다는 거지?"

"선생님. 한 말씀 드려도 될까요?"

호리키타는 흔들리지 않고 차바시라 선생님을 응시했다.

"사실 D반 애들 대부분은 불량품일지도 모르지만, 쓰레기랑은 달라요."

"쓰레기와 불량품이 어떻게 다르지?"

"불량품인가 아닌가는 종이 한 장 차이일 뿐이에요. 아주 살짝 수리하거나 변화를 주기만 해도 불량품은 좋은 물건으로 바뀔 가능성이 숨어 있다고 전 생각해요."

"그렇구나. 호리키타 네가 그렇게 말하면 묘하게 설득력이 있으니, 참 신기한 일이야."

선생님의 그러한 발언에는 나도 동감한다. 호리키타의 입에서 나왔기 때문에 의미 있는 말이었다.

남을 깔보고 귀찮은 존재로 단정 지었던 호리키타가 지금 변하려고 하고 있다.

물론 변하는 게 그리 간단한 일은 아니다. 하지만 그 편린이 보인 것만으로도 큰 변화다. 차바시라 선생님도 그렇게 느꼈는지 엷고 희미한 미소가 비쳤다.

"그럼 어디 한번 기대해볼까? 담임으로서, 너희의 미래를 따뜻한 눈으로 지켜보도록 하지."

그 말만을 남기고 차바시라 선생님은 교무실로 사라졌다.

남겨진 것은 우리 둘뿐.

"자, 그럼 돌아갈까? 이제 곧 수업시간이다."

"아야노코지."

갑자기 호리키타가 내 옆구리를 있는 힘껏 가격했다.

"아얏! 무슨 짓이야!"

"그냥."

호리키타는 기절할 지경으로 아파하는 나를 그대로 내버려둔 채 걸음을 옮기기 시작했다.

정말 성가신 반…… 성가신 녀석한테 찍혀버렸군.

나는 그렇게 생각하며 소녀의 뒤를 따라가기로 했다.

○승리의 파티

"건배!"

이케가 주스 캔을 손에 쥐고 외쳤다.

중간고사 결과 발표로부터 하루가 지난 그날 밤, 옛 낙제조가 한 자리에 모였다. 공부에서 해방되었다는 기쁨과 어느 한 사람도 퇴학 당하지 않았다는 사실에 호리키타를 제외한 모든 이의 얼굴에 미소가 넘쳐흘렀다.

친구와 고생을 나누고 함께 시련을 극복했다. 이런 것이야말로 청춘인지도 모른다.

딱 하나 불만스러운 점을 제외하면, 결코 나쁘지 않다.

"……왜 그래, 그런 어두운 표정을 하고. 스도가 퇴학 당하지 않게 됐잖아?"

"승리 파티를 여는 건 별로 상관없고 찬성하는 쪽이지만, 왜 내 방에서 해야 하나 싶어서."

"내 방은 너무 더럽단 말이야. 스도도 야마우치도 똑같은 이유고. 그렇다고 여자애 방에서 할 수도 없잖아? 아니, 물론 나야 쿠시다 방 같은 데서 하면 땡큐지만. 그나저나 정말 감탄사가 나올 정도로 아야노코지의 방에는 아무것도 없군."

"입학하고 이제 고작 두 달 좀 지났잖아? 뭐가 있는 게 더 이상하지."

일상적으로 사용하는 것들 이외에 뭐가 더 필요한지 모르겠다.

"쿠시다는 어떻게 생각해?"

"난 좋아. 간소하지만 청결하고."

"그렇다고 하네. 좋겠다? 쿠시다한테 칭찬받아서. 푸하하하!"

사적인 원한으로 나를 달달 볶는 이케.

"여하튼 정말 큰일 날 뻔했어, 이번 중간고사. 만약에 스터디를 안 했으면 난 괜찮겠지만 이케랑 스도는 100퍼센트 아웃이었을 거다."

"뭐시라? 너도 아슬아슬했잖아."

"아니, 아니. 난 마음먹고 제대로 하면 100점 받을 수 있으니까. 진짜로."

"이것도 다 호리키타 네 덕분이야. 애네한테 공부를 가르쳐줬잖아?"

호리키타는 대화에 끼어들려고 하지 않고 혼자 조용히 고개 숙인 채 소설을 읽고 있었다. 그러다가 자신에게 하는 소리를 듣자, 책에 책갈피를 꽂은 후 고개를 들었다.

"난 그냥 나를 위해서 했을 뿐이야. 퇴학자가 나오면 D반 평가가 떨어지니까."

"지금 이 시점에서는 거짓말이라도 애들이 퇴학 당하는 게 싫었다고 말하라고. 호감도 올라가니까."

"안 올라가도 되는데."

뭐, 태도는 평소와 다르지 않았지만 이 파티에 참가해준

355

것만으로도 진보인가?

처음 만났을 때의 호리키타였다면 틀림없이 이 자리에 오지 않았을 테니까 말이다.

"뭐, 그래도…… 의외로 좋은 녀석이야, 호리키타는."

스도가 호리키타를 감싸듯 그렇게 말했다.

호리키타가 스도에게 사과한 이후로 스도는 호리키타를 대하는 태도가 무척 부드러워졌다. 예전에는 정말 싫다고까지 공언했지만, 사람이 바뀌려면 얼마든지 바뀔 수 있는 법이다.

"그나저나 무슨 수로 담임이 스도의 퇴학을 취소하게 만든 거야?"

"나도 궁금하다. 도대체 무슨 마법을 부린 거야, 호리키타?!"

"글쎄, 기억이 잘 안 나네."

"우와, 비밀이라는 거?!"

과장되게 뒤로 발라당 넘어지는 리액션을 취하는 이케.

"중간고사를 통과한 것 정도로 들뜨지는 않는 게 좋아. 다음에는 기말고사가 기다리고 있어. 이번보다 훨씬 난이도 높은 문제가 나올 거라고 예상해. 게다가 포인트를 얻으려면 플러스가 될 부분도 찾아야 하고."

"또 지옥 같은 공부가 시작되는 건가…… 최악이군."

이케가 여전히 누워서 머리를 감싸 쥐었다.

"그렇게 되지 않도록 지금부터 미리 공부해야겠다는 생각은 안 드냐?"

"응. 안 들어."

그런 모양이다.

"이 학교는 참 알쏭달쏭한 부분이 많단 말이지. 반 나누는 것도 그렇고 포인트 제도도."

"아~ 포인트. 포인트 갖고 싶다~. 거지 같은 생활은 정말 싫다고~."

이케와 야마우치는 포인트를 다 써버려서 지금은 학교가 준비한 무료품으로 겨우 급한 불을 끄고 있다.

"있지, 호리키타. 포인트 입수하는 거, 역시 어려울까?"

"중간고사도 열심히 했는데 포인트 왕창 들어오는 거 아니야?!"

"우리 D반 평균점 똑똑히 봤잖아? 학년 단독 최하위야. 그런데 포인트를 받을 수 있다고 생각하는 거라면 다시 생각해보는 게 좋아."

정말, 호리키타는 사탕발림 따위 절대 못 한다고나 할까, 가차 없이 진실을 들이댄다.

"그럼 다음 달도 포인트는 0인가…… 흑흑."

"절제하는 생활에 익숙해질 수 있다고 생각해서 미리 포기하는 거네."

"괜찮아, 이케. 지금은 아직 포인트를 얻지 못하지만, 머잖아 분명 들어오게 될 거야. 그렇지, 호리키타?"

"무슨 소린지?"

"얘기해도 괜찮잖아? 여기에 있는 모두는 다 같은 편이고. 나랑 호리키타. 그리고 아야노코지 세 사람이 힘을 모아서 제일 윗반, 그러니까 A반에 올라갈 것을 목표로 삼기로 했어. 괜찮다면 너희 셋도 도와줄 수 있을까?"

"A반을…… 목표로 한다고? 뭐? 그거 진짜야?"

"응. 물론이야. 포인트를 늘리려면 어차피 필연적으로 윗반을 노려야 되니까."

"야, 하지만 A반은 너무 많이 나가지 않았냐? 거긴 머리 좋은 애들만 바글거리는 데라고. 그런 애들을 두고 공부로 이기다니, 절대 불가능인데."

시험 평균 점수만 가지고 생각해도 그 반은 대부분 호리키타 수준의 아이들이다.

"공부만 가지고 반을 나누는 게 아닐 테니까. ……그렇지?"

"그건 나도 그렇게 생각하지만, 공부를 못하면 논외인 것도 사실이지."

명백하게 전력의 바깥에 있는 세 사람은 시선을 피하며 노골적으로 휘파람을 불었다.

"지금은 아직 멀었지만, 같이 열심히 노력하면 분명 잘될 거야. 반드시."

"근거가 뭐지?"

"근거라고 하면…… 그래, 화살도 한 개는 부러뜨리기 쉽지만 세 개를 한꺼번에 부러뜨리기란 힘들다는 말도 있고."

"적어도 여기 있는 세 사람은 화살이라도 잘만 부러질 것 같은데."

"그럼, 그럼 그거! 세 사람이 모이면 문수보살(불교에서 지혜를 상징하는 보살) 못지않은 지혜가 나온다, 같은?!"

"저 세 사람 시험 점수를 다 합해야 겨우 한 사람분이 나오는데 말이지."

쿠시다가 세 사람을 치켜세울 때마다 호리키타는 이에 질세라 내던지고 마구 때려 부쉈다. 정말 대단한 콤비군.

"하지만 서로 반발해봤자 아무 이득도 없지 않아? 잘 지내는 편이 훨씬 낫지."

"……틀린 말은 아니지만."

"그렇지?"

그 말에는 천하의 호리키타도 반론할 여지가 없었다.

어차피 위를 노린다면 한 사람이라도 더 많은 반 아이들과 원만하게 지내는 것이 좋다.

이 단계에서 벌써 옥신각신해버리면 앞으로 도저히 싸워나갈 수 없을 테고.

"고로 다시 한 번 세 사람에게는 도움을 요청하고 싶어."

"기꺼이!"

이케와 야마우치가 손을 번쩍 들며 즉시 답했다.

"뭐, 호리키타가 꼭 부탁한다고 말한다면 도와줄 수 있는데. 어쩔래?"

스도가 수줍어하며 말했다.

"스도한테 기대려고 생각한 적은 단 한 번도 없고 도와줬으면 좋겠다고 생각한 적도 없어. 애초에 스도가 우리의 전력에 도움이 될 거라고는 생각하기 힘든걸."

"윽…… 이 계집애가! 저자세로 나와주니까 아주 기고만장해가지고……!"

"그게 저자세로 나온 거였어? 놀랐네."

하나도 안 놀랐으면서. 스도는 벌컥 화를 내면서도 주먹을 휘두르려거나 하는 식의 행동만은 보이지 않았다. 이야, 정말 많이 변했다.

"정말 열 받는 계집애야, 너."

"고마워. 칭찬으로 받아들일게."

"……귀염성이라고는 하나도 없는 계집애."

"그렇게 말하지만 사실은 어때?"

이케가 옆에서 놀렸다. 그 순간 스도는 엄청나게 험악한 표정으로 이케를 노려보더니 헤드록을 걸었다.

"아얏! 아야야야! 그, 그만해!"

"쓸데없는 소리 지껄였다간 목 졸릴 줄 알아, 이 자식아."

"버, 벌써 조르고 있잖아! 항복, 항복!"

남자들끼리의 우정?을 지켜보며 호리키타는 땅이 꺼질 듯 깊은 한숨을 내쉬었다.

"이 학교는 실력지상주의야. 분명 앞으로 피 튀기는 경쟁이 기다리고 있을 테지. 만약 도와줄 거라면 경솔한 생각으로 하는 것만은 말아줘. 성가시기만 하니까."

"뭐, 완력이라면 맡겨만 줘. 난 농구랑 싸움에는 자신 있으니까."

"……전혀 기대가 안 되는데."

실력지상주의, 인가? 나는 아주 살짝 가슴이 두근거리는 것을 느꼈다.

최대한 거리를 둘 생각이었는데, 그런 세계로부터. 그런데 어느새 그 세계로 몸을 던져버리고 말았다. 정말이지, 저주받았다고밖에 표현할 길이 없다.

호리키타는 진심으로 A반을 노리려고 한다. 그 의지는 절대 흔들리지 않으리라.

하지만 우리 D반이 거기까지 오르는 것은 결코 쉽지 않다.

지금 여기 있는 전력만으로는 C반조차 못 갈지도 모른다.

그렇다면 나는 앞으로 어떻게 해야 한단 말인가.

될 대로 되겠지? 일단은 같이 노력해보기로 하자.

적어도…… 호리키타의 웃는 얼굴 정도는 보고 싶으니까 말이다.

○후기

오랜만에 인사드립니다. 키누가사 쇼고입니다. 그리고 제 책을 처음 읽으신 분들! 반갑습니다.

작가 후기로 인사드린 지 1년이 좀 지난 것 같네요.

이번《어서 오세요 실력지상주의 교실에》를 집필하게 된 것은, 제가 학생 신분에서 벗어나 성인이 된 지금에야말로 도전해보고 싶던 소재였기 때문이었습니다.

제가 학생이었을 때를 떠올려보면 주위로부터 입에서 단내가 날 정도로 공부하라는 소리만 주구장창 들었던 것 같습니다. 좋은 대학에 가서 좋은 기업에 취직하고, 좋은 인생을 살라며── 그 조언은 과연 정답이었는지 최근 들어 의문스러워졌습니다. 공교롭게도 저는 도중에 딴 길로 새서 가족과 주위의 상상과는 다른 세계에 뛰어들고 말았습니다만……

물론 공부는 중요하고, 인생에 도움이 된다는 사실도 의심할 여지가 없습니다. 하지만 제가 말하고 싶은 것은 공부가 인생의 전부는 아니라는 것입니다.

쉬운 예를 들어보면 학교 교육의 일환으로 스포츠를 장려하고 있지요. 스포츠를 배우는 학생들 중에는 몰랐던 재능을 발견해 커서 프로야구 선수가 되기도 하고 배구 선수가 되는 사람도 무척 많습니다. 그런 식으로 사람의 개성은 천

차만별입니다. 그림을 잘 그리는 아이는 커서 일러스트레이터가 되고 남을 잘 웃기는 사람은 개그맨이 되는 등, 공부와 스포츠 이외에도 그야말로 무한할 정도로 자신에게 맞는 천직이 존재합니다.

그런 것을 생각하기 시작하자 '그 시절에 좀 더 이렇게 할걸 그랬다' 하고 과거에 했던 행동을 후회하는 등, 어른 특유의 후회가 처음으로 일었습니다. 그런 생각에 잠기는 요즈음입니다.

자, 그럼 지금부터 감사 인사를 드리고자 합니다.

먼저 토모세 슌사쿠 님. 매번 같이 해주셔서 정말 감사드립니다. 이번에도 근사한 남자 캐릭터…… 아니, 매력 넘치는 남자 캐릭터를 그려주셔서 정말 감사하고 있습니다.

저도 두 발 뻗고 자지 않도록 매사에 주의하고 있으니 부디 앞으로도 잘 부탁드린다는 말씀을 드리고 싶군요. 가까운 시일에 고기라도 구워 먹으러 갑시다. 제가 쏘겠습니다. 저렴한 무한리필로다가!

편집자 I 님. 집필 때문에 늘 많은 신세를 지고 있습니다. 전작도 이따금 민폐와 부담을 끼쳐드리곤 했는데, 이번에는 더 많은 시간을 할애해서 도와주셨지요. 네? 이제 힘든 건 좀 봐달라고요? 하하하, 농담도 참. 아직 같이 갈 길이 한참 남았습니다. 편도 티켓만 끊은 지옥의 밑바닥까지. 떨어질 땐 같이 하셔야죠?

마지막으로 독자 여러분. 읽는 분이 있어야 비로소 쓰는 사람이 있지요. 읽어주시는 여러분이 안 계시다면 애초에 제 존재는 성립하지 않습니다. 그런 의미에서는 이번 작품의 테마로 봤을 때 한 역할을 해주시고 있다고 말할 수 있을지도 모르겠네요.

무엇보다도 독자 여러분께 감사의 인사를 전하면서 작품을 마무리 짓고자 합니다.

2015년도 벌써 완연한 봄이 되었건만, 제 몸은 아직 완전히 녹았다고 말하기 어렵군요. 매일 불면증과의 싸움이 계속되고 있지만, 절대 지지 않고 힘내겠습니다.

YOUKOSO JITSURYOKUSIJYOUSYUGI NO KYOUSITSU HE 1
©Syougo Kinugasa 2015
Edited by MEDIA FACTORY
First published in JAPAN in 2015 by KADOKAWA CORPORATION, Tokyo
Korean translation rights arranged with KADOKAWA CORPORATION, Tokyo

어서 오세요 실력지상주의 교실에 1

2016년 2월 1일 1판 1쇄 발행
2022년 9월 15일 1판 13쇄 발행

저　　　자 키누가사 쇼고
일 러 스 트 토모세 슌사쿠
옮 긴 이 조민정
발 행 인 유재옥
본 부 장 조병권
편 집 1 팀 김준균 김혜연 박소연
편 집 2 팀 박차우 정영길 정지원 조찬희
편 집 3 팀 곽혜민 오준영 이해빈
라이츠담당 맹미영 이윤서 이승희
디 지 털 김지연 박상섭 최서윤
미　　　술 김보라 박민솔
발 행 처 ㈜소미미디어
인쇄제작처 ㈜코리아피엔피
등　　　록 제2015-000008호
주　　　소 서울시 마포구 토정로222, 403호 (신수동, 한국출판콘텐츠센터)
판　　　매 ㈜소미미디어
마 케 팅 박종욱
영　　　업 최원석 최정연 한민지
물　　　류 백철기 허석용
전　　　화 (02)567-3388, Fax (02)322-7665

ISBN 979-11-5710-287-7 04830
ISBN 979-11-5710-286-0 (세트)